P9-EEL-835

Campo de Agramante

José Manuel Caballero Bonald

Campo
de Agramante

EDITORIAL ANAGRAMA
BARCELONA

Portada:
Julio Vivas
Ilustración: «Martirio de Santa Catalina» (detalle), Joachim Patinir,
Museo de Viena

Primera edición: septiembre 1992
Segunda edición: diciembre 1992

© EDITORIAL ANAGRAMA, S.A., 1992
Pedró de la Creu, 58
08034 Barcelona

ISBN: 84-339-0940-1
Depósito Legal: B. 41.969-1992

Printed in Spain

Libergraf, S.A., Constitució, 19, 08014 Barcelona

Y puesta la mira en aquella montaña, hasta allí fueron adelantándose con los sentidos turbados, y se oía una gran copia de ruidos como juntada de muchos ruidos desparejos, con lo que más que al abrigo de la isla parecían llegar a la confusión del Campo de Agramante.

CERVANTES, *Persiles*

PREÁMBULO

Cuando medio comprendí que podía oír los ruidos antes de que se produjesen, ni siquiera lo consideré una rareza. No sé por qué pensé eso entonces, pues tampoco había tenido ocasión de hacer ninguna clase de consulta en este sentido, y mucho menos de prever hasta qué punto iba a afectarme tan poco frecuente especialidad. Todo empezó hace ya casi nueve años, un día en que tío Leonardo me llevó a una tala de pinos negrales por los cerros de Alcaduz. Me acuerdo bastante bien todavía. Era una mañana incolora y húmeda, con una neblina veloz reptando entre los árboles y dejando colgadas de las ramas una especie de vedejas algodonosas. En mitad de la arboleda, por donde se hacía más pronunciado el declive del monte, un mediano calvero marcaba el avance de la tala, que no iba a pasar aquella vez de medio centenar de pinos prietos. El paisaje tenía por esa parte una ingrata apariencia de estrago, con los tocones de los árboles untados de algo que parecía melaza y los desbroces esparcidos por el terraplén como después de un vendaval. Olía mucho a resina, y ese olor me dejó en la memoria el amago taciturno de un invierno lejano en la cabaña del guardabosque.

Tío Leonardo me dijo que me quedase en el barracón

donde habían instalado provisionalmente la sierra mecánica y que no me moviera de allí hasta que él volviese. Y yo no me moví, o sólo lo hice para curiosear un poco por aquellos alrededores. La sierra —que no funcionaba en ese momento— aparecía salpicada de orín y por los rodillos laterales fluían unas manchas grasientas, como una supuración que hubiese ido encostrándose y tiñéndose de negro a medida que rezumaba. Había maderos escuadrados y troncos sin desbastar apilados por todas partes. Me entretenía escarbando con la punta de la bota entre el serrín alojado en las grietas del terrizo, cuando oí de pronto el estruendo de un árbol desplomándose, abriéndose paso entre la espesura de la fronda, un enorme arañazo de ramas desguazadas y como esparcidas a lentos empellones por el calvero. El tablaje del fondo me impedía la visión, pero esperé sin ningún motivo aparente a que se apagara el ruido para asomarme afuera, y fue entonces cuando vi derrumbarse el árbol. Supuse en un primer momento que sería otro pino que había sido aserrado casi simultáneamente, pero el de ahora se venía abajo sin ningún presumible desbarajuste vegetal, caía con una premura silenciosa sobre la tierra, sólo levantando al final una nube insonora de polvo y ramujos astillados.

No recapacité aún en la evidencia de que ya había oído previamente ese estrépito. Tampoco consideré entonces oportuno contárselo a nadie, sobre todo porque ignoraba si realmente había oído caer el árbol antes de tiempo, y porque lo más seguro era que no acertara a explicar a ciencia cierta nada de lo ocurrido. A lo mejor es que había un eco raro en el barracón y el retumbo de otro árbol ya abatido se había quedado por allí sin encontrar la salida. Pero ni eso siquiera me pareció una explicación aceptable. De modo que empecé a sentirme bastante turbado, como si un desasosiego acústico se dividiera en muchos filamentos por dentro de mi cabeza, obstruyéndome algún atajo de la razón. También pensé que muy bien podía tratarse del efecto de una fiebre repentina, lo cual me resultó todavía menos convincente. Y en esas vi acercarse a tío Leonardo. Venía acompañado de dos de los hombres que trabajaban con las motosierras y tuve la impresión fugaz de que estaba escuchando la conversación que todavía no habían iniciado. Pero fue sólo una variante testaruda de mi propia confusión, pues los hombres comenzaron a hablar en la linde del calvero y oí claramente el murmullo de las voces cada vez más nítidas conforme se iban aproximando. Creo que también distinguí entre ellas el triple graznido de la urraca.

–Dos de los camiones se atascaron en la arena floja del carril –decía uno de los hombres, el que llevaba una ropa de agua de color amarillo loro–. Y menos mal que sólo fueron dos, uno hasta los topes y otro de vacío.

–Tenían que haber metido el rulo antes de empezar –dijo tío Leonardo–. No será porque no lo avisé. El otro hombre era menudo y blanquinoso y disponía de una aparatosa pelambre rubiasca. Iba a decir algo, pero el de la ropa de agua lo interrumpió con un gesto apremiante.

–Se pasaron de listos –levantó la voz sin ninguna necesidad–. Dos horas largas para sacar al que iba cargado. Dos puñeteras horas con el tractor echando fuego –se sacudió un pernil del pantalón, como liberándolo de alguna pegajosidad–. O sea, que hubo que aligerarle el peso y arrimar el cabrestante.

Tío Leonardo me descubrió entonces y se acercó con una prisa intempestiva.

–A éste –dijo, cogiéndome suavemente del hombro– vamos a tener que rebajarle la estatura con la lijadora.

–Como poco –dijo el de la pelambre, y me midió con la pericia insolente del bajo–. Un pino tieso.

El de la ropa de agua se desvió unos pasos y usó de un

11

vozarrón con cierta resonancia cavernaria para llamar a alguien. Se le había avivado el azafrán de las mejillas.

—¡Lobatón! —gritó, alargando la «o» por un túnel sonoro que se fue perdiendo por las lontananzas del bosque y volvió inadecuadamente al punto de partida.

Y fue entonces cuando oí otra vez el alboroto creciente de un pino recién talado, un brusco rozamiento inicial y un encontronazo seco y como catapultado hasta más allá de la pineda en ondas concéntricas. Miré al lugar de donde parecía proceder el ruido y sólo vi la oscilación brumosa de la enramada, apenas verdeando contra un fondo de manchas opalinas. Medio distinguí también, al otro lado del talud, las siluetas de unos leñadores desbrozando un tronco con las motosierras. La imagen del árbol cayendo debió de surgir a renglón seguido, pero tuve la impresión de que había tardado varios minutos, dos o tres por lo menos. Era un árbol de buen porte, pues ya habían abatido los más pequeños de alrededor para que aquel no los dañase al caer. Tío Leonardo se volvió entonces y observó sin curiosidad el derrumbe del pino sobre el calvero, primero un choque sordo y luego una maraña de vástagos y agujas saltando por el aire. Parecía una secuencia cinematográfica en la que hubiesen suprimido los efectos sonoros.

Si la primera vez me había alertado moderadamente, ahora me burbujeó por el vientre arriba un malestar insidioso. Volver a oír el desplome de ese árbol con tan indebida anticipación, acabó activándome una especie de inquietud con algo de aterradora. Pero tampoco fue una sensación demasiado duradera. Recordé entonces inopinadamente que una vez, hacía meses, oí un gran estropicio de cristales rotos en la alcoba de mi madre. Corrí a ver qué había pasado y, no más entrar, en ese momento justo, se desprendió el espejo del peinador y se hizo añicos sigilosamente contra las baldosas. Apenas reflexioné entonces en nada de eso, quizá porque supuse que me había equivocado de ruido, o porque no se me ocurrió darle ninguna importancia a un hecho que no encajaba con ninguna razonable deducción. Lo que no entendía es por qué me acordé de pronto de ese percance que ya tenía más que olvidado, precisamente cuando estaba viviendo una experiencia que de algún modo podía relacionarse con aquélla. Sentí el refrendo de una desazón medrosa, a la vez que un zumbido irregular, como de motor recalentado, me circulaba entre la sien derecha y el oído izquierdo, algo parecido a una oruga provista de punzantes vibraciones que se iba convirtiendo en una lezna dolorosa mientras se abría camino hacia ninguna parte. Aspiré ansiosamente la fragancia a resina y a humedad en busca de alivio y, de repente, todo fue un trueno por dentro de mi cabeza. Lo último que me pareció sentir fue la trepidación frenética de la sierra a punto de tajar un tronco. Y ya entré en una bruma salpicada de destellos intermitentes y tinieblas giratorias.

Supongo que ocurrió algo más, pero no me acuerdo. Cuando recobré el sentido entreví a mi madre sentada en la cabecera de la cama, su mano tibia en mi frente, una mirada acongojante y un desplazamiento de sombras mates por la pared. Reconocí primero el reloj de loza y luego la gallareta disecada y más luego el paisaje de Bajo de Guía clavado en la puerta del armario. Mi madre me besó y me preguntó no sé cuántas cosas juntas, mientras yo le repetía que me encontraba bien, sólo quizá un poco fatigado. Y en esas apareció tío Leonardo y se acercó con una premura obsequiosa. Supe entonces que me había dado un vahído en el barracón, poco antes de que pusieran en marcha la sierra. Ya debía de andar yo viendo visiones, argumentó el tío, porque no tuve sino la ocurrencia de decir que qué escándalo el que formaba aquella condenada sierra, cuando realmente no se oía más que un ajetreo circular de lo más comedido. Eso fue lo que tío Leonardo se empeñó en aclararme por dos veces consecutivas, y cuya tercera versión evitó mi madre diciendo que mejor me dejaban descansar un poco y que, en todo caso, don Serafín –el médico– ya estaría a punto de llegar.

Y don Serafín llegó efectivamente justo cuando me estaba adormilando. Era un hombre corpulento y cetrino, de pelo ralo y barba pajiza, que olía incorregiblemente a yodo y a galleta agria. No fumaba, pero llevaba siempre en la boca e inhalaba ruidosamente una imitación de cigarro puro cargado de brea. También olía a eso. Me examinó con mucha atención por todas partes, me auscultó y palpó incluso con ansiedad, me miró el fondo de los ojos y finalmente diagnosticó una endeblez general propiciada por la aceleración de mi crecimiento y mis nada saludables contumacias deportivas. Aunque dictaminó que no tenía ninguna necesidad de guardar cama, sí debía evitar severamente toda clase de gimnasias estrambóticas, amén de someterme a una dieta redundante compuesta de pescado azul, frutos secos, candieles y carne de monte.

Esa noche no dormí bien. Anduve por un sueño abarrotado de pasadizos nebulosos y laberínticos que venían a desembocar irremediablemente en un bosque ardiendo. Y yo allí solo y sin poder alcanzar la mano de mi madre que me llamaba a gritos, abriéndome paso entre las llamas y dándome cuenta que todo eso me ocurría en un sueño, con lo que podía ponerme a salvo sólo con hacer un esfuerzo para despertarme. Pero tampoco quería verdaderamente despertarme. Medio intuía que un peligro atrayente, a la vez temible y gustoso, se agazapaba por detrás de esa crepitación ensordecedora que comparecía en algún lugar de mi cabeza y se iba ampliando según vagaba por un nuevo y ululante pasadizo. Tropecé entonces con algo similar a un muro viscoso, todo cubierto de carteles didácticos de especies protegidas, y salí del sueño de repente, con la brusquedad del que ha sido expulsado de un cobijo juntamente voluptuoso y deplorable. Había un gran silencio en la casa, un silencio hecho de crujidos recónditos, parecido al que deja el fuego en un paraje ya calcinado. Sólo se escuchaba el tenue latido del reloj de loza y el incansable, el melancólico guirigay de los vencejos. Refulgían las rayas de sol por las junturas de la ventana y me levanté para abrirla. El reloj marcaba las once y veinte. Hice un cálculo somero y llegué a la impensable conclusión de que había dormido más de catorce horas seguidas.

Cuando vivía mi padre, siempre volvía de sus viajes a las carpinterías de España con algún desmesurado cargamento de viandas y golosinas. Era de esos hombres. Pero yo sabía que, desde su muerte, hacía entonces tres años largos, el negocio no iba todo lo bien que solía. No es que estuviera atravesando por ninguna seria dificultad, pero lo parecía en cierto modo. Tío Leonardo, que era hermano de mi padre y compartió con él hasta su muerte la industria de la madera, nos dedicó siempre una atención dadivosa y nunca dejó de entregarle a mi madre sin ninguna aparente doblez su parte proporcional de las ganancias, que tampoco eran muy holgadas por aquel entonces. Así que a nadie le pareció raro su decidido empeño en ocuparse personalmente de mi sobrealimentación, asegurando que de ninguna manera iba a consentir que me faltara de nada, pues también él había tenido su parte de culpa en mi percance. Se demoró una y otra vez en las excusas más prolijas por habérsele ocurrido llevarme al pinar tan de mañana y hacerme andar de un

15

modo a todas luces improcedente. Y más si se tenía en cuenta que mi mucha delgadez y mi crecimiento temerario reclamaban una prudencia que él había sido incapaz de usar conmigo. Fue un largo discurso que dejé de oír, supongo, antes de que terminara

Mi madre se llama Emilia Piedrasanta y era por aquel tiempo lo que todavía es: una mujer hermosa, algo corpulenta quizá, con una piel muy blanca y los ojos y el pelo muy negros. Yo creo que a tío Leonardo le gustaba mi madre. Un hijo único, como yo lo soy, se da cuenta enseguida de esas cosas, se da cuenta con más claridad que si no fuese hijo único. Nunca me pregunté por qué, pero a veces pensaba que si hubiera tenido un hermano no me habría agradado tanto estar a solas con mi madre y pedirle que me rascara la espalda y apretarme contra ella con un desvalimiento fingido. No me importaba, sin embargo, que tío Leonardo anduviera siempre diciéndole con mucha terneza que, como hermano que era de mi padre, ella debía considerarlo de hecho un segundo marido. Porque creo recordar que no lo decía con ninguna clase de descaro, sino con una veracidad afectuosa y paciente. A lo mejor ya presumía entonces lo que iba a pasar.

Estuve en cama tres días y casi me los pasé en un sopor con cierto componente malsano. Sólo me despabilaba cada cuatro horas para atenerme al régimen tiránico de comidas. Mi madre me preparaba un candiel muy sabroso con vino amontillado, yema batida y miel. Me acuerdo que esos tres días anduve perdiendo y recuperando a ratos el mismo sueño del bosque en llamas, aunque sólo me quedó el regusto martirizante de estar en un espacio vacío, con las salidas condenadas y todo lleno de ecos estridentes, donde yo mismo me veía deambular cada vez más indefenso y angustiado. Al poco tiempo estuve efectivamente en un campo que, sin ser a primera vista el de la pesadilla, conservaba su mismo vaho opresivo, una idéntica cerrazón amenazadora. También reconocí en cierta ocasión las estampas donde aparecían dibujadas las especies protegidas, todas ellas referentes al Coto de Doñana. Estaban colgadas, me parece, en la pared de una venta de la parte alta de Capuchinos.

Yo tenía entonces diecisiete años, pero había crecido muy deprisa. Cuando me levanté, incluso ya era más alto que tío Leonardo, que tampoco era bajo. La ropa se me había quedado pequeña y mi madre tuvo que arreglármela como pudo para que pudiera seguir usándola sin parecerme demasiado a un fantoche. Aún estuve dos días más sin ir al colegio, antes por exceso de precaución que por otra cosa. Yo no sentía mayores molestias, apenas un amago de vértigo que no parecía depender de ninguna variante de la debilidad sino de algún desarreglo localizado en el oído, pues a veces me zumbaba como si tuviese dentro una bandada de abejorros. No le dije nada a mi madre, sin embargo, prefería que no lo supiera, en parte por no preocuparla y en parte también por no tener que confiarle al médico otras anomalías auditivas bastante más enmarañadas.

Empecé a sentir por esos días, creo que incluso antes de que me levantara, una especie de afición anhelante por las maderas. Nunca me había atraído nada de eso, porque nunca tampoco me había interesado en absoluto aquel negocio. Ahora era otra cosa. Me quedaba oyendo de pronto los gemidos de los muebles o de las vigas o de los peldaños de la escalera, y ese ejercicio inocuo dejó de serlo cuando leí en un libro (creo que de Lewis Carroll) que todas las maderas del mundo soñaban hasta morir de viejas con el bosque del que procedían. Les pasaba como a los pájaros. Aprendí entonces los nombres de los árboles más usados en carpintería y supe que en casa había muebles de roble y de alerce y de haya, y que el mamperlán de los escalones era de pino de Valsaín y las vigas de nogal. Llegué a conocer por las vetas las clases de muchas maderas y sabía distinguir entre la pasmada y la enteriza, o entre la de trepa y la de hilo. A veces me iba al almacén sólo por el gusto de andar entre los tableros y listones que allí se amontonaban. También había un pasadizo entre las hileras de madera en rollo por el que uno podía internarse como por un túnel de aromas agrestes y turbadores.

–Igual que el padre –decía tío Leonardo–. Un palmo más alto, eso sí.

–Cada cosa a su tiempo –añadía mi madre, calculando más discretamente las ventajas de ese parecido.

Insisto en que, a mí, la industria maderera ni me atrajo nunca ni me pareció que fuese un asunto de la incumbencia de mi madre. Incluso me incomodaba resueltamente pensar que un día tendría que dedicarme a llevar un poco todo aquel trajín, cuando ya a tío Leonardo se le acabaran averiando sus buenas disposiciones. Lo único que me gustaba cada vez más, aparte de los pájaros, era ver funcionar las máquinas cepilladoras y regruesadoras, comprobar la entereza fragante de las maderas ya labradas y ordenadas en el almacén, sentir el tacto tibio de los tablones estufados, buscar las atronaduras y defectos de las vetas. Pero seguía resultándome muy poco alentador el hecho de que alguna vez tuviese que ocuparme de aquel negocio fundado por el abuelo de mi padre y cuya inicial prosperidad había ido menguando con los años. Lo que yo quería ser era ornitólogo.

En una ocasión me llevé a casa una muestra de palo cajá, una tablita de dulce tono anaranjado que olía a una mezcla de pan caliente y almendra amarga. La guardé en un cajón de la cómoda y aquella misma noche empecé a oír algo que a saber por qué razón identifiqué con el trasiego recóndito de las vetas, como si estuviesen adecuándose a un dibujo distinto del que tenían. Al principio, era un susurro manso, pero al poco tiempo empezó a derivar en unos pequeños chasquidos, como de latigazos minúsculos y reincidentes. Yo no le presté mucha atención, esa es la verdad, y hasta pensé finalmente que podría ser una carcoma fabricando serrín por alguna interioridad de la cómoda. Pero el soniquete poseía un carácter orgánico que lo aislaba, por así decirlo, de cualquier plausible reconocimiento.

Abrí el cajón de la cómoda y comprobé que la tablita se había abultado hasta convertirse prácticamente en un tarugo deforme. No de un modo demasiado imposible, desde luego, pero sí con una manifiesta anormalidad. Tal vez estaba húmeda y eso había provocado aquella hinchazón. Al tacto, la madera tenía una consistencia parecida a la de una tela almidonada y había como un sudor extendido por la cara superior, más abundante tal vez en las aristas. Una cosa que me extrañó bastante, pues era del todo inverosímil que aún estuviese rezumando savia una madera que venía de las Antillas y que habría sido cepillada y secada hacía mucho tiempo.

Puse la tablita sobre la cómoda, junto a la gallareta disecada. La desplacé hacia un lado y la exudación fue dejando una huella untuosa en la encimera. Oí entonces con mayor precisión el crujido, ahora acompañado de unas casi imperceptibles oscilaciones, era más bien como una palpitación diminuta, una palpitación parecida a la de una burbuja caliente o a la del aleteo nimio de un insecto. Pero no duró más de unos segundos, o eso me pareció. Aparté la mano de la tablita y todo quedó en suspenso. No volví a notar nada irregular en toda la noche, pero yo sabía que algo anómalo, atribuible a alguna perturbación sensitiva, me había ocurrido otra vez. No era eso, sin embargo, lo que más me preocupó entonces, o no era sólo eso, sino la arbitraria certeza de que aquella

19

alteración del palo cajá tenía algo que ver con un ruido que nunca llegó realmente a producirse. O que, al menos, yo no fui capaz de saber si se había producido. Eran los últimos días de abril, pronto hará nueve años. Si no hubiese sido porque anteanoche volví a atravesar por una experiencia muy parecida a la que viví en aquella ocasión, tampoco se me habría ocurrido ir anotándolo todo en este cuaderno. Pensé que, al menos, así me sería más fácil cotejar en su día fechas y episodios y engranar, llegado el momento, ese mecanismo de referencias que tal vez me explicarían mejor lo que estaba pasando, suponiendo que lo que estaba pasando fuese algo distinto a una aprensión obcecada. Incluso tuve la súbita sospecha de que si escribía todo eso también podría servir en su día de información provechosa para alguien, no sabía ni remotamente para quién. Lo cierto es que, desde aquella excursión a la pineda, cuando empecé a imaginarme que oía los ruidos antes de tiempo, nunca hasta ahora había vuelto a sentir nada semejante. Casi me llegué a olvidar de esos días enfermizos y esas perplejidades insidiosas. Pero un nuevo y extravagante episodio me los hizo recordar con una nitidez que tampoco era razonable. También por eso me ha parecido que tenía su justificación contarlo desde el principio.

CAPÍTULO PRIMERO

Estaba yo en la barra del *Talismán* hablando de maderas de barcos con el calafate Apolonio, cuando escuché un grito de la clase de los desgarradores. Nadie parecía haber oído nada distinto al moderado murmullo del bar. Miré primero a Apolonio, que permanecía abstraído en la contemplación desapacible de la segunda media botella vacía, y luego miré a la puerta de la calle, que es de donde supuse que provenía el grito, probablemente después de haberse descolgado desde alguna azotea de aquellas vecindades. Pero lo único que vi fue a un tipo de lo más estrafalario que entraba en aquel momento en el bar y sorteaba desmañadamente unas mesas vacías. Comprobé entonces como por descuido la hora que era: era la una y veinte.

El tipo tenía pinta de gigante desnutrido y cojeaba de una pierna como si llevara todo el cuerpo mal encajado o con las articulaciones sin terminar de soldar. Lucía unas greñas con algo de postizas que le tapaban media cara, ostentando en la otra media una cicatriz con aspecto de haber sido producida cuando menos por un sable. Yo me quedé mirando para esa cicatriz, no diré que detalladamente, dada la distancia, pero sí con cierta indebida curiosidad, quizá porque me recordó la atronadura de

21

una tabla que había visto en el almacén aquella misma mañana, una tabla de ciprés de Levante que, por cierto, tenía síntomas notorios de haber sido atacada por algún hongo incluso después del tratamiento antiséptico.

El cojitranco se percató entonces de que yo lo estaba observando sin ningún disimulo y, después de dudarlo un momento, se desvió con cierta dificultad locomotriz y se estacionó a unos pasos de donde estábamos. Yo me hice el desentendido y le propuse a Apolonio que nos tomásemos otra media botella. Apolonio bebió un último resto de su copa y dijo:

–Mejor esperamos un poco –suspiró con algún desaliento–. Hoy llevo un ritmo muy raro.

No era desde luego una aclaración satisfactoria.

–Creo que tenemos visita –le dije cuando ya el cojitranco se disponía a acercarse.

–Es que he empezado muy pronto –prosiguió Apolonio–, estuve toda la tarde en el taller chupando candela.

–No me gusta su aspecto –añadí casi en un susurro.

Sólo entonces, cuando ya el cojitranco se había situado justo delante de nosotros, volvió Apolonio moderadamente la cabeza. Un nimbo azulenco evolucionaba con sinuosa lentitud sobre aquella parte del mostrador. El cojitranco se pellizcó la nuez con una mano inmunda y con la otra parecía buscar una muleta que no tenía.

–¿Quién atiende aquí? –le preguntó a nadie–. ¿O es que no atienden? –y ya se abría paso entre Apolonio y yo para asomarse desconsideradamente adentro del mostrador y pedirle al camarero una copa de anís y un vaso con hielo.

Supongo que pensé interceptar con un buen argumento semejante grosería, pero tal vez me aburrí antes de hacerlo.

–Por favor –terció Apolonio.

–Con lo único que se me quita la sed –aclaró sin más

el cojitranco, mientras efectuó una pirueta descoyuntada que debía de ser su forma de exigir más sitio–. Esta mierda de caramelo aguado es lo único que me quita la sed.

Tampoco hice ningún comentario. Me imaginé que lo más prudente era esperar a que volviera el camarero con el anís para pagar las dos medias botellas que nos habíamos bebido y buscar otros vientos lo antes posible. Apolonio tampoco dijo nada. Era como si nos intimidase un tedio venidero.

–Sáqueme de dudas –dijo el cojitranco, apartándose las greñas que medio le embozaban un ojo y mirándome con el otro sin convicción–, ¿no nos hemos visto antes? –se quedó de pronto como en estado de alerta–. Se ha oído un grito, ¿no?

Algo iba yo a contestar, pero ya llegaba el camarero con la copa de anís. Le hice señas de que quería pagar y el cojitranco volvió a examinarme sin demasiada insolencia. Se colocó de perfil, me miró de reojo y dijo:

–¿Me deja que invite o prefiere que me enfade?

–Setecientas –me indicó el camarero.

–No moleste, oiga –le dijo Apolonio al cojitranco–. Es una reunión privada.

–Disculpe –reiteré–. Está molestando.

–Nunca lo hago –dijo muy despacio el cojitranco–, no soy de esos. Me tomo mi copa de jarabe, me tomo otra y adiós muy buenas –retrocedió unos pasos–. ¿Molesto a alguien?

–Más bien –dijo Apolonio.

–Javier Dopingo –dijo el cojitranco, golpeándose el pecho con el pulgar.

Y ya me disponía a pagarle al camarero, cuando noté que el cojitranco me sujetaba del brazo, no con ninguna clase de violencia sino incluso con cierta ficticia poquedad.

–¿Qué es lo que pasa? –pregunté más condescendiente que intranquilo.

El cojitranco cerró los ojos y los abrió al cabo de unos segundos. Daba la impresión de que había estado preparando un gesto con algo de indulgente.

–Póngale a los señores lo mismo que están tomando –le dijo al camarero antes de volverse hacia mí una vez más–. Supongo que no va a despreciármelo, no me iba a gustar.

–Tenemos que irnos –contestó Apolonio–. Otro día, gracias.

–Tenemos que irnos... –repitió el cojitranco y se quedó otra vez como acechando alguna remota irregularidad de la noche.

Pasaron unos instantes muy lentos y fue entonces cuando entraron apresuradamente dos muchachos de la misma edad y palidez y en avanzado estado de excitación. Se acercaron a la barra y, después de pedir dos ginebras en vaso bajo, empezaron a contarle al camarero, entre torpezas y sofocos, que acababan de ver estrellarse contra el suelo a quien parecía ser una suicida. Se había tirado desde la azotea de una casa de la otra esquina y aún debía estar el cuerpo despanzurrado en mitad de la calle. Era el de una mujer, no se sabía si joven o vieja, y en vez de vientre presentaba un amasijo del que salían como muchas flores podridas.

–Carajo –dijo el camarero mientras se secaba la cara con el paño de secar copas.

Ninguno de los que andábamos por allí cerca habíamos dejado de enterarnos de esa narración deplorable. Por lo que a mí respecta, no necesité de ninguna especial reflexión para comprender, en una especie de súbito y retroactivo vislumbre, que el grito que yo había escuchado hacía poco era el eco previo del emitido por la presunta suicida, o por alguien que hubiese presenciado su caída en el vacío. Apolonio se había ido poniendo más desmejorado, mientras el cojitranco se quedó con el mismo aire de gigante desnutrido que tenía, si bien fue el único que se aproximó a los recién llegados.

–¿Hace mucho? –les preguntó con una ansiedad impropia–. Es que yo pasé antes por ahí.

–Veníamos para acá cuando lo vimos –dijo el menos alterado de los dos muchachos–. No hará ni un cuarto de hora.

–Nunca se sabe –dijo sinuosamente el camarero–. Uno va por su sitio y zas, nunca se sabe.

Un pintor llamado Elías Benamarín, al que conocía de tiempo atrás, y otro sujeto barbudo provisto de grandes gafas de sol, se acercaron con manifiesta incertidumbre y permanecieron a la esucha sin decir nada.

–Eso impresiona mucho –dijo el otro muchacho.

Miré el reloj y eran las dos menos diez, de modo que o bien el muchacho calculaba muy por encima el tiempo transcurrido desde que presenció el accidente, o mi percepción auditiva se había anticipado en más de diez minutos al momento del grito, lo cual consideré exagerado. Tampoco pude precisar si la pasajera insinuación del cojitranco a este respecto se correspondía con la del testigo. Claro que también existía la posibilidad de que ese grito no hubiese coincidido exactamente con la caída, sino que procediera de alguien que descubrió con posterioridad el hecho del supuesto suicidio.

–La puta vida –dijo el cojitranco.

Ni siquiera pensé entonces que ya habían pasado años desde la última vez que disfruté de una percepción tan desacostumbrada. Nunca, en todo ese tiempo, había vuelto a experimentar nada parecido al despropósito de oír previamente ninguna clase de ruidos. Tal vez pudo ocurrir alguna vez, pero yo no me había dado cuenta. La verdad es que tampoco andaba por ahí atendiendo a todo

25

lo que pudiera parecer un sonido sospechoso y calculando si lo había captado a su debido tiempo o con anterioridad a su emisión efectiva. De modo que ahora, debido a las anómalas circunstancias del episodio de la suicida, pude corroborar −no sin alguna reserva− que había vuelto efectivamente a disponer de una facultad que en cierta medida podía considerarse controlada por un oído premonitorio.

−Las dos −dijo en voz muy baja Apolonio.

−Nos vamos −respondí demasiado deprisa.

−Quizá prefiera tomarme ahora la otra media botella −dijo él−. ¿Te importa?

El cojitranco se había apartado un poco y miraba en silencio y con una fijeza atemorizada a los dos muchachos. No parecía disponer ya de ningún expreso deseo de hablar con nadie. Compuso un ademán irresoluto y luego vertió su segunda copa de anís en el hielo. Imprimió al vaso un leve movimiento giratorio y bebió su contenido de un largo trago. La nubecilla estacionada sobre aquella parte del mostrador se había ido desplazando con suma lentitud hacia la puerta del retrete.

−De acuerdo −dije.

Así que pedimos la otra media botella y la consumimos con una prisa indeseada. Ya no quedaba nadie en el bar cuando terminamos. El cojitranco también había desaparecido inadvertidamente y sin hacer uso de ninguna nueva insolencia. Se habían apagado entretanto todas las luces del local, menos la que iluminaba parcialmente la zona del mostrador donde estaba la caja registradora. Eran más de las dos y media y en la calle aún seguía la gente arremolinada en torno al cuerpo de la suicida, que aparecía cubierto con una especie de manta cuartelera. Ni el calafate Apolonio ni yo nos acercamos.

Empezó a llover a un paso de las costanillas de la sierra del Aljibe, cerca ya del río Hozgarganta, que iba medio seco. Hacía el viaje solo, en el coche de tío Leonardo, y fue como si ingresara de pronto en un clima malsano de ciénaga. La luz que había encontrado por el castillo de Jimena, una luz dorada y dramática, adquirió de pronto cierta desapacible apariencia de gasa marchita. Veía el resplandor de los faros retenido entre la niebla, mientras una llovizna tenue y horizontal iba siendo succionada como por un embudo al paso del coche. Los bultos calizos del monte aparecían estampados sobre un fondo opaco, a la vez que el brusco vaciado lateral del terreno se diluía fantasmagóricamente en la bruma. No era, desde luego, un buen día para andar por La Almoraima, un viaje que ya tenía previsto desde hacía meses y que hasta ahora no me decidí a emprender. La verdad es que había sentido repentinamente como una necesidad ansiosa de no demorar por más tiempo la visita a aquel bosque venerable. En un principio, se me ocurrió del modo más inmotivado que me acompañara Marcela Cabezalí, pero luego me extrañé mucho de esa decisión y me vine solo, entre otras cosas porque me di cuenta enseguida de que yo no conocía a nadie con ese nombre. O tal vez era un nombre archivado en mi memoria sin ninguna especial premeditación.

La Almoraima ocupa una extensión de más de 14.000 hectáreas y fue probablemente el mayor latifundio de Europa: un bosque poblado de una sucesión irregular de alcornoques, olmos, endrinos, fresnos, encinas, algarrobos, laureles, pinos, acebuches, amén de otros extensos distritos de lentiscares y chaparrales y de maleza y pedregal. Siempre me había tentado hacer esa excursión, conocer de cerca aquel territorio abastecido de árboles con fama de magníficos, no demasiado castigados todavía por las talas abusivas. Era un mundo fascinante, un mundo intrincado y antiguo cuya fauna –jabalíes, gamos, zorros, garduñas, mangostas– también seguía sobreviviendo a las monterías ominosas; una geografía de majestuoso hermetismo, sólo accesible del todo en los mapas ilusorios del recuerdo, incrustada en una historia que tampoco se dejaba penetrar sin algún tesón imaginativo y donde cualquier visitante podía tener irremediablemente algo de intruso.

Ya cerca de la desviación de Castellar, la difusa frontera de La Almoraima aparecía como velada por un enorme visillo mohoso. Penetrar en ese ámbito suponía efectivamente la inmersión en un universo olvidado, desprovisto de cualquier referencia directamente reconocible. Una pista forestal se abría paso por una fresneda y se iba haciendo más intransitable conforme se adentraba en la espesura. La lluvia había solapado las fallas del terrizo y apenas si podía evitar que el coche se balanceara con alarmante brusquedad entre los baches convertidos en lavajos. Desde allí hasta las bajonadas de Castellar, ya a orillas del Guadarranque, el bosque era de una frondosidad voluble. Había parajes umbríos, de espesa vegetación, y claros cubiertos de matorral hirsuto.

Quien primero me habló de La Almoraima fue un muchacho que trabajaba en el aserradero. Su padre había sido guardabosque en aquella heredad, cuando todavía pertenecía a la casa de Medinaceli. A este guardabosque le decían Jerónimo Latiguera y había hecho la guerra en el frente de Málaga. Una vez que la ciudad cayó en manos de los sublevados, Jerónimo Latiguera logró escapar con otros compañeros y se echaron juntos al monte. Anduvieron cuatro meses emboscados por la sierra de Grazalema, aventurándose a veces hasta los pueblos colindantes –Benamahoma, Zahara, Villaluenga, Benaocaz– en busca de comida o bien con el propósito de robar alguna caballería o de establecer contacto con el maquis de las sierras vecinas. Acabaron reuniéndose con otros alzados que venían huyendo desde más allá de Ronda. Se juntaron así hasta once hombres y entre todos disponían de cuatro mosquetones, dos metralletas y unas pocas granadas de mano. Una noche en que habían acampado al abrigo de las ruinas del castillo de Fátima, cerca de Ubrique, les cayó encima la guardia civil. Jerónimo Latiguera y otro de los suyos consiguieron burlar el cerco gracias a un aljibe medio taponado de escombros, pero no escapando por allí sino enterrándose entre esos cascotes convertidos en guaridas de ratas medievales. Su hijo me hablaba de todo eso con la jactancia triste del que cuenta una heroicidad que la historia había injustamente preterido. Él debía de tener entonces nueve años y era el segundo de cinco hermanos. Todos vivían con la madre en un chozo de La Almoraima, por las lindes traseras del alcornocal. El padre y el otro compañero permanecieron enterrados bajo la escombrera del aljibe un día entero y parte de su noche. No se movieron de allí en todo ese tiempo. Lapidados como estaban, sólo podían respirar un hilo de aire sucio, mientras los pedruscos hincados en la carne les provocaron unas llagas infectas cuyo hedor activó el merodeo de las ratas. Al fin se atrevieron a elegir otro peligro menos espeluznante y convinieron que lo mejor era que cada uno tomase por un rumbo distinto. Jerónimo Latiguera se internó por los montes del Endrinal sin saber muy bien adónde ir. Volver a La Almoraima era una temeridad impensable. Comió palmitos y tagarninas y masticó magnesia y hojas de achicoria y así sobrevivió hasta que los fríos montaraces y las hambres acumuladas le metieron en el corazón una ferocidad irreductible. Aquellas temibles soledades agrestes y la misma supuración de las úlceras habidas en su enterramiento, fueron cambiando la mirada del hombre por la de una alimaña.

29

De modo que una noche decidió bajar hasta Grazalema con la desesperada idea de echarse a dormir en la primera calleja del pueblo, deseando quizá que la muerte no lo sorprendiera en despoblado o porque su cada vez más rabiosa indefensión le impedía seguir huyendo. No tardaron en encontrarlo tendido sobre el escalón de una casapuerta, tiritando de calentura y con una espantable traza inhumana. Alguien debió de avisar entonces a la guardia civil y se lo llevaron a Ronda con otros dos presos harapientos. Todo esto se lo explicó Jerónimo Latiguera a una especie de cuatrero que coincidió con él en la cárcel. Este cuatrero, después de cumplir una condena incomprensiblemente corta, cumplió también la promesa de bajar hasta La Almoraima para contarle a la mujer del guardabosque lo que había pasado. Y lo que había pasado fue que a los pocos días de estar allí sacaron a Latiguera con otros nueve presos, todos ellos inmolados ya previamente en el terror y el exantema del tifus, y los fueron despeñando por el Tajo, uno detrás de otro. Fue un amanecer de octubre de 1937. ¿Usted ha visto el Tajo de Ronda?, me decía el hijo. Yo lo tengo muy bien medido, proseguía, son ciento cuarenta metros (se equivocaba) desde el repecho al pie del Guadiaro. Mi padre se fue muriendo durante esos ciento cuarenta metros. O fue pensando por el aire de qué horrible manera se iba a morir antes de estrellarse contra las piedras del fondo del barranco. Nunca se encontró el cadáver: o lo echaron a una hoyanca o lo devoraron los buitres. Cuentan que en Ronda ya habían escuchado los alaridos de otras quinientas víctimas arrojadas por el Tajo.

Cuando dejó de llover, detuve el coche junto a la linde de un alcornocal. Me eché por encima un chubasquero y me adentré un poco entre los árboles. El suelo era un amasijo de arcilla y coscoja y me costó trabajo acercarme a un alcornoque suntuoso con el tronco recién pelado y como tomado de una herrumbre oscurecida por la lluvia. No sé muy bien por qué me fijé en ese árbol, quizá porque era más ostensible que en otros esa especie de desnudez ingrata que les queda a los alcornoques después de haber sido despojados del corcho. Tenía la impresión de estar cumpliendo con un deber insensato. La maleza mojada me dejó empapados los pantalones y una humedad desapacible empezó a lamerme los pies. Me acerqué más al alcornoque y observé en la medianía de su tronco unos arañazos demasiado profundos, como si hubiesen efectuado la pela con un encono salvaje o las uñas de un animal hubieran dejado allí las marcas de su territorio. Y eso me hizo recordar otra vez la historia de Jerónimo Latiguera. Muerta su mujer, los hijos se habían ido cada uno por su lado. El que trabajaba en el aserradero se llamaba Agustín y tenía el ademán del superviviente que no ha acabado ni podido asimilar del todo su condición. Aún seguía él sin entender cómo había logrado escapar juntamente del escorbuto y de ese estirón de odio que bulle como una cría de pájaro en el corazón. Nunca quiso volver a La Almoraima. Pero ¿estaría aún en pie el chozo donde vivió y donde tal vez el guardabosque empezaría a cavilar que había otra forma menos despiadada de vivir?

Creí escuchar de pronto como una quejumbre sigilosa, una respiración más bien, localizada en algún lugar incierto del ramaje. Le di la vuelta al árbol, medio resbalándome por los saledizos de las raíces, y descubrí entonces lo que parecía ser la hoja de un machete medio enterrado en el fango. Me agaché a recogerlo sin ninguna razón que no fuera arbitraria, tal vez sólo con el vago propósito de calcularle la cifra de su vejez. El machete tenía la empuñadura podrida y estaba todo cubierto de una cáscara de moho, de un moho negruzco y untuoso que me pintó las manos del mismo color que tenía el tronco del alcornoque. Ese jadeo otra vez, algo como un

31

susurro discontinuo y remotamente humano, no situado ahora entre las ramas sino obediente a una especie de impulso de trayectoria circular. Lo oía pero no lo oía, a ver si me explico. Era como si me rondara el barrundo de estar escuchando algo que procedía de ninguna parte, pero que se estaba generando por reflexión dentro de mi cabeza. El eco difuso de una memoria o cosa similar. Pero la sensación de vértigo que me producía ese fenómeno era reconocible: era la misma que había experimentado por primera vez el día en que se rompió el espejo en la alcoba de mi madre y durante la tala en la pineda y, ya sin ir tan lejos, cuando oí el otro día el presunto grito de la suicida desde el bar.

Me pareció ver cruzar por detrás de los chaparros una sombra furtiva, la de un gamo o una jineta tal vez, pero sólo fue un instante. Crujía intermitentemente la hojarasca y el bosque tenía algo de figuración indeseable de la soledad. Los árboles de la infancia, pensé, los temibles, los descomunales árboles de la infancia. Y esa sola evocación le añadió al paisaje como el sabor retrospectivo de una cobardía. Empezó entonces a llover otra vez y, con la lluvia, desaparecieron todos los rumores que no estuviesen asociados al repique taciturno del agua contra la fronda. Regresé sin demasiada prisa hasta donde había dejado el coche y me metí dentro. No sabía muy bien si debía seguir por aquella pista forestal, cuyo término desconocía, o volver por donde había venido. La luz adquirió casi de repente una tonalidad sepia muy intensa, de iluminación de otro siglo. Decidí seguir adelante y conduje muy despacio entre los árboles que ya negreaban, temiendo atascarme de un momento a otro en el barrizal. Empezaba a hacer frío y tenía la impresión de que la humedad la llevaba yo dentro y me rezumaba por la piel. Dos torcazas cruzaron despavoridas por delante mismo del coche.

Por el fondo de la zona visible de la pista forestal, medio camuflado entre la vegetación, apareció un bulto verdinegro. Primero vi una mancha de ese color y luego la silueta de un caballo. Esta imagen no se movía, permanecía apostada en mitad del sendero, que se estrechaba aún más por aquella parte. Conforme me fui acercando, no sin cierta prevención, se fue haciendo más perceptible la figura de un hombre envuelto en una manta aguadera y montado en un caballo estático y chorreante. Frené instintivamente, pero me arrepentí enseguida y seguí avanzando muy despacio. El jinete permanecía inmóvil. Al llegar a su altura, detuve el coche y bajé el cristal de la ventanilla. Me asomé con alguna intranquilidad y esperé no sabía qué mientras la llovizna me mojaba la cara.

–Buenas tardes –oí que me decía el jinete, una mano en la visera de la gorra empapada–. Por aquí no se va a ningún sitio.

–Estaba dando una vuelta –contesté–. Buenas tardes.

El jinete guardó silencio. Hizo avanzar al caballo hasta situarse junto a la portezuela y se agachó un poco, forzando la postura sobre el borrén delantero de la silla como para observar mejor a quien debía suponer un sospechoso de incierta filiación. Llevaba una escopeta colgada boca abajo del hombro y le asomaba la culata brillante por el embozo de la manta.

–¿Dando una vuelta? –preguntó con un tono que tenía más de incrédulo que de autoritario.

–No conocía este sitio –dije–. Quería darme una vuelta.

–Si le digo la verdad –cortó el jinete–, esta es una finca privada. No se puede pasar –sorbió y escupió casi al mismo tiempo–. Y además a quién se le ocurre, dónde quiere ir con este tiempecito.

Opté por bajarme del coche, más que nada por intentar darle a esa conversación una mayor naturalidad. El caballo reculó con desgana, chapoteando por el lodo negro. Me tapé a medias la cabeza con el chubasquero y dije:

–Creí que esto era una servidumbre de paso.

–Los furtivos andan por todas partes –dijo el jinete–. ¿Lleva usted escopeta?

–No soy ningún furtivo –repuse–. Sólo iba dando un paseo.

–Ya –dijo el jinete–. Pues me hace el favor y se da la vuelta. ·

Saltó un cuervo justo por detrás del caballo. Rozó el filo de un charco y levantó torpemente el vuelo. Mojado como estaba, era más que nunca un espectro de pájaro.

–No sé si voy a poder –le eché una ojeada a lo angosto de la pista y a la maleza que se enmarañaba a uno y otro lado.

· –Si sigue por aquí se va a meter en un fangal –añadió el caballista–. Aparte de que está prohibido –se restregó el meñique por el lagrimal–. Un poco más adelante, por donde acaban los alcornoques, hay un rellano. Allí podrá dar la vuelta.

Sentí una especie de sañudo ramalazo de humillación, probablemente sin motivo, aunque también podía depender de los modales de ese hombre huraño. Regresé al coche sin decir nada, tiré el chubasquero en el asiento de atrás y enfilé la trocha. El jinete hizo entrar al caballo entre unos macizos de adelfa para dejarme pasar. Se había empañado el cristal del parabrisas y tenía que ir limpiándolo con el revés de la mano para lograr ver por dónde iba. Tardé más de lo razonable en encontrar el rellano, un somero ensanche del camino tapizado de musgo. Desvié de mala manera el coche y, cuando ya me disponía a dar la vuelta, descubrí allí mismo, junto a unas chumberas roñosas, lo que parecía ser un chozo abandonado. Este chozo era de planta irregular, con la techumbre de brezo ya en parte desmoronada y unos muretes de piedra sin labrar donde persistían los churretones de una cal antigua. También había vestigios de lo que debió de ser una cerca de alambres y se parecía ya mucho a una excrecencia del lodazal: unos tortuosos puntales de acebuche y unas marañas de cables podridos. No emprendí todavía el camino de vuelta, me quedé observando aquel chozo como si lo reconociese. Había allí un silencio ululante y esquivo, un silencio similar al que sale de un pozo donde acaba de arrojarse una piedra. Y había también, por alguna remota interioridad de ese silencio, una congoja discontinua, como un remanente de súplica que venía a materializarse justamente en el sitio donde yo estaba. Iba a bajarme del coche, pero lo pensé mejor y maniobré para volver por donde había venido. Quizá me obligó a hacerlo alguna variante impredecible del temor. Quizá estaba simplemente cansado.

Mientras recorría otra vez la trocha en sentido contrario, tuve la certeza incidental de que no era la misma de antes. Por lo menos no lograba reconocer la disposición de las manchas forestales. Los laureles que había dejado a la izquierda, un paraje de lentiscos circundado por altas matas de hinojo, las crestas de un roquedal asomando por el fondo de los acebuches, no aparecían ahora por ninguna parte. Era como si se hubiese modificado de algún incierto modo la morfología del paisaje. Apenas me alarmé, sin embargo, porque enseguida atribuí esa visión incoherente a la precaria visibilidad o a la brumosa deformación de las perspectivas a través de los cristales turbios. A poco alcancé al caballista, y esa evidencia de que iba por el buen camino sólo me produjo una mayor desazón. Toqué la bocina para que se apartara, cosa que efectuó no sin alguna dificultad, y dudé entre bajar la ventanilla para despedirme o seguir adelante sin más dilaciones. Decidí finalmente decirle algo y me detuve un momento. Ignoro por qué razón lo hice. El jinete se había echado la manta por encima de la gorra y al caballo le salía un vaho amarillo de los ollares.

–Una pregunta –dije–. ¿Sabe usted si ese chozo de ahí atrás era el de Jerónimo Latiguera?

El caballista tardó en responder. Cambió de postura, empinándose un momento sobre los estribos, y se apartó un poco la manta de delante de la boca, pero no de encima de la cabeza. Luego se quedó mirando hacia el fondo del alcornocal con algo de estatua ecuestre decapitada. Me pareció que hacía algún esfuerzo para disimular una mueca enojosa. No se volvió hacia mí.

–Vaya con cuidado –fue lo único que dijo.

Hace como un mes que no he vuelto a escribir nada a propósito de alguna otra irregular experiencia auditiva. La verdad es que tampoco me había ocurrido ningún percance especial a este respecto desde que estuve en La Almoraima. Sólo algún difuso malestar, una especie de hormigueo punzante por detrás de los ojos, me alertaba de cuando en cuando, volvía a reactivar en mi memoria la insinuación obcecada de que debería confiarle a alguien, no sabía a quién, ese padecimiento enigmático. Busqué y leí a la sazón algunos libros de psicopatología, incluso de arte angélico y de magia diabólica, con lo que vine a confundirme todavía más y a verme afectado de una hiperestesia sumamente incómoda. El más mínimo ruido me sobresaltaba como un cañonazo, se me metía por dentro de la sangre y lo sentía llegar al corazón en una violenta oleada. Y eso, irremediablemente, o se traducía en un insomnio agobiante, o bien en un sopor de lo más extraño. También me dolía moderadamente el cuello y padecía de un vértigo casi continuo, proveniente al parecer de un zumbido localizado por detrás de los ojos.

Ayer decidí ir a ver a don Serafín, el médico, no por supuesto a contarle todo lo que me pasaba, o todo lo que yo suponía que me pasaba, en relación con mis trastornos acústicos, sino a consultarle expresamente lo del mareo y el dolor del cuello. Preferí que no me acompañara mi madre, quizá porque tenía la insistente sospecha de que también ella iba a enterarse así de un diagnóstico espantoso. Y eso me producía una especie de amedrentada reserva que tampoco excluía, sin embargo, otra especie de morbosa atracción. Temía y deseaba casi con la misma ansiedad que esa misma consulta pudiese depararme al menos alguna pista, por muy alarmante que fuera, para saber a qué atenerme.

Don Serafín había prescindido de aquel simulacro de cigarro que nunca se quitaba de la boca, pero seguía oliendo adecuadamente a brea. También estaba bastante más viejo. Me reconoció con esmerada rutina, me examinó los huesos de la cabeza con los rayos X y luego me preguntó si había recibido algún golpe en la nuca o si me había dedicado a cargar sobre mis espaldas la madera en rollo.

–No recuerdo –dije–, seguro que no.

–Pues algo habrás hecho –insistió él–, porque no creo que te hayas puesto a jugar al garrote.

–Tampoco –dije sin saber muy bien a qué se refería.

–Te vi la otra tarde –comentó como de pasada–. Venías en la barca de Juan Orozco.

–Me voy algunas veces a la otra banda –titubeé–, a ver a los pájaros.

–Pues no me lo explico –añadió sin escucharme–, o sea, que no me cuadra –se pellizcó la nariz con inquisitiva reiteración–. Lo que yo te veo se parece mucho a una artrosis cervical.

Me quedé un momento como acobardado, mientras don Serafín rellenaba una cartulina y se oía algo parecido a un lejano arrastre de muebles.

–¿Es grave eso? –dije al fin.

–Un proceso degenerativo de lo más impropio a tu edad –contestó–, vamos a tener que colgarte para ajustar un poco esas vértebras.

–¿Colgarme? –pregunté.

–Por lo pronto –dijo–. Estirarte el cuello –me observó por encima de las gafas con un solo ojo–. No te vamos a ahorcar todavía.

Intenté sonreír sin conseguirlo. La resonancia a muebles arrastrados se había ido haciendo más distante. Era un eco oscuro que transmitía una suerte de intermitencia vibratoria a las paredes. A lo mejor yo era el único que lo oía.

–Todo eso afecta al riego sanguíneo en según qué casos –prosiguió don Serafín–. Si no lo cogemos a tiempo, tampoco se te van a quitar los vértigos, te van a ir a más.

–Mierda –dije para mí, sintiendo que el recuerdo de ese vértigo era el vértigo mismo.

–No le veo mucho sentido –reiteró él–, y menos con tus años. ¿Tienes pesadillas?

–Pues sí –dije–, bastantes.

–Si hay algún pinzamiento –dictaminó–, lo suyo es que se presente una insuficiencia circulatoria cerebral –se interrumpió con aire meditabundo–. Eso es una putada, se sueñan putadas, vete acostumbrando.

–Lo malo es que tampoco entiendo mucho lo que me pasa –añadí con el hilo de voz del desahuciado.

–Tú no te preocupes –dijo–. Tendré que verte más despacio, después de que te hagan unas radiografías.

Salí de allí con la convicción de estar seriamente enfermo. Don Serafín me había recetado unas pastillas para activar la circulación y prescrito unos ejercicios de gimnasia destinados a aliviarme la tensión del cuello, en espera de someterme a esa fisioterapia que ya empezaba a considerar inaguantable. Casi más que la enfermedad en sí, lo que me preocupaba era cómo iba yo a convivir con ella. Cuando mi madre se enteró del diagnóstico, me aseguró que ella también debía de andar con las cervicales descompuestas, porque tenía los mismos síntomas que yo: mareos, malos sueños, dolor en la nuca y, por si eso fuera poco, un invariable malhumor matutino. Me habló luego de las dolencias hereditarias y de los desajustes sensoriales de la viudedad y de las cosas que yo tenía o no tenía en común con mi padre. Mi padre —recordó ella en un súbito desvío confidencial— había sido un hombre apacible y condescendiente, pero un hombre triste también, aquejado de una introversión dañina y como de un desgaste voluble del ánimo, con quien había convivido sin mayores desavenencias y en relativo sosiego algo más de catorce años y al que nunca logró descubrirle la causa de un decaimiento constante, una aprensión muda que él intentaba encubrir con agasajos intempestivos y quehaceres desordenados. Le gustaba mucho encerrarse en lo que hoy es el trastero a hacer experimentos de física y andaba siempre acechando a saber qué imaginarios peligros o qué opacas fisuras de la soledad. Por primera vez no supe qué contestarle, la veía sentada negligentemente a mi lado, una mujer todavía arrogante y disponible, de quien nunca me había querido separar y con la que también compartía ahora un padecimiento no por benigno menos acentuado por esa difusa perplejidad en torno a las afinidades genéticas. Ella debió de interceptarme una mirada que ya no era sólo filial y dijo:

—Tienes que empezar a cuidarte —puso su mano sobre la mía—. Hazme caso, no vayas a trabajar hasta que no estés mejor.

–No pensaba hacerlo –dije–. Me ha dado esta receta, don Serafín.

Mi madre la cogió, la leyó por encima y la mantuvo sobre su falda con un ademán errático.

–Tienes que cuidarte –repitió.

–También me van a estirar el cuello –dije–. No sé si me convence eso.

–Pasear es bueno –dijo ella–. A ti te gusta pasear.

–Sí.

Una luz celeste le ponía un tornasol trémulo al organdí de los visillos. Mi madre bajó los ojos, y ese gesto le sumó a la claridad una cierta pesadumbre.

–Tu tío Leonardo va a venir esta noche –se le quedó en las comisuras de los labios una sonrisa desprevenida–. No llegues tarde.

Me levanté y le di un beso en la mejilla. Esa fragancia a agua de espliego, ahora acentuada por un vaho caliente que le salía del escote. No tenía ninguna gana de quedarme en mi habitación, así que sólo entré allí para recoger mi cazadora. Pero algo me retuvo, tal vez un automatismo repentino, una instintiva rectificación de la normalidad. Saqué de un cajón el cuaderno donde iba anotando mis observaciones de pájaros y empecé a hojearlo distraídamente. Y así hasta que encontré lo que en absoluto me había propuesto buscar: unas páginas de hacía algún tiempo relativas a una familia de espátulas que vivía en un viejo alcornoque de Doñana. Entre otros datos curiosos, descubrí de repente uno que me dejó estupefacto, porque no trataba para nada de esas zancudas sino de algo que me había ocurrido con toda probabilidad unas semanas después. ¿Por qué inaudito desorden cronológico figuraba allí esa anotación, intercalada entre otros apuntes referidos a los pájaros? Comprobé enseguida que lo que aparecía escrito en ese lugar indebido era el relato de algo que –efectivamente– no había ocurrido todavía en aquellas fechas : una referencia directa a la noche en que estuve con el calafate Apolonio en el *Talismán*, hecho sin duda posterior al de la excursión a Doñana para ver las espátulas. Lo cual pude corroborar de inmediato, porque el día en que me encontré con Apolonio había dedicado la mañana a vigilar un embarque de castaño con destino a una constructora del Puerto de Santa María, cosa que se efectuó el 8 de mayo, cuando la observación de las espátulas tuvo lugar –según constaba en la cabecera de la página– el 26 de abril. Ni siquiera la dudosa suposición de que me había equivocado de cuaderno tenía, por tanto, ninguna verosimilitud. Releí con asombro creciente esa mención a la noche en que estuve en el *Talismán*. Era un comentario muy breve en torno a una guapa muchacha que andaba por el bar, detalle éste que no apareció recogido en lo que escribí en su día sobre aquella experiencia. La verdad es que esa descripción sumaria tampoco coincidía exactamente con la que yo conservaba en la memoria. Era como otra versión de los hechos, como un esbozo anticipado de lo que pudo haber sucedido y en absoluto llegó a suceder, pues ahí se especificaba que la muchacha en cuestión, Elvira de nombre, se acercó a nosotros y, después de saludar con un gesto efímero pero conciliador al cojitranco que merodeaba por allí, nos propuso ir a una fiesta en casa de una amiga suya. Yo me mostré –siempre según ese texto insólito–, muy propicio a aceptar la invitación, pero Apolonio se excusó alegando que él no se sentía cómodo en esas fiestas y que, en cualquier caso, tampoco podía acostarse muy tarde. Elvira insistió en que cómo era posible que le incomodaran a nadie esas fiestas, si a lo mejor hasta habían programado para aquella ocasión el número del suicidio. Recuerdo esa escena más o menos vagamente, pero no lo del ofrecimiento para ir a ninguna reunión y mucho menos lo de las diversiones inopinadas que habían preparado. De modo que todo se me volvió más confuso o más inquietante, sobre todo lo de la mención al suicidio.

No sabía qué pensar ni a qué atribuir semejante desbarajuste. Me pasó por la cabeza una idea estremecedora: que el presente había acabado corrigiendo un trecho ominoso del pasado. Pero ¿qué tenía yo que ver con tan sibilina alteración de la cronología? Imposible, en todo caso, que hubiese previsto casi dos semanas antes lo que iba a ocurrir aquella noche en el *Talismán* o, al menos, cómo iba a producirse uno de sus episodios tangenciales. Imposible también que mi supuesta aptitud para oír previamente los ruidos se hubiese ampliado a una nueva facultad premonitoria: la de anticiparme a los acontecimientos. Ya había leído yo repetidas veces que esos presagios se producen de hecho en circunstancias muy específicas, pero en mi caso me parecían más bien una consecuencia irracional de mi propio estado de turbación. Por ese camino —me atreví a predecir— podía llegar a saber, antes de su desenlace, cómo iba a acabar toda esta historia. Lo cual, en cierta alarmante medida, venía a ratificar una contradicción desoladora: la de que sólo a partir de los confusos síntomas de mi enfermedad me era posible conocer esos otros enfermizos síntomas del inmediato futuro. El vértigo me impidió seguir haciendo cábalas.

Marcela era hija de don Ubaldo Cabezalí, un arqueólogo que trabajaba en los yacimientos prerromanos de Alcaduz. La conocí de un modo bastante singular, algo después de que yo me hubiese imaginado con tan inaudita antelación que la conocía. Era una muchacha que siempre daba la impresión de tener grande casi todo: ojos, caprichos, pechos, efusiones. También resultaban excesivos su vestuario, sus maniáticas controversias sobre asuntos de historia local y su muy acusada inclinación a confundir la abstemia con la injusticia. Sin ser directamente bella, lo parecía –y mucho– en los momentos más impredecibles, sobre todo entre dos luces. Marcela, que debía de ser algo mayor que yo, había disfrutado a su pesar durante cuatro largos meses de un enamorado infatigable, un joven pinchadiscos con sede en Jerez, manso o frenético en según qué casos, de complexión magra, de tez palúdica y de nombre o apodo Jesús Verdina. Este joven solía acudir todos los fines de semana y vísperas de festivos, sin faltar ni una sola vez, a ver a su prenda amada. Al no disponer de vehículo propio, usaba para sus románticos desplazamientos los sistemas más comunes, preferentemente el autobús. Pero ese último sábado, ya fuese por lo inapropiado de la hora o por no disponer de dineros sobrados para un taxi o, tal vez, porque la pasión desajustó sus decisiones, optó por un medio de transporte insospechado. Las consecuencias de esa elección fueron de lo más peregrinas.

Salía yo del aserradero en el momento justo en que Jeremías, el encargado, estacionaba su coche a unos pasos del portón. Llevaba en la baca lo que parecía ser una carretilla o una bicicleta más bien desvencijada. En lo primero que me fijé fue en eso. Jeremías bajó del coche y abrió de inmediato la portezuela de atrás, no tardando en apearse por su turno un muchacho enteco y verdoso, cuyo aspecto general remitía inmediatamente al cacharro afianzado en la baca, y otro hombre al que no creía haber visto nunca, tal vez se tratara de un comisionista. Esperé a que Jeremías me aclarara algo de todo aquello. Y me lo aclaró usando simultáneamente el género burlesco y el imprecatorio.

Volvía él de Jerez tranquilamente cuando en una curva de la carretera se encontró con dos vehículos: un autobús que venía en sentido contrario y una silla de ruedas que circulaba por el arcén izquierdo en dirección a Sanlúcar. El cruce lo efectuó Jeremías normalmente, pero algo debió de ocurrir en aquel momento entre la silla de ruedas y el autobús, pues éste frenó con gimientes premuras y se detuvo un poco más adelante. Jeremías miró por el retrovisor y pudo ver, no sin zozobra, la silla de ruedas y su usuario tendidos en la cuneta. Dio entonces marcha atrás de la peor manera posible y se situó a la altura del accidentado, en el arcén de la derecha. Se bajó del coche cuando ya habían acudido, encabezados por el conductor, un buen número de viajeros del autobús. La silla de ruedas había quedado en un estado deplorable, asomaba entre las matas de hinojo y los cardos borriqueros como el esqueleto de un triciclo en una leonera. Pero el usuario no sólo había salido aparentemente ileso, sino que se movía de un sitio para otro con una desenvoltura que para nada se correspondía con su presunta condición de impedido. Los espectadores se habían ido agrupando en dos bandos: unos tendían a cambiar el asombro o el susto por la indignación, y otros, los menos, hablaban de curaciones milagrosas y prodigios sobrenaturales. El muchacho accidentado se limitaba a guardar silencio y a limpiarse el polvo de su chaqueta azul incluso con displicencia. Se brindó entonces Jeremías, más por instinto organizativo que por ninguna clase de conmiseración, a llevar a aquel personaje a la casa de socorro de Sanlúcar, a ver si le pasaba algo raro. El conductor del autobús se mostró de acuerdo, si bien amenazó de muchos modos al que en absoluto parecía tener el menor aspecto de inválido con dejarlo efectivamente de esa guisa. Hasta ahí la aclaración de Jeremías.

El asunto tenía su parte extravagante, no sé si porque realmente lindaba con el desafuero o porque me había parecido barruntar no hacía mucho un encontronazo metálico, un chirrido que lo mismo podía provenir de un atasco de la cepilladora producido en aquel momento que de un choque anticipado. Me ofrecí entonces, sin meditarlo mucho y acaso por un tortuoso envite de la curiosidad, para transportar yo mismo a aquel muchacho hasta la casa de socorro. Pero el muchacho se opuso terminantemente a moverse de allí si antes no hablaba por teléfono con su novia. Así que habló por teléfono con su novia desde la serrería y, sólo después de cumplido ese escrupuloso trámite, nos fuimos para el puesto de la Cruz Roja situado en la playa, que es donde él, de acuerdo con su anónima comunicante, prefería ir. El otro hombre, el que tenía aspecto de comisionista, había desaparecido en algún momento sin que yo me diera cuenta.

Fue un reconocimiento breve y rutinario. Ni el muchacho —que dijo llamarse Jesús Verdina— tenía ningún hueso roto ni había sufrido más desperfectos, salvo imprevistos, que los que se apreciaban en su chaqueta azul. Explicó el accidente de una manera farragosa y nada creíble, cosa en la que yo tampoco consideré oportuno intervenir. No, no tenía intención de poner ninguna denuncia. Permanecía observando con pueril suspicacia un calmante que le habían dado, cuando apareció la novia, que luego resultó no serlo más que unilateralmente. Se llamaba Marcela Cabezalí y yo recordaba haberla visto alguna vez por el puerto pesquero. Me miró ella con mucha perseverancia, quizá con una especie de dulce y velado bochorno y, a esa luz melosa del atardecer, ya con el sol al filo de la mar, su cara ostentaba una clase de belleza que parecía superpuesta de algún indefinible modo a su aspecto natural. Algo así de llamativo.

Nos fuimos los tres a tomar un café por allí cerca. El enamorado no le quitaba los tiernos ojos de encima a su falsa novia y permanecía como al acecho, esperando quizá que ella le agradeciese su heroico viaje con una irreprimible explosión de amor. Marcela Cabezalí, sin embargo, no aparentaba estar ni remotamente dispuesta a hacer nada de eso, incluso se comportaba con una manifiesta indiferencia. En lo único que parecía interesada era en los pormenores del percance, a lo cual respondió el enamorado narrando desde el principio y con prolijidad declamatoria todo lo ocurrido, que tampoco era especialmente ameno, a no ser el detalle de la búsqueda y apropiación indebida de la silla de ruedas.

El llamado Jesús Verdina, cuyo trabajo de pinchadiscos lo esclavizaba sobremanera –mermándole incluso las ocasiones de ver a la preferida de su corazón–, llegó aquella tarde a la parada cuando ya había salido el último autobús con destino a Sanlúcar. Su desesperación fue ilimitada. No podía permitirse a la sazón el dispendio de coger un taxi, tampoco estaban abiertas esa tarde las tiendas de alquiler de bicicletas. De modo que su angustia fue a más. Ya se veía privado del superlativo disfrute de su encuentro sabatino con Marcela Cabezalí. Anduvo de un lado para otro en un puro desespero, hasta que al atravesar una plaza se topó con la solución en forma de silla de ruedas. No lo pensó dos veces. Tampoco descubrió por allí a ningún inválido en funciones de nada. Arrambló pues con la silla, la montó sin más y se dispuso a salir a la carretera. Su obcecación le impidió ver de inmediato que esa silla no disponía de motor –como hubiese sido lo más pertinente– sino que era sólo de propulsión manual. Un modelo ya prácticamente inencontrable de doble manubrio. Este doble manubrio estaba conectado con el pistón de las ruedas y las hacía girar a un ritmo muy inferior al de las ansias del enamorado, quien maldijo de muchos vociferantes modos la infame suerte que lo había conducido hasta aquel armatoste tan poderosamente ineficaz. Se conoce que el desánimo y el agotamiento propiciaron al fin, en las medianías del camino, que un autobús que venía en sentido contrario rozara muy de refilón una de las ruedas de la silla.

Marcela Cabezalí había escuchado todo el cuento incluso con aparente delectación. Llevaba una blusa muy holgada, aunque no lo suficiente como para contener sin alguna tensión la rígida opulencia de los pechos, contra los que recostó en un repente efusivo a su galán. Fue una escena favorecida por una alegórica nostalgia de daguerrotipo. El galán parecía sumido en un estado de coma profundo. Se estuvieron así los dos un tiempo que muy bien podía haber rebasado el que precede al fogonazo del magnesio, hasta que ella le alzó la cabeza, tirándole de los pelos con más impaciencia que moderación y le dijo:

–Van a ser las ocho y cuarto –consultó alternativamente su reloj de pulsera y el que pendía de una pared del bar–. Dentro de media hora sale el último autobús. Lo coges y no vuelves más por aquí.

Jesús Verdina tardó algo en digerir semejante veredicto y, cuando lo hizo, ya llevaba grabadas las marcas lastimosas de la derrota en su demudado rostro.

–No podría –murmuró en un trémolo–. Es como si me pidieras que me quitara la vida.

–Quítatela, cielo –dijo ella–. Ya está bien de joder.

Aun sin llegar a mesarse los cabellos, Jesús Verdina sí se agachó para sujetarse la frente con manos temblorosas. Únicamente se enderezó un poco para balbucir entre dos hipos:

–Te juro...

Pero no acabó de decidir por quién o para qué juraba. Yo había permanecido todo ese tiempo sin acabar de asumir el papel de testigo mudo, bastante más incomodado que divertido. Insinué con escasa habilidad que tenía que irme, pero Marcela Cabezalí me sujetó de modo categórico del brazo diciéndome:

—Por favor —esbozó una sonrisa extremadamente familiar—, ¿podrías acercarme a Bajo Guía? Este pinchadiscos —lo señaló con un vaivén del pulgar— se va ahora mismo de viaje.

Yo no sabía qué decir y dije:

—¿Qué hacemos con la silla?

Jesús Verdina me dedicó una mirada boyal.

—¿A qué te refieres? —musitó.

—La silla de ruedas —insistí.

—Mejor la tiras a la basura y punto —dijo Marcela Cabezalí—. Que yo no la vea.

—Hasta eso —volvió a susurrar Jesús Verdina.

—Hasta eso —repitió ella.

La situación había llegado a un atasco irreductible, y un mutismo contagioso empezó a acrecentar la tensión, sólo se oía el fuelle de una respiración atribulada. Jesús Verdina se levantó entonces como un autómata y se dirigió hacia la puerta sin decir nada. Era el desterrado que ha terminado eligiendo con honor irreprochable su adverso destino.

—Pobre —dijo ella.

Yo la miré en busca de alguna expresión que tradujera su pensamiento, pero allí no había nada traducido, sólo quizá una delicada manifestación de tedio. Llamé al camarero, un vejete menudo y temblón, y dudé un poco antes de pedirle algo.

—Necesitamos una copa —me dirigí a Marcela—. ¿Quieres?

Ella se abarcó la frente con el índice y el pulgar antes de responder.

—Media botella —dijo—. De Barbadillo.

Así que nos tomamos esa media botella y, a renglón seguido, dos más en sendos bares aledaños. Anduvimos también un poco al azar por el repecho de la playa, hablando de cosas obtusas y desiguales. Con la noche, a

Marcela Cabezalí se le había puesto en los ojos un intenso resplandor amarillo. De pronto, en una imprevista esquina del antiguo puerto pesquero, me pidió que la dejara allí. Y fue entonces cuando recordé inopinadamente lo que había imaginado y escrito después de mi visita a La Almoraima. Le dije:

—Pensé invitarte hace tiempo a una excursión —permanecí un instante perplejo—. Lo malo es que entonces no te conocía.

Marcela Cabezalí también se quedó al filo del asombro, como si recelase de esa evocación estrafalaria. Parecía que iba a contestarme algo, pero no lo hizo. Se limitó a tirarme un beso con los dedos mientras se alejaba andando de espaldas.

Estuve casi todo el día en Matafalúa, siguiéndoles la pista a los milanos negros. Siempre me agradaron mucho esos pájaros competentes que incluso saben pescar mejor que las tozudas gaviotas de la desembocadura del río. Hay otro milano, el real, algo más grande y con el plumaje tirando a rojizo, pero ese no pesca. Desde que no pude hacerme ornitólogo, como yo quería, me había empeñado en estudiar por mi cuenta el comportamiento de las aves pescadoras, una especialidad muy prodigada por el borde de la marisma.

A media mañana vi un milano que capturó un pez casi de su misma envergadura. Realizó un vuelo rasante sobre el pinar y, cuando ya creí que se había alejado, lo vi aparecer otra vez por la playa con su presa, justo en mi vertical. Un rumbo ciertamente incomprensible: o algo había asustado al milano o el peso del pez afectaba a sus remeras. Llevaba la cola muy sesgada y eso me hizo suponer que no le funcionaba bien el timón. Sobrevoló en un raudo semicírculo la orilla y soltó o se le escurrió el pez, que dibujó en el aire como un trayecto de cuchillo y se estrelló contra la arena no muy lejos de donde yo estaba. Era una anchova de no menos de un kilo y aún le quedaba un último espasmo en las branquias. La cogí con cuidado, pero aun así no pude evitar que las escamas me dejasen en las manos una película peguntosa, como de aceites tibios. Me enjuagué en una lagunilla que había dejado la marea y lavé también como pude a la anchova. Le busqué luego un buen acomodo sobre el esqueleto de un pino medio tragado por la duna, de forma que el rebote de la luz en su cuerpo avivara los tornasoles y lo hiciera más fácilmente localizable.

Me alejé un poco de ese sitio y anduve paseando y vigilando entre unos enebros la posible vuelta del milano. Tardó un buen rato en aparecer, suponiendo que fuese el mismo, pero no venía solo sino con otro de mayor porte. Uno de ellos tenía las plumas timoneras muy abarquilladas, de lo que deduje que efectivamente era el de antes. Los vi mover la cabeza con mucha ansiedad, como inspeccionando la zona del pino seco donde relucía la anchova, sin llegar a entender quizá qué podía hacer allí un pescado tan quieto y disponible. Efectuaron varias pasadas antes de instalarse en un arbusto vecino. Yo sabía que a los milanos no les gusta andar por la arena. Se internan un poco en la mar o merodean por la boca del río y vuelven a sus nidos recónditos sin haberse posado, a no ser muy brevemente, en algún árbol próximo a la orilla. Pero esta vez dieron un salto corto y se situaron al pie de los ramujos donde estaba la anchova. Se estuvieron como disimulando un buen rato, yendo de aquí para allá sin ningún aparente objetivo, tal vez maliciándose que lo que parecía ser un pez brillando entre aquellos vástagos resecos muy bien podía ser una trampa. Uno de ellos se encaramó al fin en el pino, consiguió hacer caer a la anchova sobre la arena y se colocó velozmente a su lado. El otro milano se acercó enseguida y entre los dos estuvieron picoteando el cuerpo del pez. Lo observé todo muy detalladamente con los gemelos. Al cabo de unos minutos, la anchova había sido dividida en dos y cada milano levantó el vuelo con su mitad entre las garras. Ya no iban a volver hasta el día siguiente, seguro.

Comí algo junto a lo que había sido un embarcadero, ya con los travesaños desguazados y el armazón cubierto de escaramujos, y anduve luego un poco a la deriva por las umbrías bajonadas del pinar. Vi varias espátulas, una familia de ánades y un escuadrón de garcetas. Flamencos, no vi ninguno, y eso que eran los que más frecuentaban aquellos caños; se habrían ido ya a comer a los esteros de la Isla. Por la parte de Malandar estaban sangrando la madera. Dos hombres trepaban por los pinos piñoneros, encinchados al tronco, y efectuaban una incisión a media altura, afianzando luego por debajo de la herida un cacharro de latón para recoger la resina. Olía a eso y a fango de batracios. A uno de los sangradores lo conocía de otras veces. Cuando me acercaba oí que le decía al otro:

−El buscapistas.

No sé qué querría decir con eso, pero tampoco me pareció ninguna aceptable señal de bienvenida. De modo que saludé con la mano al pasar, me fui hacia la playa y esperé junto a los vestigios de la torre vigía la llegada del botero. Soplaba mucho el poniente por aquella parte de la costa y empecé a sentir frío. La marea estaba baja, así que cuando empezara a subir arreciaría todavía más el viento. Se veían por la arena mojada las huellas de las gaviotas. Habrían estado hasta poco antes apostadas en la orilla, esperando pacientemente que la vaciante fuera dejando al descubierto unas almejas de mala encarnadura que sólo ellas comían.

A eso de las cinco y cuarto llegó Juan Orozco, el botero. Disponía de un lanchón de quilla plana provisto de fueraborda, con el casco pintado de un añil furioso. No hablaba nunca, a no ser en casos de extrema necesidad, circunstancia ésta que —al menos en mi presencia— tampoco se había prodigado más de un par de veces. Hacía regularmente el servicio entre una y otra banda del río y, cuando —como ahora— no era verano, sus viajes se reducían a dos o tres al día, según. Para poder embarcar o desembarcar sin mojarse, el botero situaba unas cajas de plástico boca abajo entre la popa y la playa. Con un mediano equilibrio, era fácil subir a bordo o bajar a tierra sin mojarse.

—Vamos a tener viento —le dije mientras me acomodaba cerca de él.

El botero hizo un gesto aproximadamente afirmativo con la cabeza y miró a un incierto lugar del mundo.

Y no hubo más durante la breve travesía. Llegué al varadero antes de lo previsto, y conforme traspasaba la zona de los calafates, me pareció sentir una exclamación de presunta índole lujuriosa, un jadeo anhelante o algo así emitido sin ninguna duda por una mujer, pero cuya identidad quedaba oscurecida por la misma anomalía sonora de la voz. Cuando dejé de percibir esa quejumbre, supe inmediatamente de qué presentimiento o de qué aviso ilusorio se trataba. Y eso me amilanó más de lo que normalmente solía ocurrirme en casos análogos. Di entonces un largo rodeo por el repecho de la playa, bebí sin gusto un par de copas en el *Talismán* y regresé pausadamente a casa. Abrí la puerta con deliberada profusión de ruidos y distinguí, a través de los cristales emplomados de la sala, una silueta vacilante. No entré por allí, sin embargo, sino que rodeé el pasillo y lo hice por la parte de atrás, cuidando de delatar otra vez mi llegada con unas pisadas más recias que de ordinario.

Tío Leonardo estaba en pie y enseguida se veía que intentaba normalizar desmañadamente su compostura, mientras mi madre permanecía sentada en el sofá, el pelo un poco revuelto y la apariencia de una medrosa que ha optado por no disimular la causa de su desaliño. Primero sentí un desconcierto apocado y luego una moderada irritación. Cobijos filiales súbitamente despojados de toda concordancia carnal, el reflujo moroso de aquella emocionante convivencia absorbido de repente por las descalificaciones impulsivas del quebranto y la decepción. De modo que me hice el desentendido, fingí buscar un libro inencontrable mientras sabía que ellos se malentendían con la mirada, y dije sin volverme:

–Tuve suerte, vi a dos milanos repartiéndose la pesca.

Tío Leonardo no respondió enseguida y, cuando lo hizo, le salió una voz impropiamente engolada.

–No ha llegado la madera de Algar –tragó saliva con ostensible esfuerzo–. Vamos a tener problemas.

–¿Has comido ya? –intervino mi madre, medio alisándose nerviosamente el pelo.

–Voy a ducharme –dije–. Sí.

Y me fui para mi cuarto, ese trayecto ahora jalonado de marcas domésticas de encubrimientos y desafecciones. La puerta estaba entornada y salía de allí dentro una claridad vacilante y opalina. Lo primero que hice fue pulsar la tecla de la casete, una eléctrica disonancia primero y luego la limpieza del saxo acongojante de Coleman Hawkins macerando la impertinencia de la luz, los ecos hacinados entre los espacios vacíos de la habitación. Por un momento noté el reconcomio de la vergüenza, quizá también un atisbo de rencor, pero enseguida se impuso un vago sentimiento de permisividad. Quería y no quería imaginarme a mi madre en funciones de amante clandestina. No sin sentirme instintivamente cómplice, entendí que la sustitución de cualquier clase de desdén por una actitud conciliadora, me proporcionaría una más acomodaticia apariencia de justiciero. Era como elegir una solución remunerativa entre otras más deficitarias. Antes que de una prevención astuta, se trataba de un espontáneo correctivo sentimental.

Mientras me duchaba tuve una erección: vislumbré a mi madre tumbada en el sofá, gimiendo bajo el acoso ávido de tío Leonardo, entregándose a él con la fruición de la sometida a una tributaria castidad que oferta en un instante muchos años de deseos interceptados por la inercia. Si bien esa imagen fugaz no me pareció ni tortuosa ni inclemente, tampoco acababa de asimilarla como lo que realmente era: el aviso cierto de una deserción.

Cuando salí al pasillo me encontré con tío Leonardo. No más verlo allí, como emergiendo de una penumbra delictiva, supe de qué quería hablarme y me situé adrede ante la puerta de mi cuarto para dejarlo entrar. Y él entró con el ademán de quien, sin haberse librado aún de alguna morosa prevención, ha acabado eligiendo el alivio inevitable de la confidencia.

—No sé cómo empezar —empezó por decir, acodándose levemente en la encimera de la cómoda—. Lo siento, no va a ser fácil.

Yo me quedé con la vista fija en la gallareta disecada y esperé a que él continuase hablando, sin facilitarle ninguna animosa pista para que se decidiera a afrontar lo que quería decirme. Me acordé entonces del ya lejano día en que me llevó a la tala de pinos negrales por las colinas de Alcaduz y tuve la primera compulsiva evidencia de que podía oír los ruidos con improcedente anticipación.

—Seguro que vas a entenderlo —dijo él.

Yo seguía callado. No conseguía situar el momento en que me desmayé aquella mañana en la pineda. Me interesaba, no sé por qué emociones retrospectivas, poder re-

54

leer de inmediato lo que escribí sobre aquella éxperiencia.

—Las cosas son así —dijo tío Leonardo—, pasan porque tienen que pasar —le salía la voz por un solo lado de la boca—. Compréndelo.

—Estaban sangrando los pinos por Malandar —pensé en voz alta—. Un día me llevaste a una tala cerca de allí.

Tío Leonardo respiró hondo y dijo finalmente:

—Tu madre y yo nos vamos a casar.

Yo asentí con la cabeza.

—Espero que estés conforme —dijo él—. ¿Lo estás?

—Ya lo sabía —repuse—. Lo sabía desde que me llevaste a la tala de Alcaduz.

—Nada va a cambiar —se quedó mirando el reloj de porcelana, como tratando de localizar allí ese lejano tiempo al que yo me refería—. Siempre nos hemos llevado bien los tres.

—Sí —dije—. Yo no me meto.

—¿Llamo a tu madre? —preguntó—. ¿Quieres que hablemos ahora de eso?

—Luego —susurré.

Tío Leonardo se acercó y me puso una mano apenas perceptible en el hombro. No añadió nada antes de salir de la habitación. Me llegó a la memoria una imagen acérrima de mi madre, pero no era la misma de tantas otras veces. Era la de una mujer distinta y deseable que de algún modo ya no iba a convivir conmigo como hasta entonces lo había hecho. Pero había algo más: la circunstancia de habérmela imaginado gimiendo antes tal vez de que realmente lo hiciera, no sólo constituía una nueva y desconocida forma de premonición, sino que me deparaba también la argucia vengativa de poder intervenir previamente en su intimidad.

CAPÍTULO SEGUNDO

Jeremías, el encargado del aserradero, tenía una sobrina enana que era monja. Esta monja era a su vez prima de un Emeterio Bidón —cuyo nombre real tampoco estaba muy claro—, que gozaba fama de poseer habilidades poco frecuentes, tales como respirar sin mayores apuros debajo del agua, estar en dos sitios a la vez y oír los ruidos con singular antelación. Cuando me enteré que semejantes dones, sobre todo el relativo a los presagios sonoros, concurrían en ese personaje, me dispuse inmeditamente a conocerlo. Jeremías no estaba muy al tanto de las andanzas del pariente de su sobrina, tampoco conseguí sacar nada en claro por otros conductos, de modo que no encontré mejor solución que acercarme a las trinitarias —que es donde profesaba la monja— con ánimo de averiguar así el paradero de su primo.

El convento quedaba por detrás de la puerta de Jerez. Era un viejo caserón de piedra encalada y zócalo ahumado, con cierto aspecto cuartelero. Una alta verja de fundición, provista de barrotes a manera de lanzas, daba paso al jardincillo que se extendía ante su fachada principal. El pórtico era muy austero, pero aparecía rematado de una hornacina ojival ricamente labrada y toda invadida de líquenes. A un lado de este pórtico, una tosca flecha clavada en el muro señalaba hacia un postigo de la izquierda, con la indicación de que era allí donde había que llamar, cosa que hice sin poder sobreponerme del todo a una confusa sensación punitiva. No había timbre ni aldaba, sino una cadenita herrumbrosa sin ningún audible síntoma de estar conectada a una campanilla. Por tres veces llamé y parecía que en vano.

Cuando al fin me abrieron y pregunté por la sobrina de Jeremías —en religión sor Inocencia del Perpetuo Socorro—, la que debía de ser la portera me miró de arriba abajo y murmuró entre dientes que no creía que pudiese recibir visitas en ese momento, por no decir en ninguno, pero que de todos modos iba a enterarse. No me hizo pasar, sino que cerró sañudamente el postigo y me dejó allí afuera sin mayores miramientos. Un olor acerbo de mondas de naranja y aguas marchitas parecía salir por alguna rendija del edificio. La luz reverberaba en los paredones y avivaba la tonalidad melancólica del jardín, limitado por aquella parte a unos arriates tupidos de hojarasca y a unos nísperos polvorientos distribuidos sin ningún orden por el parterre. Cuando ya empezaba a suponer que definitivamente no recibían visitas, volvió a abrirse el postigo.

—Pase —dijo la portera.

Y pasé a un zaguán gélido y sin rastro de muebles, una estancia de planta hexagonal, techada de un primoroso alfarje mudéjar. De allí arrancaba una galería abovedada cuyo fondo se diluía en una penumbra celeste. Los ladrillos de la solería estaban medio desencajados y, a medida que se pisaban, iban emitiendo un eco antiguo y taciturno. A un lado se abrían unos tragaluces y, al otro, unas puertas como recién untadas de trementina. Entre dos de esos tragaluces aparecía colgado un crucificado descomunal, un crucificado de truculento realismo que parecía observar desde una posición angustiosamente avizora las bajezas del mundo.

58

La portera me hizo entrar en una salita al tiempo que musitaba que esperase un momento. Esa salita disponía de tres sillones frailunos, dos maceteros con sendos tiestos sin plantas y una especie de mesa de cocina pegada a la pared, bajo un ventanuco con aspecto de tronera. Del techo pendía una lámpara bronceada en forma de corona de espinas. A la derecha había otra puerta de cuarterones, muy negra y ajada. Ya iba a acercarme para observarla más por lo menudo, cuando se abrió con un gemido animal y apareció por allí la que debía ser, a juzgar por el tamaño, sor Inocencia del Perpetuo Socorro. Creo recordar que me quedé de lo más desconcertado, pues aunque sabía que la sobrina del encargado del aserradero era enana, nunca me imaginé que lo fuese de una manera tan estricta. También es verdad que una enana vestida de monja parece mucho más enana que si estuviera vestida como el común de las mujeres.

–Usted dirá –me dijo–. Ave María Purísima.

Y antes de que yo le contestase se volvió hacia la puerta por donde había entrado. No acerté a distinguir si dio un saltito o simplemente se estremeció.

–¡Sor Benita! –exclamó con una voz bastante más rotunda de lo que podía esperarse.

Apareció al punto una monja de estatura normal y con ese aire de perpleja que exhiben quienes han logrado neutralizar las tentaciones con penitencias desenfrenadas. Se quedó un momento expectante, sin acabar de entrar en la salita.

–El taburete –le dijo sor Inocencia del Perpetuo Socorro.

La otra monja desapareció y volvió a aparecer al instante con un taburete que más parecía un alzapié, el cual situó entre la mesa y uno de los sillones frailunos. Sor Inocencia del Perpetuo Socorro me indicó que me sentara, mientras ella lo hacía en su taburete. Le imprimió

59

luego a éste un leve impulso deslizante y esperó a que saliera la otra monja.

–No es hora de visitas –dijo–. Qué se le ofrece.

–Perdone –susurré como si el exiguo tamaño de la monja me obligase a rebajar también el volumen de la voz.

–Está perdonado –repuso ella–. ¿Es usted congregante?

–Vengo de parte de Jeremías –aventuré–. Si me he permitido molestarla, es porque no sabía dónde acudir.

El desnivel entre la monja y yo, sentados frente a frente, era tan desajustado que incluso parecía entorpecer la estabilidad de la conversación.

–No entiendo –dijo ella.

Y yo:

–Verá –preferí cautamente no mirarla–. Me interesa mucho saber dónde puedo encontrar a Emeterio, su primo.

–¿Mi primo? –interrumpió parpadeando la enana.

–Creo que es su primo –aclaré–. O sea, Emeterio Bidón, eso es lo que me ha dicho Jeremías.

–Vade retro –exclamó la monja, que se removió en el taburete con indicios de extrema incomodidad–. ¿Cómo quiere usted que yo sepa por dónde anda ese perdulario? Además, que ni siquiera se llama así.

Hubo un silencio recorrido por un rumor tintineante, como de agua escupida por una manguera. Tuve de pronto la convicción de que estaba oyendo el murmullo de un riego que aún no había comenzado y de que, además, aquella entrevista no era sino la prefiguración de otra venidera igualmente disparatada. Ni ese lugar desapacible ni la extrañeza conventual de las voces ni la monja enana parecían ser adecuadamente creíbles.

–Lo siento –me excusé.

–No pronuncie su nombre –dijo la monja–, y aquí

menos. Ese pariente mío tiene tratos con el demonio –suspiró sin ninguna humildad–. ¿O es que no lo sabía?

Sor Inocencia del Perpetuo Socorro se santiguó dos veces con una manita de la calidad y el tamaño aproximado de una nuez. Se levantó luego con suma presteza, si bien no se notó en absoluto que lo hubiera hecho.

–Perdone –reiteré al tiempo que yo también me levantaba–. Siento haberla molestado.

La enana se ajustó levemente una toca diminuta que parecía llevar puesta por equivocación.

–De modo que era eso –dijo–. ¿No se queda al rosario?

Yo hice como si no hubiese oído y me adelanté apocadamente para despedirme.

–Muchas gracias, de todos modos.

–No se junte con ese hereje –dijo ella, uniendo las manos por delante del pecho en un somero ademán rogatorio–. Hágame caso, hijo –volvió a parpadear, ahora con una triste lentitud de muñeca–. No se deje tentar por el enemigo.

Yo iba a darle la mano, pero a medio camino, comprendí que ni resultaba medianamente airoso ni a lo mejor era costumbre. La monja se inclinó ligeramente hacia la puerta y llamó:

–¡Sor Benita!

Sor Benita acudió como la primera vez, sólo que con una prontitud aún más inverosímil. Se quedó esperando órdenes, la vista clavada en la solería, justo por donde se amontonaban lo que parecían ser las cuentas de un rosario desensartado.

–El señor se va ya –dijo la enana–. Déle una estampa de la Preciosa Sangre –levantó beatamente la cabeza y me dedicó una mirada reprobatoria–. Va a hacerle falta.

Cuando salí del convento unas nubes veloces ensombrecían a trechos el jardín. Me quedé observando de pasada esas manchas plomizas que reptaban hacia la verja y escapaban entre los barrotes. Un viejo renegrido y enjuto, tocado con un mugriento sombrero de rafia, enroscaba en una boca de riego el extremo de una manguera de plástico verde.

Desde que mi madre se casó con tío Leonardo, empecé a ver con más frecuencia a Marcela Cabezalí. No creo que una cosa tuviese relación con la otra, pero eso fue lo que ocurrió. La verdad es que en casa apenas se notó aquella nueva situación familiar, ya con el tío convertido en padrastro. Al menos, no se había producido ningún perceptible cambio en las normas de convivencia. Sólo mi madre se mostraba a veces más contenida en sus efusiones, como si el hecho de que yo tuviese que aceptar a su nuevo marido la indujese a un retraimiento enojoso. A mí no me afectó demasiado esa sucinta alteración de la vida doméstica, quizá sólo las primeras noches, cuando mi madre y tío Leonardo se iban juntos a la cama o lo hacían discretamente por separado. Eso me transmitía una ingrata zozobra, una especie de intranquilidad proveniente a buen seguro de lo que en ese momento pensaría mi madre que yo estaba pensando. Pero todo se quedó en un inocuo y pasajero desajuste de la sensibilidad. Tampoco es que me hubiera acostumbrado sin mayores esfuerzos a esas novedades, es que prefería suponer que era así.

Marcela Cabezalí andaba entonces preparando su memoria de licenciatura, un trabajo aparentemente inacabable sobre las relaciones de la casa de Orleáns con Sanlúcar. Creo que lo que más le atraía de todo ese asunto era el protagonismo del duque de Montpensier en las intrigas dinásticas de la época, y solía hablarme de sus pesquisas al respecto con tan acérrimo interés que, en cierta medida, acabó contagiándomelo. A veces, en los momentos más intempestivos, cuando ni las condiciones ambientales ni el notable consumo de alcohol parecían preludiarlo, ella me pedía por favor que la escuchara sin perder detalle, pues probablemente me gustaría saber lo que había descubierto. Y lo que había descubierto no pasaba por lo común de ser una conjetura. Anteayer, por ejemplo, me confesó que tenía fundadas sospechas de que cuando el duque de Montpensier murió en Sanlúcar, en su viña de *Torrebreva*, un ayudante suyo, de nombre Luis Lerdo de Tejada −único testigo ocasional de su repentina muerte−, hizo desaparecer unas cartas que comprometían al duque en las peripecias políticas que condujeron al asesinato de Prim. Lo cual hacía aún más discutible la idea de que aquél hubiese financiado en parte −como más de un cronista había sugerido− la revolución de setiembre de 1868. Dicho esto, y sin que mediara ningún otro paréntesis reflexivo, Marcela Cabezalí cambió inmediatamente de asunto y me propuso que nos fuésemos al día siguiente de excursión por el brazo del río que no era navegable, o que sólo lo era para embarcaciones de poco calado, fuera ya de la ruta fluvial con Sevilla.

Y en efecto, al día siguiente −o sea, ayer−, salimos a media mañana en la barca de Juan Orozco con rumbo al ramal de la Torre. Yo tenía cosas que hacer en el aserradero, pero tío Leonardo me aseguró que él se encargaría de solventarlo, que me fuera tranquilo, lo que conseguí a medias. Era un día muy limpio, con un conato de levante encalmando las aguas. La marea estaba subiendo, de modo que la navegación río arriba, con la corriente en la popa, se hacía más fácil. Juan Orozco, como de costumbre, no hablaba, fijos los ojos en un punto del horizonte donde debían de estar concentrándose todas las historias quiméricas de aquel rincón del mundo. El río, por esa parte de la desembocadura, parecía un lago. A babor quedaba la linde majestuosa de los pinares de Doñana y, a estribor, una marisma sin fondo, con no mucha agua, y la geometría rutilante de unas salinas. Yo me distraía viendo cómo se sumergían y volvían a emerger las fochas que merodeaban por allí cerca, cuando Marcela Cabezalí me puso una mano en la rodilla y me dijo:

–Si oyes un naufragio, me avisas con tiempo.

Ella me miraba con una ambigua complicidad y yo sentí una sacudida brusca en el pecho, como de sangre circulando en una dirección equivocada. Nunca le había hablado yo de ninguna de mis irregularidades auditivas, así que esa insinuación me dejó estupefacto. Tampoco es que de ahí pudiera deducirse necesariamente la evidencia de que ella conocía lo que hasta entonces yo no le había confiado a nadie, pero tampoco pude evitar entonces la presunción de que, al menos, algo debía de sospechar.

–Muy buena idea –dije por no quedarme callado.

–Quién sabe –añadió ella, y se dedicó a contemplar los envites del agua contra la amura–. Tú ya me entiendes.

Íbamos acomodados en la proa, en una especie de talamete provisto de cojines impermeables. Juan Orozco se había puesto de pie en la bañera y llevaba la caña del fueraborda medio encajada entre las piernas. El zumbido del motor quebrantaba abruptamente la escrupulosa placidez del río, y eso le agregó al sosiego una cuña de incredulidad. No acaba de saltar el levante, pero el agua seguía quieta, desplegada en una sucesión de grandes cercos ovales con la apariencia del estaño pulido por el sol.

–Una lancha –dijo Marcela, señalando hacia la boca de un caño.

64

–Una camaronera –corrigió elocuentemente Juan Orozco.

La camaronera parecía una casita flotante. Sólo las pértigas de la red de cuchara, sobresaliendo por los costados, le daban un cierto aire de embarcación de otro tiempo.

–Siempre están por ahí –dije.

–Y ahora cuéntame eso de las premoniciones –dijo ella a media voz, examinándome con solemnidad repentina–. Por favor.

–Están ahí todo el tiempo –repetí–. Los riacheros.

–Una prueba –bajó la voz hasta el susurro–. ¿En qué estoy pensando ahora?

–En Montpensier –contesté, esforzándome por superar una profusa mezcla de aprensión y desasosiego.

–Sabes que no –dijo ella–. Seguro que estaba pensando lo mismo que tú.

Yo señalé hacia la incierta lontananza del río.

–Ya lo tenemos encima –dije.

Apareció entonces un mercante a menos de media milla de donde estábamos. Ya lo había descubierto hacía poco en la visual del caño, como navegando por mitad de la marisma, y ahora surgía a media máquina por el último meandro del río, escoltado de una bruma fantasmal. Juan Orozco viró a babor, acercándose a la orilla, y luego enfiló hacia el mercante para tomar por la proa la onda que éste iba desplazando. Se oyó primero la succión del agua por la margen de la pineda y, a poco, empezó a cabecear la barca de modo violento. La onda nos rebasó con una lentitud poderosa y prosiguió hasta un playón agrisado por el cieno, invadiendo ruidosamente el trecho de arena del que antes se había retirado el agua y llegando casi al borde de los pinos. Marcela se estuvo agarrada a mi cintura y yo sentía la vibrante opulencia de sus pechos apretados contra mí.

—Podías haberme avisado —murmuró.

—Ahí está el otro ramal —se lo indiqué—. Frente a la baliza.

Y ya no hubo más sobresaltos. Remontamos el brazo de la Torre hasta la altura del lucio de los Ansares, comimos a bordo una vez comprobado que la marisma de ambas orillas presentaba una fangosidad intransitable y volvimos a oír de forma imprevista y sin que lo justificara ninguna emergencia la voz de Juan Orozco. Sonaba como si ese fuera el único sitio donde podía sonar.

—Buen vino éste —murmuró después de haberse bebido su primer vaso.

Habíamos fondeado cerca de la orilla y la corriente mantenía la popa casi pegada al repecho del cauce. Marcela no había vuelto a referirse a lo que ella denominó premoniciones, ignoro si por olvido o por prudencia. En todo caso, de lo que sí habló y mucho fue de tres asuntos más bien intercalados que consecutivos, a saber: del esplendor del surgidero de Bonanza cuando acudían allí mercaderes de toda Europa al reclamo suculento de la contratación con las Indias, del lujo oriental desplegado por el duque de Medina Sidonia para recibir a Felipe IV en el palacio de Doñana, y de los últimos hallazgos efectuados por el padre en las excavaciones de los cerros de Alcaduz. Daba la impresión de que Juan Orozco no perdía detalle de lo que se hablaba, pero mantenía el mutismo del visitante que, aun sabiendo que no se ha equivocado, asiste a una reunión donde no conoce a nadie. Sólo se movía para llenar su vaso de vino y bebérselo casi de un trago, hasta que acabó con la botella y se tumbó a dormir entre unas cajas que había a popa. Marcela se quedó observándolo con una intrincada fijeza y así permaneció para decirme:

—Si no quieres, no me lo cuentes.

—¿El qué? —respondí con fingida desgana.

–Lo sabes muy bien –se volvió hacia mí no sin alguna severidad–. ¿A qué viene tanto rodeo?

Tuve entonces la súbita convicción de que había llegado el momento inapelable de las confidencias. Era la primera vez que sentía de veras esa tentación, ahora favorecida por la demanda incitante de Marcela y el contagio pacificador de aquel territorio apenas transitado por nadie. El rezón debía de haber garreado un poco y la popa topaba con regular levedad en la maraña de juncos de la orilla. No se oía nada, sólo los intermitentes lametones de la marea contra el casco y la híbrida resonancia de un presunto mundo animal. Así que, según todos los síntomas, era llegada la hora. Miré a Marcela, que buscaba acomodo sobre un atadijo de lona mal estibado en el talamete, y ella me mantuvo esa mirada con la vehemencia de alguien que puede convertirse de pronto en un adversario. Pero yo sabía muy bien que ella no lo iba a ser nunca. Dejé un momento mi mano en su mejilla y luego empecé a contarle sin demasiada lucidez mis más notorias experiencias a propósito de la captación anticipada de ruidos. Ella me escuchó sin interrumpirme, una actitud del todo inusual, y finalmente se incorporó y me apretó la rodilla diciéndome:

–Te creo.

Juan Orozco seguía dormitando. También se escuchaba ahora el orgánico y universal burbujeo de la marisma. Marcela buscó por debajo del talamete la última botella ya mediada, llenó un vaso y me lo ofreció. Luego se sirvió ella y bebió a pequeños sorbitos. El vino había perdido ya su frialdad y dejaba en la boca un regusto demasiado pastoso.

–¿Qué piensas hacer? –me preguntó Marcela.

–Nada –respondí–. No sé qué quieres que haga.

–¿Sabes lo que es prolepsis? –dijo ella.

Yo puse cara de no saberlo.

–Lo estudié en lingüística –prosiguió–, no me acuerdo muy bien. Es algo así como anticiparse a los acontecimientos.

–Ya.

–En vez de para escribir, tú lo usas para andar por la vida.

–¿Cómo dices?

–Debe ser como si ya supieras por adelantado lo que nos va a pasar –cerró los ojos como si recapacitase–. A lo mejor tampoco tiene gracia.

Un leve encontronazo de la popa contra el repecho despertó a Juan Orozco, quien se levantó despacio, se acercó a la proa y cobró un poco del cabo del rezón para abrir la barca de la orilla. Levantó luego la vista hacia el sol y, después de comprobar su altura y paladear el sabor del aire, nos insinuó con un inconfundible movimiento de cabeza que era hora de volver.

–Nos vamos –dije–. Antes de que pasen los flamencos.

Hubo un silencio nimio, como tensado por la gravitación majestuosa de la marisma. Marcela estuvo mirándome muy fijamente antes de decir:

–¿A ti te gusta Elvira?

No llegué a entender de inmediato la oportunidad de esa repentina pregunta, pero recordé con agrado a aquella muchacha menuda y hermosa a la que veía de vez en cuando y que compareció un día en estas páginas con tan enigmática equivocación.

–Sí –repuse–, ¿por qué?

–Me alegro –dijo Marcela–. A mí también.

Cuando ya entrábamos otra vez en el brazo mayor del río, una indecisa nube rosada, de mudable tonalidad, apareció a la altura del caño que entraba hasta la Algaida. A medida que se aproximaba esa nube, se fue haciendo más nítida y ondulante. Y ya en las verticales de la barca, la bandada de flamencos cambió de rumbo y se dirigió hacia el sur. Irían a comer como solían a los esteros. Marcela y Juan Orozco quizá alcanzaran a sentir aquel aleteo aterciopelado. Pero yo ya lo había oído antes.

—Ahí está una señora que pregunta por usted —me avisó Agustín, el hijo del guardabosque de la Almoraima, que trabajaba en la serrería con la cepilladora.

Yo andaba por el despacho revisando unos papeles y, en lugar de hacer pasar a esa visitante inopinada, salí a recibirla. Antes de acercarme, la descubrí al fondo de un pasadizo donde se amontonaban unos tablones de olmo. Estaba muy arrimada a uno de ellos, como olfateándolo con minuciosa delectación. Era una mujer esmirriada y pecosa, de cara blanquecina y pelo rojizo, a la que no conocía de nada.

—¿Quería verme? —saludé.

—Buen día tenga —musitó la mujer con un silbante acento forastero—. ¿El hijo de don Leonardo?

Lo dudé un instante antes de asentir con la cabeza.

—Usted se preguntará quién soy y yo se lo voy a decir enseguida.

—Dígame.

—Soy la esposa de Emeterio Bidón —empleó el tono de quien confía un secreto—. De modo que ya sabe por dónde voy.

La mujer se quedó como calculando el grado de mi extrañeza, que fue muy notable.

—Mucho gusto —acerté a decir—. ¿Quiere pasar?

—Prefiero no hacerlo —miró por encima de mi hombro—. Sólo vengo a traerle un recado.

—Usted dirá.

—Suelen llamarme Lucrecia —aclaró mientras se le

removía la nuez de modo angustioso–. Emeterio se ha enterado que usted quiere verlo.

La noticia no era de las que yo podía considerar increíbles.

–No tenía que haberse molestado –titubeé a media voz–. Me interesaba hablar con él, eso sí, pero no por nada especial.

–Depende –dijo y permaneció un momento husmeando a saber qué emanaciones–. ¿Hay por aquí madera de balsa?

–Pues sí, alguna hay –contesté–. O sea, panel marino.

–Me pareció.

–¿Quiere que se la enseñe?

La llamada Lucrecia compuso un gesto indescifrable antes de no responder. Y ese breve silencio desequilibró la escala de chirridos de la sierra abrazadera.

–Emeterio ha estado de viaje –dijo ella finalmente–. Por ahí –frunció los ojillos aguanosos–. Que lo espera el lunes, a las seis, en la venta de la Algaida.

–¿Y cómo supo que yo quería verlo? –inquirí.

–Eso ya se lo pregunta usted a él –recalcó incluso con altanería, agregándole al deje foráneo un trémolo teatral–. Aquí donde me ve, yo soy una mandada.

Y me tendió la mano para despedirse. Era una mano de hombre, áspera y caliente, que sacudió la mía de modo gubernamental. Antes de salir, paseó la vista por el almacén, muy abiertas las aletas de la nariz, buscando a lo mejor ese panel marino que parecía haber olfateado. De espaldas, daba la impresión de llevar puesto un vestido prestado o que no era exactamente el que le correspondía.

Me quedé un momento por allí entre intrigado y aturdido. Por más que lo intenté, no conseguí encontrar la clave de aquella visita. ¿Cómo se había enterado Emeterio Bidón que yo andaba buscándolo? Y en el caso improbable de que lo supiera, ¿por qué había mandado a esa mujer para citarme de un modo tan intempestivo? Descarté la posibilidad de que lo hubiese avisado su prima, la monja enana, que tampoco sabía nada de mí, y estaba seguro que ninguna de las personas a quienes yo había preguntado por él conocía a ciencia cierta su paradero. Me fui entonces a ver a Jeremías, el encargado, y le dije no sin alguna reticencia:

–¿Sabe usted quién acaba de estar aquí?

Jeremías masticó un palillo que le asomaba por la comisura de los labios y se encogió de hombros.

–La mujer de Emeterio –dije.

–No me suena –repuso–. ¿Quién?

–La mujer de ese pariente suyo que es medio adivino.

–Ya –se le posó una sombra adusta en la mirada–. Pariente mío tampoco es. Y creo que ni siquiera se llama Emeterio.

–No sé cómo ha sabido que yo quería verlo –lo pensé antes de añadir–: Sólo era una curiosidad, usted fue quien me habló de él.

–¿No es adivino, ese pájaro? –concluyó Jeremías–. Pues se lo habrá olido.

Realmente ésa era una buena razón. De modo que dejé a Jeremías en lo suyo y me fui para el despacho, mientras se me instalaba como un fogonazo de dolor en el fondo de los ojos. Encontré a tío Leonardo por uno de los pasadizos del almacén, dedicado a escarbar con un escoplo en una tabla de alerce. Ya sabía yo que se habían presentado complicaciones en la eliminación de la humedad en aquella madera, una resinosa semidura que había llegado al almacén muy mojada y se había revirado en el secadero.

–Esto no tiene arreglo –me dijo tío Leonardo.

Yo no disponía de ninguna idea sobre lo que se podía hacer con esos tablones ya en parte dañados. Mis ocupaciones en el aserradero –más bien reducidas a irme familiarizando con el funcionamiento del negocio– no incluían ni con mucho semejantes pericias. La verdad es que yo seguía un poco desentendido de todo aquello. Me limitaba a cumplir lo mejor que podía, ayudando entonces a canalizar los pedidos y a llevar el control de las existencias. Por lo demás, aquel ajetreo rutinario sólo me resultaba soportable porque me resarcía en cierto modo de otros deberes incumplidos y porque tampoco había olvidado el gusto por las maderas, esa más o menos perseverante afición a examinar las vetas y atronaduras y a conocer propiamente las peculiaridades y aprovechamientos de los diferentes tipos de árboles. Pero de ahí no pasaba mi interés. Hace ya tiempo, cuando mi madre me pidió que, en razón de algún no deseable imprevisto, fuera incorporándome al negocio bajo la segura guía de tío Leonardo, pensé que eso era en buena ley familiar lo que tenía que hacer. Así que, a poco de terminar el bachillerato, empecé a frecuentar el aserradero, no sin que mi madre insistiese una y otra vez en que sólo se trataba de un aprendizaje interino y que eso no tenía nada que ver con que luego estudiase lo que a mí más me gustaba, o sea, ornitología. Pero la abulia o la no del todo inexplicable resistencia a tener que irme a Sevilla sin saber en qué iban a acabar mis verídicos o imaginarios desarreglos sensitivos, fueron demorando una decisión que ya no iba a llegar nunca.

–Habrá que aprovechar lo que pueda escuadrarse –oí decir a tío Leonardo.

Yo me quedé con la vista fija en un nudo de la tabla, un círculo oscuro que se iba enluciendo a medida que se alejaba del núcleo central. De allí tenía que haber arrancado una rama de buen porte, a juzgar por el tamaño de la cicatriz y las fisuras radiales que la recorrían. Pensé: un

ocelo vegetal, un gran ojo hipnótico, el falso cerco superpuesto al sistema defensivo del árbol. Me costó trabajo
librarme de aquella fascinación, que ya se iba dispersan-
do en unas borrosas zonas visuales. La voz de tío Leonardo parecía absorbida por el giro ilusorio del nudo, acre-
centándome la presión dolorosa en el fondo de los ojos.

–Para listones –dijo–. O para astillas.

–Me voy –creo que repuse–, ¿quieres algo?

–¿Vas a casa?

–No, ahora no.

–Hasta luego entonces –me palmeó ostentosamente
la espalda, que era el más expedito modo con que solía
expresar su conformidad.

Volví al despacho y se me vino otra vez a la memoria
el aspecto de quien decía ser la esposa de Emeterio Bidón
o comoquiera que se llamara. Por un raro entrecruza-
miento imaginativo, la recordé como si fuese realmente
un hombre, incluso como si fuese el mismo Emeterio
travestido de mujer. Lo cual, a pesar de responder a una
manifiesta arbitrariedad, me hizo sentirme engañado de
algún irremediable modo.

Cuando salía del aserradero, me crucé con Jeremías.
No se detuvo para hablar conmigo, simplemente me dijo
como de pasada algo que no acababa de estar descamina-
do y que aun acentuó mi incertidumbre. Me dijo:

–Cuidado con ese pájaro.

Al cabo de no sé cuánto tiempo, cuando ya casi se me
habían olvidado los detalles precisos, volví a soñar con el
bosque en llamas. Esta vez también discurría por el sueño
una barca con las cuadernas medio podridas que bajaba a
la deriva por el río sin nadie a bordo. Lo que no sé es si
era la misma barca que atravesó luego el bosque por un

caño de aguas nauseabundas y a la que mi madre me intentaba subir no ya para escapar del incendio sino de la atronadora crepitación que parecía brotar de los árboles y ocupaba el mundo. Me desperté sin lograr librarme de la sensación de estar dentro de un boquete tórrido y pavoroso, con la cabeza todavía chisporroteando. Pero aún permanecí un buen rato en la cama, hasta que se extinguieron del todo los últimos restos calcinados del sueño.

Ya era media mañana de ese domingo y no había nadie en casa. En lugar de prepararme un café, opté por tomarme la primera copa de oloroso mientras revisaba desganadamente lo que había escrito sobre la deplorable historia de Marcela con el pinchadiscos Jesús Verdina. Luego subí sin ningún propósito al trastero. El trastero ocupaba dos habitaciones del segundo piso, comunicadas por una puerta de la que sólo quedaba el marco. Mi padre había tenido instalado allí un simulacro de laboratorio de física que, poco a poco, tras su muerte, se fue desmantelando hasta que todo aquello quedó finalmente convertido en una leonera. La imagen tornadiza, la decrépita representación de lo que también había sido para mí la vida de mi padre: apenas unos gestos copiados de otros gestos de fotografías evanescentes, una presencia cada vez más distorsionada por una bruma remota, una improbable concordancia afectiva. Anduve curioseando un poco por allí, quizá adecuando también mi memoria a esos enseres en desuso que remitían a ciertas destartaladas confluencias del pasado. Y fue así como encontré, en el cajón de una mesita renga, algo que no había visto nunca y que debió de atraerme por algún recóndito preaviso de la voluntad. Era una cajita de cartón floreado, con forma de paralelepípedo y cantoneras de nácar, como las usadas para guardar abanicos. Aparecía envuelta en un papel de China medio roído y atada con una cinta que pudo ser azul y ya era incolora. El contenido de esta cajita

74

se reducía a cinco cartas enrolladas, cuatro manuscritas y una a máquina. Las cartas estaban dirigidas por mi padre a mi madre y, aunque fechadas entre octubre y noviembre, no se especificaba ni el año ni el lugar desde donde habían sido remitidas. Mi padre hablaba en ellas de cosas divagatorias y deshilvanadas y sólo una vez hacía mención a las ventajas que, dentro del negocio maderero, le estaba proporcionando ese viaje. La verdad es que empecé a leerlas estimulado en parte por una especie de indiscreto anhelo filial, como si hubiese sentido de pronto el deseo inaplazable de saber algo más sobre aquel hombre del que tan poco sabía.

Me senté en el brazo de un sofá desfondado para seguir leyendo. El estilo epistolar de mi padre era bastante primoroso, aunque no así el flujo narrativo. Perdía el hilo con regular frecuencia y podía mezclar −por ejemplo− la descripción minuciosa de un paisaje con alguna casi ininteligible reflexión sobre su salud, referida sobre todo a un estado depresivo que se le acentuaba invariablemente por las noches. Ninguna de las cartas ocupaba menos de tres hojas de papel comercial, obcecadamente invadidas de una letra apretada y menuda, un poco emborronada a trechos por humedades indefinibles. A medida que avanzaba en la lectura, descubrí cuatro frases para mí sobrecogedoras. No las copié, pero las recuerdo textualmente. Eran éstas: «ayer te oí cantar en el patinillo», «supongo que ya ha debido caer el rayo por Las Piletas», «dile a Leonardo que los tablones de nogal se van a ir al suelo» y «¿por qué lloraba tanto el niño la otra noche?». Ignoro si un exceso de susceptibilidad o un contagio instintivo de mi propia ofuscación, me hicieron enfrentarme a tales expresiones como a un veredicto inquietante. Asocié por alguna inestable razón ese asombro a mi estado de ánimo el día en que me aseguró mi madre que también ella tenía los mismos síntomas que yo y que

75

quizá la artrosis cervical fuese un padecimiento hereditario. Ninguna de esas frases suponía empero una prueba suficiente de que mi padre hubiera disfrutado también de una previa audición de ruidos. Muy bien podían ser respuestas casuales a algún comentario epistolar de mi madre, o bien juegos adivinatorios sin ninguna especial anomalía. Desde luego que no se podía establecer ninguna aclaración decisoria con sólo esos datos, lo cual tampoco me impidió sacar mis propias conclusiones a partir de alguna vacilante conjetura.

Oí la voz de mi madre llamándome. Escondí al mismo tiempo el sobresalto y las cartas y bajé la escalera sin ninguna prisa. Mi madre estaba en su cuarto, buscando algo en el ropero, y no se volvió cuando yo me asomé a la puerta.

–¿Y tío Leonardo? –pregunté con la difusa intención de no ser preguntado.

–Se fue esta mañana temprano –respondió–. De cacería con los de la peña.

–¿A los patos?

–Supongo –ladeó entonces la cabeza para mirarme–. Podríamos almorzar en Bajo Guía, ¿te apetece?

Tardé un poco en contestar. Mi madre se había quitado el vestido y se disponía a ponerse otro que acababa de sacar del armario.

–Estará todo lleno –dije.

–También es verdad –repuso–. Mejor nos tomamos algo aquí.

–Mejor.

–Ahora vengo.

Y salió del cuarto, abrochándose con algún titubeo los botones del escote. Desplazándose a través de la neblina celeste que bajaba de la lucerna y flotaba a franjas oblicuas en el pasillo. Un taconeo remiso, una intimidad que la ausencia de tío Leonardo restauraba no sin cierto embarazo y la hacía más tácitamente supletoria. Entré en la sala detrás de mi madre y me serví otra copa de oloroso. Ella quería manzanilla.

—¿Bebía, papá? —dije.

—Depende —tenía un cerco húmedo en los ojos—. No le sentaba bien. ¿Por qué?

—Creí que le gustaba el oloroso.

—Alguna vez se tomaba sus copas.

—¿Os escribíais cuando estaba de viaje?

—Ven aquí —se reclinó lánguidamente en el sofá—. ¿A qué vienen ahora tantas preguntas? Claro que me escribía, le gustaba hacerlo.

Yo no contesté. Me senté a su lado y ella me observó con pausada benevolencia.

—¿Te pasa algo? —dijo.

—Nada —repliqué sin mirarla—. He dormido mal.

—No te cuidas —me pasó el brazo por los hombros—. No haces nada de lo que te dijo el médico.

Yo sentía el cuerpo de mi madre apretado contra el mío. Un apego dulce, un albergue carnal que me retrotraía a una infancia emocionante. Me arrimé un poco más y busqué acomodo con mi cara en el pecho de ella, era como esa querencia instintiva que ya se parecía demasiado a una invalidez. Mi madre me retuvo así un momento, su mano despeinándome, pero se levantó enseguida, como si se acordara de algún quehacer urgente. Dijo:

—Voy a preparar algo de comer.

Yo permanecí un momento en el sofá y luego me levanté también, un conato de vértigo estacionado por detrás de las cuencas. Me serví entonces otra copa y me fui para mi cuarto. Busqué afanosamente un viejo disco de Armstrong, pero no lo encontré por ninguna parte.

A las seis en punto, un poco antes quizá, ya estaba en la venta de la Algaida. Como yo no conocía de nada al Emeterio Bidón, tampoco sabía cómo iba a dar con él. La venta era un bodegón dividido en su medianía por un panderete de arpillera encalada. A un lado quedaba la tienda de ultramarinos y, al otro, el despacho de bebidas. El techo estaba recubierto de lienzos de cañizo y los muros aparecían enteramente forrados de viejos carteles de toros, ánforas desportilladas, desvaídas panorámicas de la ciudad a principios de siglo, redes y nansas. Un mostrador de aluminio, con aspecto de haber sustituido hacía poco a otro venerable de madera, formaba ángulo a partir de una pilastra central y cerraba la esquina derecha del fondo del bodegón. Me acerqué hasta allí sin más y le pregunté al ventero:

–Buenas –hice una pausa que quería ser benigna–. ¿Conoce usted a Emeterio Bidón?

El ventero no parecía del oficio. Era un hombre de noble cabeza cana, tez encendida y ojos muy claros. Llevaba unas gafas de montura plateada casi en la punta de la nariz. Me miró de hito en hito por encima de ellas.

–No le digo que sí porque no lo conozco –repuso con ejemplar parsimonia–. Pregúntele usted ahí a ése –señaló hacia una mesa adosada al mamparo–. El de la camisa morada.

–Póngame una copa –dije después de localizar a quien el ventero me indicaba–. De manzanilla.

Apunté a uno de los barriles que había detrás del mostrador, pegados contra la pared. Eran cinco, tres abajo y dos encima, con los fondos plagados de apuntes cabalísticos y churretes de tiza. Cuando el ventero llenó mi vaso de la espita del barril y lo dejó sobre el mostrador, me acerqué al de la camisa morada. Estaba jugando a las cartas con otros dos.

–Perdone –dije–. ¿Ha visto usted por aquí a Emeterio?

El de la camisa morada no se dio por enterado hasta que estampó violentamente contra la mesa un naipe mugriento. Habló mirando a los otros.

–Dijo que iba a estar en su casa pero que vendría –amagó una ramplona mueca de complicidad–. ¿No fue eso lo que dijo?

–Puede –murmuró otro de los jugadores, un muchacho con botas de pocero y rostro castigado por la viruela.

Di las gracias y me fui otra vez para el mostrador. El vino estaba un poco duro de boca, pero no entraba mal. Eran las seis y veinte y en la venta seguía la misma media docena de parroquianos que había cuando yo llegué. Una fetidez a zahurda circuló por el bodegón no más abrirse la puertecita de un cubículo dedicado a retrete. Se simultanearon varios ruidos de distinta procedencia: la trepidación de un tractor, la caída de un objeto metálico por la parte de la tienda de ultramarinos y el vozarrón de un hombre discutiendo con otro. Ignoro si alguno de esos sonidos era una premonición auditiva o había sido captado a su debido tiempo. Me distraía observando la abigarrada decoración de las paredes cuando sentí como el remusgo de que todo aquello no era más que la prolongación defectuosa de un espejismo. Pero fue sólo un momento porque enseguida advertí que alguien se situaba a mi lado. No lo había visto acercarse.

–Llego un poco tarde –dijo–. Soy Emeterio.

–Encantado –contesté estrechándole la mano que me tendía–. No se preocupe. ¿Quiere una copa?

Emeterio lo dudó un instante. Era un hombre de cara escamosa y ojos saltones, vestido con esa pulcritud un poco decrépita del que, aun deseándolo obstinadamente, ya no puede permitirse mayores prestancias. Tenía unos

dientes muy blancos, más llamativos quizá por lo olivá-
ceo de la tez, y lucía tres anillos –uno de ellos signatario–
en sendos dedos de la mano izquierda. Le quedaba poco
pelo, pero lo llevaba muy bien distribuido de una parte a
otra del cráneo.

–Si no le importa –dijo–, nos la tomamos aquí cerca.
Vamos a estar más tranquilos.

–Como guste –repuse, pensando que difícilmente íbamos a encontrar un sitio más tranquilo que aquel.

–Creí que no era usted tan joven –me examinó con
mirada de contratista.

Yo me encogí de hombros.

–¿Ha traído coche? –preguntó Emeterio.

–Sí.

–Mejor –apuntó con la cabeza a algún sitio–. No está
lejos, pero hay mucha arena suelta.

Así que pagué mi copa y salimos de la venta. El de la
camisa morada levantó una mano fugaz a guisa de saludo,
mientras el ventero parecía fingir que buscaba algo para
no despedirse.

Entramos por un camino polvoriento, aún más angosto a causa de las chumberas que lo invadían a trechos. Se
veían pequeñas hazas arenosas cubiertas por entramados
de plástico y sembradas mayormente de fresones y horta-
lizas. Con el sol ya bajo, esa especie de invernaderos
tenían algo de estanques dotados de luz propia. Torcimos
luego por otra hijuela que corría junto a un caño hediondo y Emeterio Bidón, que había permanecido mudo hasta
entonces, me señaló para una casita con el dedo del
anillo signatario.

–Aquí.

Yo me detuve con alguna brusquedad. Cuando baja-
mos del coche, nos salió al encuentro la llamada Lucrecia. Los saludos no fueron ni afectuosos ni distantes y lo
primero que pensé fue que, a pesar del enigmático pare-

cido entre ella y Emeterio Bidón, no había sido éste quien se personó en el aserradero disfrazado de mujer.

La casita, por dentro, era de una pequeñez más inequívoca que por fuera. Debía de constar de dos habitaciones y la de entrada –la única que vi– habría dado la impresión de muy desnuda a no ser por una gran carta de la broa de Sanlúcar que aparecía clavada con chinchetas en una de las paredes. Nos sentamos alrededor de una mesa camilla cubierta con un hule muy percudido y acartonado y Lucrecia se dirigió al marido diciéndole:

–¿Saco vino?

–¿Tú qué crees? –preguntó a su vez Emeterio Bidón–. Estamos secos.

Yo no lo estaba tanto, pero sí me apetecía una copa, incluso sin saber qué clase de copa iban a ofrecerme. Lucrecia se acercó a una especie de nicho empotrado en un muro lateral y cubierto con una cortinilla de arpillera. Anduvo trasteando por allí unos minutos hasta que sacó una botella y tres vasos de los de agua y los colocó encima de la mesa, siguiendo esa tendencia a la simetría que acomete a quienes han pasado mucho tiempo en la oscuridad.

–Lo primero que debo decirle –dijo Emeterio Bidón después de llenar los vasos hasta arriba– es que aquí mi señora y yo no nos llamamos Lucrecia y Emeterio –bebió un buen buche y se secó la boca con la manga–. Lo del cambio de nombre no viene al caso, pero tampoco considero correcto andar ahora con engañifas de poca monta.

–Ya –susurré.

–Vivíamos en la marisma –dijo ella–. Allí no nos querían mucho.

–Calla –dijo él–. Vivíamos en la marisma y tuvimos que venirnos para acá, eso es todo. Hubo un malentendido.

–Comprendo –insinué sin comprender nada.

Emeterio se hurgó concienzudamente con un dedo por dentro de la nariz antes de continuar.

–Una vez hecha esta aclaración –se miró el dedo–, pasemos al asunto que nos ha traído aquí.'

–¿No bebe? –dijo Lucrecia, deslizando hacia mí con cierta fogosidad el vaso, que chilló por el hule como un ratón.

Asentí con la cabeza y miré sin disimulo al suelo a ver si efectivamente había por allí algún ratón. No lo había. Bebí luego un poco de algo que sabía con bastante aproximación a aguachirle rancio.

–Sé que quería verme –prosiguió Emeterio–. Me llegó la noticia por vía telepática.

–Disculpe –dije yo–. No me gustaría meterme donde no me llaman –titubeé antes de seguir–. Me habían dicho que usted podía presentir los ruidos.

–Va bien encaminado –dijo él–. Pero vayamos por partes –me miró con una fijeza estrábica–. ¿Usted me andaba buscando por simple curiosidad o para encomendarme algún servicio?

–Estoy recogiendo datos –mentí–. Para un estudio sobre esos fenómenos.

Ya empezaba a oscurecer y la habitación había ido adquiriendo una vaguedad sofocante. En la penumbra las facciones de Lucrecia y Emeterio se asemejaban de un modo aún más ambiguo. Era un parecido que no dependía ni de los rasgos ni de los pormenores gestuales, sino de una especie de coincidencia orgánica referida a indicios muy sutiles: la calidad escamosa de la piel, la forma del globo ocular, la manera de abrir la boca buscando al parecer un aire del que no estaba muy sobrada aquella habitación.

–Conforme –dijo Emeterio–. Mi información puede serle de mucha utilidad –me observó más de cerca antes de añadir–: Es gratis.

Ella se levantó a encender la luz, una bombilla envuelta en un cartucho de celofán rojizo y pendiente de un cable empalmado con esparadrapo. El resplandor que emitía esa bombilla sólo en parte disipó las sombras, pero le agregó a los contornos un turbio recato litúrgico.

—Como es lunes, no hay pescado —dijo ella—. Podía haber traído unos chocos.

—Calla —repitió él y se dirigió luego a mí—. Pruebas no puedo facilitarle, lo siento, sólo dispongo del aval de mi palabra.

—Si no es indiscreción —me atreví a decir entre dos carraspeos—, ¿cómo se le acostumbra a manifestar exactamente eso de los ruidos?

—Un momento —se golpeó el pecho con el pulgar—. Yo no soy lo que se llama un pronosticador acústico, que quede claro. Sólo alcanzo a vaticinar, y no siempre, movimientos sísmicos, inundaciones, tormentas, cosas así. No niego que he podido tener avisos auditivos previos, pero se me han revelado principalmente por contagio sensorial. Mi fuerte es la visión a través de cuerpos opacos y el desdoblamiento físico. ¿Usted se va haciendo cargo?

—Más o menos —musité.

—Se lo voy a explicar de otro modo para que me entienda —añadió—. Todos sabemos que la naturaleza nos envía constantemente mensajes cifrados. Eso, por lo pronto. Porque luego nos encontramos con que cada uno los interpreta a su manera. Siempre ocurre así, a ver si no.

Se mordió el labio inferior, se quedó acechando algo impreciso y continuó diciendo:

—Un poner: yo oigo un ruido que me parece que no ha sonado todavía, pero eso no significa que sea un ruido que en realidad vaya a sonar. Puede ser una de esas falsas alarmas del séptimo sentido, cae dentro de lo posible —bebió otro buche muy deprisa—. Pues igual ocurre con lo del desdoblamiento. Yo ahora estoy aquí con usted y de pronto me percato que estoy esperándolo en otra parte, o sea, que quién sabe si a lo mejor estoy confundiéndome de aviso, ¿usted me sigue?

Apareció entonces Lucrecia por la puerta que debía de comunicar aquella habitación con la otra de la casa. Yo no la había visto salir en ningún momento, así que me desconcertó bastante esa entrada sibilina. Transportaba ella con sumo cuidado un lebrillo al parecer lleno de agua. Lo dejó sobre una especie de trébede que había en un rincón y se arrodilló a un lado. Emeterio continuaba mientras tanto su ya irreparable discurso, más intrincado tal vez en virtud de la propia anomalía ambiental. Conseguí abstraerme hasta el punto de dar por buena la presunción de que todavía estaba yo en la venta esperando la llegada de aquel personaje atrabiliario. Y en eso miré para donde estaba Lucrecia y la vi tumbada de bruces sobre el lebrillo y con la cabeza metida dentro del agua, lo cual consideré de lo más extravagante. No se trataba por supuesto de ningún lavatorio intempestivo, tampoco parecía que la interfecta estuviese refrescándose con tan inoportuna perseverancia. De modo que, conforme pasaba el tiempo y aquella mujer seguía con la cabeza debajo del agua como si tal cosa, me fui razonablemente alarmando. Sólo se oía un gorgoteo recóndito superpuesto a la cháchara irreductible de Emeterio. Éste debió de advertir entonces mi inquietud porque me puso una mano en el antebrazo como para que lo escuchara más atentamente y me dijo con la voz del afectado por alguna emoción retrospectiva:

—¿La está usted viendo? Ella sí puede demostrar sin ningún problema su dominio de la respiración branquial. Ella es en eso una superdotada. Si no fuese porque no me gusta la expresión, le diría que es una anfibia congénita —suspiró incluso con arrobo—. Lucrecia, es decir, aquí mi señora, nació en la isla de Mallorca y su abuela, una judía errante llamada Esclaramunda, fue quien la inició. Se trata, como usted habrá podido apreciar, de uno de los pocos casos de hibridismo pulmonar que se conocen. Todo lo que yo he aprendio en lo tocante al aparato respiratorio se lo debo a ella.

Yo miraba alternativamente al hombre y a la mujer como si intentase rectificar una secuencia mal colocada en mi propia confrontación imaginativa. Lucrecia ya había sacado la cabeza del lebrillo, no sin algún aparente forcejeo para lograrlo. Tenía la cara, amén de placentera, más pecosa y arrebolada que antes y un agua espesa le chorreaba del pelo como destiñéndolo. No pude calcular cuánto tiempo había durado su inmersión, pero a simple vista todo hacía suponer que había superado las más meritorias marcas establecidas al respecto. Así que tampoco dejé de maliciarme que alguna variante de la superchería tenía que haber intervenido en todo aquel acuático dislate, aunque no pude encontrar nada sospechoso que lo corroborara. Se sirvió ella entonces otro vaso de vino y se lo bebió de un solo trago, mientras quien se suponía que era su marido la observaba con manifiesto beneplácito.

—Necesita humedad —me dijo éste, mientras se embutía algo en la boca, ayudándose con el dedo índice—, compréndalo.

Pero mi comprensión había llegado a su punto de máxima credulidad y empezaba a decrecer aceleradamente. De modo que me levanté —o hice ademán de hacerlo— con ánimo de despedirme y salir de aquel atolladero. La sola idea de respirar aire libre se me anticipaba como lo más parecido que había a una recompensa.

—No me irá a decir que se va —exclamó Lucrecia.

—Lo siento —repuse consultando mi reloj—, tengo que irme. Me están esperando.

Ella se había arrimado tanto para hablarme que sentí el contacto de un tórax sin el menor abultamiento mamario. Y dijo Emeterio Bidón o ese personaje que ya hasta dudaba que fuese el que yo quería ver:

–¿No espera a que ella le cuente sus comienzos, cuando se pasaba las noches en las cuevas de Campanet?

–Otro día –dije–. Se me ha hecho tarde.

–Queda mucho –replicó ella, y no sé si le vi o creí verle una abertura de agalla en la encía superior.

–Otro día –reiteré cada vez más desnortado–. De verdad, ya nos veremos.

–Afirmativo –dijo Lucrecia, y emitió una risita de corte gallináceo–. No corra.

Nos despedimos con algún envaramiento y con reiteradas promesas de volver a encontrarnos pronto. Me acompañaron los dos hasta el coche, me recomendaron farragosamente toda clase de discreciones y, cuando enfilé por fin la trocha con innecesaria urgencia, la respirable normalidad del mundo me afianzó en la idea de haber experimentado alguna suerte de transitorio desajuste mental. Recordé de pronto una leyenda oriunda de Doñana, cuyo innegable parentesco con ciertas fábulas mitológicas protagonizadas por nereidas, la relacionaba también –por así decirlo– con las estrafalarias especialidades de Lucrecia. Se contaba que una vez amaneció un muchacho con unas marcas en el cuello de origen incalculable, lo cual coincidió con el descubrimiento de un extraño rastro sobre la arena, tendido entre el río y el chozo familiar. El cruento fenómeno volvió a manifestarse repetidas veces y nadie sabía encontrarle ni explicaciones ni remedios. Recurrieron primeramente a una ensalmadora y luego a un coquinero ducho en aojos por ver de atajar aquella maldición. Usaron también de toda clase de vigilancias nocturnas, pero como si nada. Siempre debía de quedar una fisura imprevista por donde se deslizaba sin ser notado el maleficio. El muchacho se iba desmejorando y llenando cada vez más de erosiones agusanadas. Y así hasta que, ya enfermo de muerte, confesó que una inverosímil criatura fluvial lo tenía hechizado: o se presentaba por las noches en el chozo o bien acudía él a su frenético requerimiento. Se tendían los dos muy juntos sobre el terrizo o entre las pocas aguas de la orilla y esa criatura quimérica le daba de mamar de sus pechos correosos, con lo que acababa sobreviniéndole al muchacho un placer indescriptible. Hasta ahí la leyenda y hasta ahí su presunta relación –si es que la había– con los prodigios respiratorios de Lucrecia.

La verdad es que no sé por qué pensé todo eso mientras atravesaba la hijuela lo más aprisa posible y salía otra vez al cruce de la Algaida. Algún resorte de mi memoria no funcionaba bien. Tenía la poderosa sensación de que estaba equivocándome peligrosamente o de que alguien, no sabía quién ni por qué, trataba de confundirme a costa de mis propias experiencias sensoriales. Algo me alertó todavía más, porque cuando pasé frente a la venta donde me había citado con el presunto Emeterio Bidón, intuí que si preguntaba otra vez por él nadie iba a saber contestarme. A lo mejor ni siquiera Jeremías, el encargado del aserradero, ni incluso la monja enana, se habían referido al mismo sujeto con el que yo acababa de estar. En cualquier caso, ni esa entrevista ni las aberrantes circunstancias que en ella concurrieron, habían sido ilusorias. ¿O es que finalmente todas aquellas consecutivas irregularidades se empezaban a corresponder con algún acumulativo desarreglo psíquico?

Dejé el coche en la esquina de la cuesta de Belén, no lejos del aserradero. Aunque supuse que ya no habría nadie por allí, me acerqué un momento a comprobarlo. Una penumbra perfumada salía del jardín del antiguo palacio de Orleáns, y eso bastó para que me acordara de

Marcela y quizá también de Elvira. Sentí la contraria necesidad de querer y no querer verlas en aquel momento. Y elegí no verlas, seguramente porque algo se estaba enmarañando demasiado aquella noche y tenía la convicción infundada de que debía resolverlo sin ayuda de nadie. A todo lo largo del muro lateral de una bodega aparecía un enorme rótulo, las grandes letras como deformadas por alguna furtiva iracundia: «No al arranque de viñas.» Una mancha lineal de sombra dividía en dos desiguales superficies geométricas la puerta lateral del aserradero. Y justo cuando iba a abrirla, lo hizo desde dentro Jeremías.

—Estuvo aquí esperándote un buen rato ese tipo —me dijo—. Ese Emeterio o como se llame.

CAPÍTULO TERCERO

Estas tres últimas semanas he estado bastante ocupado en la serrería. Incluso anduve de viaje en dos ocasiones por la parte del lago de Arcos, a raíz de la contrata de madera dura. Eso me proporcionaba a la vez una distracción juiciosa y una apacible regularidad en las incumbencias familiares. Todo iba bien en este sentido y hasta el negocio maderero parecía haber superado con los mejores augurios algunos atascos precedentes. Lo único que seguía causándome no pocas molestias era la maldita avería de las cervicales, y aunque finalmente decidí aceptar que me colgaran, la terapia no me deparó mayores alivios.

Durante diez tardes consecutivas fui a casa de don Serafín, el médico, donde me sometían a un tenaz calentamiento de la nuca con rayos ultravioletas antes de pasar al colgatorio. Este colgatorio era un artilugio muy elemental: un simple juego de cuerdas que corrían por una polea doble fijada a un bastidor; en el extremo de una de esas cuerdas había una especie de bufanda que se ajustaba al cuello y, en el otro, unas pesas que ejercían la necesaria tracción, generalmente hasta el límite previo al ahogo. Cada una de las sesiones duraba como un cuarto de hora, y a mí se me hacían inacabables. Al final, quizá se me redujo en cierta discreta medida la tensión dolorosa de la nuca, pero seguían incomodándome de la peor manera los efectos del riego sanguíneo. Todos los síntomas tenidos como propios de la insuficiencia circulatoria cerebral, coincidían de hecho con los míos: trastornos del sueño, pérdida de la memoria, inestabilidad emocional, síndromes vertiginosos, cefaleas vasculares.

Nunca hasta ahora, sin embargo, conseguí enterarme de nada que pudiera estar relacionado con la audición anticipada de ruidos, cosa que yo me obstinaba en asociar al proceso degenerativo de las cervicales, aun intuyendo que en el fondo era algo muy distinto, relacionado tal vez con alguna otra inflexión patológica de la sensibilidad. Pero el otro día encontré lo que con bastante probabilidad podía ser una pista, ignoro si fiable o falsa, entre los libros de mi padre que andaban por el trastero. Era un curioso opúsculo, obra de doña Oliva Sabuco de Nantes y titulado *Nueva filosofía de la naturaleza del hombre*, donde se hablaba de un fenómeno llamado acufeno (o acúfeno) que me dejó ciertamente intrigado. Este fenómeno venía a consistir en una percepción auditiva sin intervención de ningún estímulo externo. O sea, en oír sonidos inexistentes, capacidad nada insólita que dependía de ciertas perturbaciones del equilibrio o del nervio vestibular. Hasta ahí todo era aceptable. Pero es que también podía ocurrir que esos sonidos no fueran necesariamente ficticios sino de origen verificable, sólo que transmitidos a mayor velocidad de la normal, con lo que únicamente eran captados por aquellas personas dotadas de una humedad excesiva en el cerebro. Lo cual, aparte de lo abstruso, sí parecía tener alguna conexión con las anticipaciones o incluso con las recepciones acústicas a mucha distancia del foco sonoro. De modo que, a partir de ahí, se me planteó también la testaruda sospecha de que todo podía estar ligado a una misma variante enfermiza de la imaginación.

90

Anteayer, sin ir más lejos, me acerqué al taller de Apolonio, el calafate, porque creí barruntar que él había hablado de mí con alguien y quería verme. Di un largo paseo por la playa antes de llegar al taller, un viejo bodegón con la techumbre invadida de jaramagos y las paredes devoradas por el salitre. La grada propiamente dicha se asentaba sobre la misma playa, en la franja arenosa que quedaba frente al taller, fuera del alcance de la marea. Perteneciente a una inmemorial dinastía de carpinteros de ribera, Apolonio había heredado la sabiduría reverencial de quienes construyeran o repararan aquí mismo navíos menoscabados en las rutas de Indias. Conservaba esa dignidad parsimoniosa del que ha convivido desde niño con la mar y ha aprendido a descreer de los furiosos progresos terrenales. Aunque aparentaba unos cuarenta años, debía de tener bastantes menos. Era un hombre que nunca gesticulaba ni vociferaba –dos hábitos más bien desacostumbrados por estas vecindades–, de ojos verdes y cabellos descoloridos, muy magro y moreno.

Cuando llegué al taller, Apolonio andaba apuntalando la cuaderna maestra ya embutida en la quilla de un nuevo pesquero. Había una fogata allí junto y el humo le daba a ese incipiente costillar la apariencia de una pintura de tema náutico emborronada por los estragos acumulativos de la intemperie.

–A ti te quería yo ver –dijo Apolonio, sin abandonar su faena–. Espera un momento.

Uno de los dos muchachos que trabajaban en el taller como aprendices de calafate incrustaba a martillazos una cuña por el extremo del puntal que se hundía en la arena. Acabaron de afianzarlo y Apolonio me indicó que lo acompañara. Yo así lo hice y entramos en el taller.

–¿Te acuerdas de aquel moscón que andaba jodiendo por el Talismán? –me preguntó–. Hace ya tiempo, la noche en que esa mujer se tiró por la azotea.

–El cojitranco –repuse.

–Tengo ahí un buen mosto –se secaba el sudor con un pañuelo inmaculado–. ¿Quieres probarlo?

–Venga.

Apolonio sacó de una taquilla una botella y dos vasos y los puso sobre una mesa de carpintero, entre unas virutas fragantes, creo que de pino común. Sirvió el mosto antes de continuar hablando.

–Ayer se presentó aquí y me preguntó si tú coleccionabas pájaros disecados –recapacitó un instante–. Eso fue exactamente lo que me preguntó, date cuenta.

–¿Y tú qué le dijiste?

–Nada, que yo sólo me metía en mis cosas.

Pensé mientras bebía que ya había anotado yo eso en alguna parte, aunque enseguida lo descarté por inverosímil. El mosto estaba muy dulzón y algo punzante.

–No sé qué andará buscando –dije.

–Me dejó hasta una tarjeta –la buscó dentro de un sobre repleto de papeles que sacó del bolsillo de atrás del mono–. La debo tener por aquí.

Se oían de nuevo los martillazos del aprendiz. El retumbo entraba en el taller por la parte contraria de la playa y parecía regresar atropelladamente al lugar de procedencia.

–¿Vas a ir luego al Talismán? –pregunté.

–Me temo que no –repuso–. Estoy listo, no he parado un momento en todo el día.

–Van a dar las ocho.

–Aquí está –leyó la tarjeta–: Javier Dopingo, Iniciativas Publicitarias 92, Zona Sevilla-Cádiz-Huelva.

Apolonio me dirigió una mirada consultiva.

–Ni idea –dije.

–No me gusta –añadió él–, me huele a gusarapo.

Entró en eso el aprendiz con unas herramientas y las fue colocando sobre una repisa. La repisa estaba formada por dos tablones de andamio tendidos bajo un arco ciego y apoyados en dos resaltes del muro. Algo tintineó allí y provocó el ladrido de un perro que dormitaba en un rincón, junto a la puerta del fondo que daba a los navazos. Debía de tratarse de un ultrasonido, o al menos de un sonido cuya frecuencia vibratoria quizá sólo fue perceptible para el perro y para mí. Aunque no pasara de ser una sospecha inconsistente, tampoco dejaba de tener el módico atractivo de la novedad. Por eso lo apunto.

—Tómate un buchito —le dijo Apolonio al aprendiz, mientras colocaba un vaso junto a los otros dos y los llenaba con apremiante destreza.

Bebimos en silencio y nos despedimos de inmediato. Ya caía el sol sobre el mar, tiñendo aquella parte del horizonte de una lustrosa policromía de pastel. Las boyas del canal basculaban con una regular indolencia a impulsos de la vaciante, que traía mucho empuje, y era como si esa sólida imagen estuviese favoreciendo ahora el reposo placentero del paisaje. Apareció un escuadrón de garzas por la boca del río, en dirección a la punta de Malandar. Triángulo movedizo y borroso, me hizo acordarme que no había vuelto a Doñana a seguirle la pista a algún pájaro pescador desde hacía casi dos meses. No fue, sin embargo, una idea pesarosa sino más bien una evocación apática. Es muy posible que mis aficiones ornitológicas se hubiesen ido extinguiendo a medida que también se había ido alejando definitivamente la oportunidad —o el serio propósito— de irme a estudiar a Sevilla o acaso a Madrid.

Atravesé los porches de Bajo de Guía, seguí la linde de la playa y me desvié luego por Cerro Falón para salir al Cabildo. El mosto me había dejado en la boca un cierto regusto a moho y sentí la necesidad de neutralizarlo inmediatamente con una buena manzanilla. De modo que opté por entrar en un bar de la otra esquina de la plaza. Pero casi me arrepentí antes de hacerlo, pues tuve la certeza de que iba a encontrarme allí mismo con ese Javier Dopingo que había andado preguntando por mí en el taller de Apolonio. Sin embargo, y contra toda presunción, no apareció por ninguna parte, cosa que incluso me preocupó aún más que si me hubiera tropezado con él. Fue una especie de flagrante error de cálculo que ni siquiera se me ocurrió atribuir a ninguna defectuosa tramitación sensorial.

La madera empezaba ya a oler como sólo huele en verano. O sea, de un modo más crudo, más oleoso y carnal que de costumbre. Pero no me di cuenta hasta que no salí del aserradero aquel mediodía y pasé junto a una casa con un gran portón de caoba y un hermoso patio de mármol. De allí trasminaba el olor o, por lo menos, el componente más inconfundible de ese olor, una fragancia a tahona y a piñas asadas en las mañanas estivales, una fragancia golosa que no sé por qué salía ahora de las interioridades de aquella casa. No tuve tiempo de pensarlo demasiado, porque en ese momento vi acercarse a Marcela Cabezalí, precisamente cuando atravesaba una calle que había llevado en tiempos el nombre de «Duque de Montpensier».

—Me suena tu cara —dijo ella—. ¿Quién eres?

—Ya era hora —repuse.

—O salgo poco —me dio un beso fugaz—, o me paso la vida en el archivo, según me dé.

Continuamos andando juntos, una vez que yo decidí cambiar de dirección y seguir la que ella llevaba. Subía de los adoquines un calor seco, tupido, que se fundía con ese otro calor de invernadero estacionado en el aire.

–¿Tienes prisa? –dije.

–Depende para qué –me cogió el brazo con su mano húmeda.

Llevaba puesta una especie de desmesurada camisa de explorador de la jungla, con los faldones por fuera del pantalón a manera de guardapolvo. Yo sentía con agrado su proximidad, tal vez recordando que casi siempre la había visto de noche, y añadió ella:

–Te propongo un plan –consultó su reloj de pulsera–. Nos vamos a casa y te enseño lo último que he averiguado a propósito de Montpensier.

–¿Ahora?

–Así me acompañas.

Me quedé un momento indeciso. Nunca me había dicho ella que fuese a su casa. La verdad es que ni siquiera me planteé yo esa posibilidad, probablemente porque tampoco se había presentado ninguna buena ocasión o porque yo prefería que no se presentase.

–Se han ido todos a Alcaduz –dijo Marcela como para disipar innecesariamente alguna duda–. A pasar el día con mi padre.

–De acuerdo –convine.

Y nos fuimos paseando hasta el Barrio Alto, por el carril de San Diego. El sol rebotaba contra las piedras yerbosas del castillo y los albos paredones de las bodegas, asperjando como una neblina áurea por las callejas vacías. Un aroma a vino recién trasegado le añadía al apresto del aire una densidad gustosa.

–Aquí.

Era una de esas casas de fin de siglo en las que el tiempo ha ido reemplazando la modestia por la prestancia. Tras un zaguán angosto, se abría un patio pavimentado de losas apizarradas de Tarifa, con ocho columnas de fundición sosteniendo una galería volada. Unas macetas de aspidistras y begonias rodeaban con precisión simétrica un gran odre vidriado, donde crecía una palmera enana. Pero lo que enseguida llamaba la atención eran las piezas arqueológicas repartidas sin orden por todas partes. Se conoce que don Ubaldo, el padre de Marcela, había convertido su propia casa en almacén —no sé si provisional— de buena parte de lo que iba apareciendo en las excavaciones de Alcaduz. A un lado, sobre unas esterillas de cáñamo, había una gran copia de trozos de cerámica y fragmentos de metales cincelados. También se veían, apoyados contra la pared, algunos bajorrelieves y estelas funerarias.

—Luego lo vemos y te cuento —dijo Marcela.

Y me hizo pasar a una habitación del fondo del patio, que comunicaba con otra donde ella parecía haber instalado con alguna improvisación su estudio. Era un cuarto espacioso, con las paredes bastante desconchadas por la humedad y en parte cubiertas de carteles turísticos. El mobiliario se componía de un estante metálico medio repleto de libros, una mesa de oficina con la encimera cuarteada, una cómoda de buena traza sin barnizar y una cama turca vestida de loneta.

—Ponte cómodo —dijo Marcela, mientras revolvía entre los papeles de su mesa con una prisa aparentemente infundada.

Yo me senté en la cama turca y esperé a que ella terminara de buscar no sabía qué. La luz entraba por una claraboya abierta en un ángulo del techo y comunicaba a la habitación un cierto clima conventual. Marcela se acercó finalmente con un papel en la mano.

—Toma, lee —se sentó a mi lado y al punto volvió a levantarse—. ¿Qué quieres beber?

—Una copa —dije, y observé ese papel mientras ella salía de la habitación.

Era la fotocopia de un recorte de prensa, cuyo original debía de estar muy estragado. Llevaba una tarjetita grapada en un ángulo, con una anotación manuscrita: «Del Diario de Reus, 7 de julio de 1872. Carta de don Francisco María de Borbón, hijo del infante don Enrique, al duque de Montpensier, hijo del monarca francés Luis Felipe I.» El recorte decía lo siguiente:

París, 28 de junio de 1872

Mi honor y mi deber me impelen a desenmascarar la ambición, secreta e hipócrita, que encubre aún hoy al duque de Montpensier, llamándose defensor de una dinastía ya caída. ¿Quiere ser regente de España ese tránsfuga del Sena, el náufrago de la familia de los Orleáns, regente el que mató a Don Enrique?

¿Qué? ¿El duque de Montpensier, tan falto se encuentra de sentido moral para hacer creer que servirá con fidelidad a su protegido Don Alfonso, hijo de Doña Isabel? «Serviré con valor a tan noble causa», dice en su manifiesto el traidor a su propia familia. ¡El hombre de poco corazón que pagó la Revolución de Septiembre de 1868, el que hizo mal a su bienhechora y el que mató a su primo, no se aparta tan pronto de sus malas acciones!

¡Que Don Antonio de Orleáns respete mucho más a nuestro país y que no sea tan pretencioso para concebir la idea de que los españoles derramen una tan generosa sangre en favor de un príncipe francés; que no olvide ese triste conquistador que España es una nación altiva y gloriosa, y que no querrá jamás por jefe al matador de un príncipe español!

Interrumpí la lectura cuando vi entrar a Marcela con una botella bajo el brazo, un cuenco con almendras en una mano y dos cañas en la otra. Lo depositó todo en el suelo, junto a donde yo estaba, y me dijo mientras servía el vino con mediana soltura:

–Curioso, ¿verdad?

—Espera —repuse, y seguí leyendo:

*¿No se le presenta en sus sueños la frente partida y
ensangrentada de mi padre? ¿Su conciencia no le acusa
de un crimen? ¡Sombra de mi desgraciado padre, duerme
en paz, tienes un hijo que se encarga de que se cumpla tu
codicilo! ¡No ha sido rey de España y no será regente! ¡No
será regente un fratricida, no será regente el francés que
da muerte a un español!*

*Señor duque, usted mató a mi padre, pero no pudo ni
podrá jamás hacer olvidar a los españoles la memoria de
ese mártir. ¡Su nombre no ha muerto; mi padre revive en
mí y yo seré según su última voluntad, un digno hijo de
Don Enrique!*

*Los sentimientos de mi padre eran los de un hombre
honesto y leal, es decir, los de un bueno y verdadero
español, y estos mismos móviles impulsarán eternamente
a su hijo. No tengo más que diez y nueve años, y por hoy le
hago conocer el profundo desprecio que siento hacia su
persona, esperando que dentro de poco se lo pueda probar
de otra manera.*

Francisco María de Borbón

—¿De dónde lo has sacado? —dije devolviéndole el papel.

—Tengo mis trucos —contestó—. Bebe.

Recogí la copa que me ofrecía y bebí con reconcentra-
da placidez. La manzanilla estaba demasiado fría.

—Esa carta tampoco es lo que parece —prosiguió ella—.
El duque no mató así como así al infante don Enrique —se
pasó la lengua por los labios—. Además que lo que a mí
me interesa es el tejemaneje.

—Ya.

—Resulta que ese infante don Enrique, que por cierto
era un jerifalte de la masonería, escribió un manifiesto

donde ponía a parir a Montpensier. Y entonces Montpensier lo retó a un duelo y lo mató de un tiro. Pero es que todo eso iba a traer cola.

–Me imagino.

–Fíjate que la carta la publicó un periódico de Reus y que Prim, otro masón, era de Reus.

Marcela se echó el pelo para atrás y bebió un buchito de su copa antes de proseguir.

.–A Prim ya lo habían asesinado cuando apareció ahí esa carta contra Montpensier, un detalle. Aparte de que ya nada iba a ser lo mismo, hasta la Restauración funcionó de otra manera –me puso una mano trémula en la rodilla–. ¿Cómo llevas lo del oído?

Yo me aturdí un poco, como si ese cambio de conversación me hubiese cogido en falta.

–Me siguen molestando algo los vértigos –dije–. Nada de particular.

–¿Y por qué no aprovechas todo eso?

–¿El qué?

–Todo eso. O sea, que podías organizar una especie de gestoría para prevenir accidentes y cosas así.

–No se me había ocurrido –traté de ser displicente–. Podría liquidar el aserradero y montar allí esa oficina.

–En serio –volvió a llenar las dos cañas, inclinándose con algún nerviosismo–. Piénsatelo.

–Seguro.

Marcela se quedó un momento como abstraída y luego me miró con una fijeza vehemente.

–Oye –dijo–, ¿tú no follas nunca?

Yo le sostuve esa mirada en la que también advertía un anhelante estrabismo, pero no dije nada porque tampoco había nada que decir. Y eso me retrotrajo al momento en que me encontré con ella en la calle. Un fogonazo súbito, una vengativa forma de confrontar el recuerdo de mi madre con la proximidad de Marcela, precisamente cuando esa proximidad me hizo reconocer un deseo que, aun sin estar muy precisado, tampoco me pareció que iba a sufrir demasiadas moratorias. No tuve que buscar ningún arrimo previo, porque allí estaba ya su boca entrando en la mía con una ansiedad atribulada.

–Hay mucha luz –musitó ella, separándose un instante.

Pero esa luz era ya una referencia mitigada por la opacidad del cuerpo de Marcela, poco a poco reclinado junto al mío en aquella otomana que olía a forraje marchito. Me llegaba su voz como a través de una espesura textil, palabras irreconocibles, frases inconexas, jadeos. Una codicia sofocante, una desnudez retenida por el apremio, una emulsión de salivas con sabor metálico, una quejumbre monocorde. Y la absorción final, el terso, el lábil albergue de esa carne opulenta y hospitalaria, y algo parecido a la simulación triunfante de un orgasmo simétrico. ¿Pensé acaso entonces que en eso consistía el cumplimiento de un pacto concebido con toda probabilidad el mismo día en que Marcela decidió dejar de ser la prenda amada del pinchadiscos Jesús Verdina?

Ella se incorporó al fin con más pudor del que hacía prever su natural desenfado. Terminó de abrocharse la camisa de explorador de la jungla y dijo:

–Qué rapidez –se tapó la cara con las manos para emitir un susurro efímero–. Ahora vengo.

Yo me vestí con cierta premura, como si el hecho de que Marcela me encontrase arreglado fuera suficiente para invalidar cualquier obsceno recordatorio. Todavía era yo capaz de obedecer a esos escrúpulos educativos. Ella nunca habría actuado a buen seguro como yo. Tardó algo en volver y traía una carpeta sujeta con las dos manos cruzadas sobre la rigidez eminente de sus pechos. Se dirigió al estante, la dejó allí y se sentó otra vez a mi lado al tiempo que me besaba escuetamente en la boca.

Tenía el nada fingido aire de quien, después de solventar unas diligencias urgentes pero de índole rutinaria, se dispone a reintegrarse a alguna interrumpida actividad.

–Qué bien –dijo–. Tengo hambre.

Yo también la tenía, pero tardé un poco en reaccionar.

–Vamos a comer algo por ahí –propuse–. Van a dar las tres.

–Tenemos que salir un día con Elvira –dijo un poco atolondradamente mientras volvía a llenar las cañas–. Los tres juntos.

Los tres juntos, pensé, y esa sola sugerencia me retrotrajo al día en que nos fuimos en la barca de Juan Orozco por el ramal no navegable del río, y ella, Marcela, también me habló con cierta insinuante ambigüedad de Elvira.

–De acuerdo –dije–. ¿Por qué se te ha ocurrido eso ahora?

–Por nada –repuso con otro equívoco ademán de cansada–. Puede ser divertido, ¿no?

Y se levantó muy ufana mientras lo decía, ya con la aparente intención de salir. Yo también me levanté y los dos nos fuimos hacia el patio. Y fue entonces, al verla un poco a contraluz, nimbada de un resplandor que remitía a otro más familiar, cuando ratifiqué que había algo en ella, no sé, el tamaño de las manos, el terso brillo de cántara de la piel, la oscilación vivaz de las caderas, algo a la vez solapado y ostensible que la asemejaba en cierta forma a mi madre. Y supe de repente que aquel estremecimiento del cuerpo de Marcela tendido junto al mío, había sido sustituido en algún instante vidrioso por ese otro estremecimiento del cuerpo de mi madre cuando yo me apretaba contra ella. No me turbé, sin embargo, lo único que sentí fue como el remanente de un placer bonancible.

—Otro día te enseño el museo —dijo Marcela, refiriéndose a las piezas arqueológicas repartidas por el patio.

Cuando salimos de la casa, ya se había hecho del todo patente el anterior auspicio balsámico del verano.

Tenía un solo ojo abierto, pero ése aparecía casi tapado por la arena. Estaba tendido boca abajo, con la cabeza vuelta en dirección al poniente y, a juzgar por el rastro que había dejado su cuerpo, debió de intentar arrastrarse hasta su barca en tanto que se moría. El rastro iba desde un ancla gigantesca que se pudría por aquella parte de la playa hasta el lugar donde encontraron el cadáver, ya a unos veinte metros del varadero. Lo cual resultaba bastante raro, incluso podía resultar de todo punto inadmisible, pues la muerte le había sobrevenido por desnucamiento, seguramente al irse de espaldas contra el ancla, y en absoluto parecía razonable que se hubiese podido desplazar por sí mismo en semejantes condiciones. Según el informe del forense, el fallecimiento debió de ocurrir entre las doce y la una de la madrugada, cosa que tampoco venía a concordar con los más consabidos hábitos de Juan Orozco, a quien nunca se le había visto fuera de su casa a esas horas.

Ya habían dado las once y media cuando entré yo ese día en un bar de aquella zona de la playa, una especie de Hogar del Pescador que no cerraba hasta tarde. Me había encontrado con un compañero de colegio al que llamaban Calígula y ni siquiera sé por qué recalamos allí a última hora. El local estaba casi vacío, sólo había dos hombres adustos que me recordaron a otros dos hombres adustos entrevistos en la venta de La Algaida la tarde en que fui a buscar al presunto Emeterio. O eso me pareció.

Ya llevábamos allí un buen rato cuando sentí como si

me rebotara en el pecho un encontronazo de mediana violencia, un choque con algún elemento pétreo, que enseguida relacioné con la quilla de una barca raspando un alfaque. No hice naturalmente ningún comentario. El ruido había sido muy sucinto, apenas acompañado de un eco como de vasija cascada, y en principio no me pareció que incluyera ninguna irregularidad. Algo me avisaba, no obstante, que lo que había escuchado era la anticipación de un ruido que se iba a originar realmente de un momento a otro y no lejos de allí. Una sensación un poco contradictoria, pues en estos últimos días anduve bastante desorientado al respecto, sobre todo porque me había equivocado más de una vez al escuchar ciertos sonidos, suponiéndolos anteriores a su emisión cuando en realidad se habían producido al tiempo de ser captados. Incluso tuve la sospecha de que alguna vez había oído algo que no era sino una percepción auditiva imaginaria, sin ninguna correspondencia con la realidad exterior, algo parecido a ese fenómeno llamado acúfeno que tanto me había intrigado cuando supe de su existencia. Pero en esta ocasión los síntomas se parecían bastante a los de otras experiencias anteriores de índole premonitoria, conque lo menos que pude hacer fue quedarme en estado de alerta sucesiva.

Debí aprovechar entonces algún respiro en la espesa verborrea de Calígula, y me acerqué con fingida abulia a la puerta del bar. Toda la incierta extensión de la playa tenía algo de inmenso agujero provisto de otros muchos agujeros sin salida. La boca del río aparecía taponada por una descendiente fumarola y un resplandor lechoso esfuminaba las marcas de la arena orientadas en dirección del viento, que era de poniente y arreciaba. Aspiré con gusto el hálito refrescante de la noche y, simultáneamente, sentí otro hálito almacenado en algún remoto distrito de la memoria. Ese escondite filial al que aún seguía de algún modo maniatado, esa remuneración sensitiva tramitada a partir de no sé qué punibles desvaríos de la infancia y resuelta una y otra vez en contra de mi propio deseo o de mi propia voluntad.

Ya me iba a volver al interior del local, o ya acudía al reclamo vociferante de Calígula, cuando vi a un grupo de gente corriendo por allí cerca de un lado para otro, bajo los porches de Bajo de Guía. No esperé a comprobar nada, tampoco dije nada, sino que me apresuré hacia donde se agrupaba aquella gente y pude así enterarme de la primera esquemática versión de los hechos. Unos pescadores que volvían de calar un trasmallo a la altura de Las Piletas, acababan de encontrar sobre la playa el cuerpo de Juan Orozco. Nadie lo había tocado, sólo se habían atrevido a mirarlo de cerca y a avisar al cuartelillo una vez comprobado que, según todos los indicios, el botero estaba muerto.

Me acerqué enseguida al lugar de la playa donde yacía el cadáver, velado por algunos hombres estáticos y una mujer de pelo blanco y bata negra en funciones de plañidera adormilada. La luz de una lámpara de petróleo, situada a los pies del cuerpo del botero, le ponía a la escena un halo enigmático: un vaporoso hacinamiento de sombras y sospechas de sombras, un entrevero de estatuas caliginosas vaciadas contra la noche. Fue entonces cuando le vi la cara a Juan Orozco, la boca entreabierta, un brillo triste en cada mejilla, el único ojo abierto salpicado de arena y como tupido por el espanto. Muerto, era mucho más viejo que vivo. Parecía un trozo inmemorial de madera fosilizada, un desperdicio depositado allí por la marea. Me acordé otra vez de cuando fuimos Marcela y yo en su barca hasta el ramal de La Torre. Volví a verlo sucesivamente con la caña del fueraborda entre las piernas, dormitando a popa junto a unas cajas de plástico o bebiendo un vino que lo instó a pronunciar sus únicas palabras de aquel día.

–Claro no está –dijo un hombre desde la penumbra, señalando un rastro que el viento arenoso aún no había desdibujado.

–¿Qué ha ocurrido? –pregunté.

–Por lo que se ve –dijo el hombre–, tropezó y se desnucó con ese ancla –señaló con el dedo gordo hacia atrás–. Pero digo yo que un desnucado no se pone a gatear así como así.

–Quería llegar hasta su barca –añadió otro–. Eso es lo que quería hacer.

–Lo arrastraron –dijo alguien que llevaba unos pantalones remangados hasta las rodillas.

–Arte al agua, hombre bueno –dijo la mujer que hacía las veces de plañidera–. Juan lo sabía.

–Ya están ahí –avisó finalmente el que había hablado primero.

Los faros de dos coches trastocaron abruptamente los bultos de sombra de la playa, una modificación insondable de los espacios circunvecinos. Se hizo de pronto más próxima la negrura fosforescente del mar y, tras el ruido de los motores, sobrevino un silencio luctuoso. Los faros se habían quedado encendidos y orientados hacia el lugar donde estaba el cadáver. Era como si esa claridad indebida contraviniera la cerrazón estatutaria de la muerte. Aparecieron a contraluz hasta cinco personas: dos guardias y tres paisanos; uno de éstos era el juez, otro el forense. Me pareció ver a Calígula alejándose por detrás de ese grupo. Yo me había apartado unos pasos, fuera de la zona iluminada, con el no del todo injustificado propósito de que no me reconocieran.

–¿Quién fue el que lo descubrió? –preguntó el juez.

–Servidor –dijo muy deprisa uno de los pescadores–. Veníamos de recogida y ahí estaba.

–No han tocado nada, ¿verdad? –el juez señaló el cadáver, ahora más deforme con la luz desarticulando su quietud–. Me refiero a que nadie habrá tratado de mover el cuerpo de este hombre.

Nadie había tratado de mover nada. Los dos guardias y uno de los paisanos anduvieron inspeccionando, con ayuda de unas linternas, por el pisoteado trayecto que quedaba entre el cuerpo de Juan Orozco y el ancla podrida. Algo debieron de encontrar porque recogieron unas lascas de orín y un puñado de arena apelmazada y lo guardaron todo en una bolsita de plástico. El forense anduvo examinando por encima el cuerpo del botero y, después de descubrirle la herida de la nuca, miró al juez y se encogió de hombros. Y ya se dispusieron a cubrir el cadáver con una especie de mantalona que llevaba al hombro uno de los guardias. Se olía la muerte como si fuera el ingrediente más antiguo de la suma de olores de la resaca.

–¿Hay aquí algún familiar? –volvió a preguntar el juez.

Uno de los hombres señaló hacia un lugar indefinido.

–No, señor –tardó en decir–. Vivía con una hermana, pero no han dado con ella.

El juez dio unos pasos torpes por dentro del haz lumioso de los faros, y su figura catapultó sobre la playa una sombra inconmensurable. Se volvió para despedirse y luego se dirigió por el borde del resplandor, seguido de otro de los que llegaron con él, hacia donde estaban estacionados los dos coches. Uno de los guardias adoptó de inmediato la postura despótica del beocio a quien acaban de conceder alguna autoridad.

–De modo que aquí todo el mundo de mirón –dijo–. O sea, que nadie sabe nada.

Todos contestaron que no con algún gesto, algún murmullo, algún silencio huraño, y tuve entonces la desalentada sensación de que yo sí había estado presente cuando Juan Orozco se desnucó contra el ancla. Una idea furtiva que me obligó a otro furtivo desplazamiento en dirección a los porches. El poniente había amainado y una calentura hedionda emanaba de sotavento. Supuse que aún debía de andar por allí Calígula, pero afortunadamente no apareció por ningún sitio. Sólo vi a un hombre con trazas de espectador perpetuo apoyado contra uno de los pilares, los ojos fijos en alguna invisible concavidad de la noche.

Frente al taller de Apolonio se adivinaba una nueva pila de tablones. Me desvié un poco hasta allí y comprobé que esos tablones eran de pino gallego y de pino mediterráneo, a más de otros de eucalipto rojo, que era −creo− la madera con la que labraban la quilla de los juanelos. Volví luego por la linde de Bajo de Guía, sin acercarme a los porches y sin dejar de pensar en las borrosas circunstancias de la muerte de Juan Orozco, esa oscura correspondencia simbólica entre su modo de vivir y su forma de morir. Cruzó en aquel momento por el repecho de la playa la ambulancia que iría a recoger el cuerpo del botero. Y esa sola imagen inclemente me activó de pronto el deseo de volver a casa.

Al otro día me acerqué al depósito de cadáveres y pude enterarme de todos los pormenores del caso. La autopsia había corroborado que Juan Orozco se había fracturado la base del cráneo, al golpearse la nuca contra un objeto contundente, a no dudarlo una uña del ancla. El fallecimiento ocurrió entre las doce y la una, o sea, que mi premonición auditiva desde el Hogar del Pescador coincidía muy bien con algún momento previo del accidente. En el examen del cuerpo del botero se apreciaron claros síntomas de intoxicación alcohólica, aparte de mostrar unas marcas en el pecho como de rasguños no del todo cicatrizados. También se le encontraron en el estómago indicios de almejas o coquinas y agua fangosa. Lo único que no parecía explicable era el hecho de que

Juan Orozco se hubiese arrastrado en dirección a su barca antes de morir. El encontronazo le había partido efectivamente el cráneo, incluso una astilla de la vértebra superior de la cerviz había penetrado en el encéfalo. ¿Cómo pudo entonces moverse por sí mismo, a no ser que lo hiciera ya muerto o que alguien no necesariamente muerto estirara de él? Lo cual me recordó la leyenda de esa criatura acuática de Doñana que embelesaba a los riacheros desprevenidos, llevándoselos hasta algún playón fluvial para amamantarlos con sus pechos escamosos y desgarrarles la carne con las uñas. Ese rastro indescifrable en la arena, esos arañazos en el pecho, ese sucio ojo despavorido, ¿respondían en verdad a alguna intervención inusitada? Me imaginé entonces a Lucrecia acechando en la playa el paso del botero, a saber con qué aberrantes intenciones, tal vez para que él la llevara en su barca al secreto cubil donde cohabitaban las hidras con los batracios. Interrumpió mis cavilaciones la hermana de Juan Orozco, una mujer con boca de vieja y ojos todavía jóvenes. Iba toda de negro y ella era también muy negra de piel. Se me acercó con una indecisión humilde.

–Usted lo conocía –dijo–, a mi hermano.

La pregunta me suministró imperceptiblemente un vago sentimiento de culpabilidad.

–Me llevaba a veces en la barca –contesté.

–Era un buen hombre –se le espesó la voz sollozante–. ¿Quién iba a querer traerme esta desgracia?

–¿Cómo dice?

–Bebía lo suyo. Pero él nunca salía de noche. No se metía con nadie.

–Lo sé.

–No andaba nunca por ahí –parpadeó como si la incomodara una especie de vergüenza retroactiva–. Ni siquiera tenía amigos de ésos.

–Lo sé.

Se sacó un pañuelo del escote y se lo pasó por los párpados con una delicadeza monjil. Parecía embargada por ese oscuro placer que se filtra a veces en ciertas formas de penitencia. Dijo:

–Su trabajo y su casa.

–Si puedo hacer algo por usted... –le puse una mano en el hombro, una protuberancia apenas carnosa que tenía algo de frunce de loneta embreada–. ¿Necesita algo?

–Qué quiere que le diga.

–Me gustaría ayudarla.

–Era un buen hombre –repitió ella–, todo el mundo lo sabe. ¿Qué haría a esas horas en la playa? Mire usted lo que llevaba en los bolsillos.

Metió el brazo hasta el codo por dentro del refajo y sacó un pequeño hatillo. Lo desató muy deprisa y me fue mostrando lo que contenía, a saber: varias conchas de berberecho agujereadas y atadas con un bramante, un trozo de diadema al parecer de oro y probablemente tartésica, una navaja de cachas nacaradas, un mugriento rollo de cinta aislante, una estragada fundita de plástico con el permiso de la Comandancia para el servicio de pasajeros, varios billetes y monedas y algo tan desconcertante como una foto de carné de Elvira.

–¿La conoce usted? –me dijo la hermana del botero, mirando alternativamente a la foto y a algún sitio por detrás de donde yo estaba.

–Sí –dije, y corregí cautelosamente–: creo que la conozco.

–Juan era muy suyo –dijo ella–. Nunca me contaba nada, cada uno en su rincón.

Yo permanecí callado. Ella volvió a mirar la foto.

–¿De dónde sale ésta? –dijo.

–La conozco algo –repetí–, no sé.

–Ya.

La hermana de Juan Orozco se quedó un instante ensimismada. Luego volvió a hacer un hatillo con las pertenencias del difunto y se despidió con un gesto que lo mismo podía ser de gratitud que de desconfianza. Mientras se alejaba, fue dejando tras ella como un vaho de ropas impregnadas de despojos de pescado.

Yo no quise ver otra vez el cadáver. Salí del depósito pensando en esa misteriosa aparición en el bolsillo del botero de la foto de Elvira, a quien apenas había vuelto a ver, o eso creía, desde aquella noche en el *Talismán*, cuando el episodio de la suicida. De lo que no me acordé entonces –sino ahora, mientras escribo– es de mi inexplicable confusión al referirme en su día a esa muchacha, cuya supuesta comparecencia en el bar quedó registrada en un momento y en un sitio que no eran en absoluto los que juiciosamente le correspondían.

Tío Leonardo no había vuelto al piso que tenía en Cerro Falón desde que se casó con mi madre. Era un piso sin mayores pretensiones, situado en el sector del ensanche más próximo a la playa de Bajo de Guía. A mí no me agradaba en absoluto esa zona, cuyo trazado databa de la peor época de la especulación y que no tenía nada que ver con la noble traza urbanística de Sanlúcar. Pero tampoco dejaba de ofrecer otras adicionales ventajas. El piso permanecía cerrado y yo sólo lo usé un par de veces a raíz de algún apaño de urgencia. De modo que un día le propuse a mi madre, como primera tentativa emancipadora, trasladarme allí a vivir. No se trataba de ninguna separación brusca, pues continuaría yendo a comer a casa y apenas si iba a notarse mi ausencia con ese simple cambio de dormitorio. Mi madre se mostró al principio de lo más sorprendida y luego se avino a admitir que ya hablaríamos de eso, que qué necesidad tenía yo de vivir solo con lo distraído que era y lo precisado que estaba de atenciones. Me costó trabajo mantener mi propósito, pero finalmente pude conseguir, no sin la complicidad afable de tío Leonardo, ese apetecible sucedáneo de independencia.

La primera noche en el piso no fue una experiencia grata. Oía murmullos desacostumbrados, ecos irreconocibles, esa desazón consecutiva de no saber si estaba imaginándome aquellos ruidos o se producían realmente. Me levanté varias veces para recorrer unas habitaciones que la extrañeza hacía más inhóspitas o para asomarme por hacer algo a la terraza. Desde allí se dominaba una buena extensión de la costa, entre el surgidero de Bonanza y la punta de Malandar, con los pinares de Doñana enfrente. Una especie de ciclorama ahondaba hasta el infinito la negrura de la noche, sólo recorrida por unos destellos brumosos esparcidos a todo lo largo de la playa. Se veían las luces de situación de un mercante fondeado en la broa. No había ningún viento y esa quietud le sumaba un sinsabor benigno al paisaje.

Cuando ya clareaba por detrás del caserío, me volví a la cama y no me desperté hasta pasadas las once, de modo que me vestí a toda prisa y me fui sin desayunar para el aserradero. Aunque no pude recordar del todo el contenido de lo que había soñado, tenía la sensación de haber estado metido otra vez en el bosque en llamas. Existía, sin embargo, una variante temática del sueño que me era imposible concretar. Era como la inquietud atenazante de saber que algo, una presunta pista, un rastro decisorio, había sido interceptado en la memoria por alguna clase de automatismo defensivo. Una pugna quizá incoherente entre lo que había olvidado y lo que en ningún caso debía olvidar. La evidencia sinuosa de estar a punto de acordarme de un dato imprescindible y no llegar a acordarme.

Entré a tomar café en un bar de por allí cerca. Al otro lado de la barra, junto a unos hombres vociferantes con pinta de excursionistas, descubrí a una muchacha que se llamaba –o a la que decían– Consuelo la Siria, pero ella no me vio o fingió no verme. La conocía de tiempo atrás, era una marismeña con aire de recién domesticada que hacía las veces de celadora en una tienda de anticuario y expelía aun de lejos algo así como un ilusorio efluvio a hembra. Alguna vez había andado con ella, sin llegar a ninguna intimidad, por uno de esos bodegones convertidos en agobiantes despachos veraniegos de bebidas. La Siria parecía ejercer de incitadora nocturna de toda clase de celos, sin prestar más que una atención desdeñosa a quienquiera que intentara abordarla.

Y fue entonces, mientras recordaba todo eso, cuando presentí de repente o volví a imaginarme con una absoluta nitidez el final de esta historia, es decir, cómo iba a acabar todo lo que he ido escribiendo a partir de la primera presunta evidencia de mis anormalidades auditivas. Ya había experimentado algo por el estilo no hacía mucho, creo que lo conté en su día. Pero no por eso dejé de sentirme otra vez seriamente aturdido. ¿Para qué iba a seguir anotando mis experiencias a este respecto si ya sabía yo todo o casi todo lo que iba a ocurrir? Y lo que iba a ocurrir, o lo que se me anticipaba como un desenlace sin posible error, era muy simple: el proceso degenerativo de las cervicales iría remitiendo, no como consecuencia de las sesiones de fisioterapia en el colgatorio, sino después de visitar a una curandera de Jédula, una pedanía próxima a Arcos. Esta curandera me sometería a una serie de violentas gimnasias, que darían como resultado dos consecutivas mejorías: la merma de los vértigos, somnolencias, malhumores y demás síntomas derivados de la insuficiencia circulatoria cerebral y, en consecuencia, la desaparición paulatina de cualquier desarreglo auditivo.

Todo lo cual acabaría ratificando la sospecha de que mis supuestos preavisos sonoros se debían directamente a los trastornos de la artrosis cervical. La verdad es que esta última apreciación tampoco estaba muy definida, pero era la que parecía reunir mayores posibilidades de verosimilitud. De modo que me enfrenté de golpe con una no inesperada disyuntiva: ¿debía seguir escudriñando en lo que me pasaba o era preferible dar ya por resuelto, adelantarme sin más a lo que iba a suceder en un próximo futuro? En cualquier caso, también pensé que quizá fuese mejor esperar todavía un poco, a ver cómo se desarrollaban en sus términos precisos los acontecimientos, entre otras cosas porque tampoco tenía previsto visitar a ninguna curandera.

En la serrería me estaba esperando desde hacía rato un comisionista de Grazalema, un hombrón melifluo y gesticulante, de una obesidad lastimosa. Debía de tener menos de cuarenta años, pero su extremada gordura parecía otorgarle como un módico anticipo de decrepitud. Hice acopio de toda clase de esfuerzos para concentrarme y no perder el hilo de la conversación, incluso logré discutir con el comisionista sobre la juiciosa tala de un eucaliptal en su jurisdicción. Creo que llegamos a un buen acuerdo. Tío Leonardo no andaba por allí, pero Jeremías ya me había prevenido, a título de información favorable para usar en su momento, que esos eucaliptos andaban molestando abiertamente a unas huertas aledañas. Fue él quien se encargó de ajustar más por lo menudo los detalles del arrendamiento de la tala.

El comisionista insistió mucho en que me fuera un día a comer con él a Grazalema. Sólo tenía que avisarle a principios de semana, con un día de antelación, para que pudiese tenerlo todo preparado, incluido el paseo por el pinsapal, esa reliquia del cuaternario que yo sólo conocía de oídas.

—Yo también me apunto —dijo Jeremías con rapidez inoportuna.

El comisionista hizo el gesto aproximado del que acepta a regañadientes una no deseada eventualidad.

—Está invitado —dijo—. ¿Le gusta la caldereta?

—Un sábado —puntualizó Jeremías—. Lo mejor es dejarlo para un sábado.

—Tiene que ser entre un lunes y un miércoles —puntualizó el comisionista—. Lo siento —se incorporó con un jadeo laborioso, usando el dedo índice para trazar un cabalístico círculo en el aire—. El resto de la semana ando así como desaparecido.

—Yo me lo pierdo —dijo Jeremías después de un silencio titubeante.

Y ya se dispuso a despedirse el comisionista. Me dio la mano de manera blanda pero categórica, reteniendo la mía más de lo razonable. Noté entonces entre los dedos no un roce húmedo o una apretura untuosa, sino una especie de dureza que atribuí primero a un anillo y enseguida a una pequeña lámina metálica que el comisionista parecía querer traspasarme disimuladamente. Retiré mi mano, cerré el puño y allí dentro quedó el diminuto objeto.

—Aire —dijo Jeremías cuando nos quedamos solos—. O sea, que el gordo sólo invita cuando yo no puedo.

Creo que preferí callarme. Me fui para el despacho y no más llegar examiné lo que con tan enigmática discreción me había dejado en la mano el comisionista. Era una medallita rectangular con los ángulos matados por un reborde a manera de cordoncillo. Tenía grabado por una cara una especie de perfil de rapaz y por la otra un sello de Salomón y parecía de plata o, en todo caso, de algo similar a la plata. Yo me quedé mirando aquella extraña medallita sin llegar a entender ni remotamente qué habría querido decirme el comisionista

114

con regalo tan esotérico. ¿Era un aviso, una señal sectaria, un simple juego incomprensible? No sé si por contagio de mi propia temperatura o porque el metal era de la clase de los calientes, noté que la medallita adquiría una especie de calor interior equiparable al ambiental o al de alguna madera blanda de las que por allí había. Pasé un dedo por la parte donde aparecía el sello de Salomón y fue como si se me hubiese quedado estampado ese dibujo en la yema. Me acordé entonces, sin ninguna plausible correlación, de lo que había dicho el comisionista a propósito de sus desapariciones semanales. Y en eso vi estacionado en el umbral de la puerta abierta a Agustín, el muchacho de La Almoraima que trabajaba en la serrería.

—¿Se acuerda usted de un tal Jesús? —preguntó sin entrar del todo.

—¿Jesús? —repuse distraídamente.

—Jesús Verdina o algo parecido —aclaró Agustín—. Me dijo que era el que iba una vez de viaje en una silla de ruedas y Jeremías tuvo que recogerlo —se interrumpió como si dudara de añadir algo más—. El que andaba detrás de la hija de don Ubaldo Cabezalí.

—Ya —dije—. ¿Qué pasa?

Agustín se acercó más a la mesa. Bajó un poco la voz, que le salió de falsete.

—Acaba de llamar por teléfono preguntando por don Leonardo. Cuando le dije que no estaba, me dejó un recado para usted.

—¿Para mí?

—Parece que hablaba en serio.

—¿Qué pasa? —repetí.

—El recado se las trae —apuntó con el pulgar hacia atrás—. Que tuviésemos cuidado con la madera, porque a lo mejor un día saltaba una chispa. Así como suena, eso fue lo que dijo.

Me cruzó de pronto por la memoria el dato que me faltaba del sueño del bosque ardiendo. No es que hubiese averiguado en un vislumbre repentino ninguna relación entre aquel grotesco y casi olvidado personaje −que debía de estar al tanto de mis relaciones con su adorada Marcela− y el que probablemente aparecía en el sueño. Pero algo, un engranaje todavía impreciso, el amago de una coincidencia atrabiliaria, hacía coincidir sin saber cómo a esas dos figuras, incluso dándome cuenta que seguían confundidas de distinta manera en mi recuerdo.

−¿Y tú qué le contestaste? −le dije a Agustín.

−Nada −dijo él−. Ni siquiera pude contestarle que se fuera a la mierda. Colgó enseguida.

−Qué raro −añadí sin demasiada convicción.

−Habrá que dar parte −dijo Agustín−. A ver quién se fía de un loco como ése.

No respondí enseguida. Ya había empezado a sentir poco antes la tensión de tantas otras veces en el cuello, una especie de ilocalizable retumbo craneal, un fogonazo doloroso entre las sienes, ese vacío punzante que bullía en el fondo de los ojos y que no tardaría en derivar hacia el vértigo o la somnolencia.

−Ya hablaré yo con mi tío −concluí.

Agustín acentuó el gesto de superviviente que sólo el trajín del aserradero conseguía atenuar y salió del despacho. Yo me levanté casi tambaleándome y no dejé pasar más que unos segundos para salir también detrás de él. Me acerqué al lavabo a buscar unas aspirinas y a echarme un poco de agua en la nuca. El estruendo de la máquina cepilladora, con su variable gradación de graves y agudos, me entraba en la cabeza como un torbellino desgarrante. Creo que fue entonces la primera vez −o la más evidente− que sentí que esa resonancia no parecía transmitirse a mi cerebro a través del órgano del oído, sino que era como un elemento sólido asociado al caudal de la sangre y puesto en circulación a lo largo de todo el cuerpo, golpeando una y otra vez, con una contundencia ensordecedora, por las periferias del corazón.

Me había propuesto no salir aquella tarde, pero a última hora decidí hacerlo. Anduve ordenando un poco mis papeles o habituándome a ordenarlos en ese piso que no acababa de resultarme familiar y, ya entrada la noche, me sobrevino una ingrata sensación de enclaustrado. Así que no lo pensé dos veces y me fui a la calle sin ningún rumbo preciso. Me acerqué primero a la cornisa de la playa y, cuando deambulaba por allí, sólo escuchando el oscuro crecimiento de la marea, noté como si un nuevo componente de mis irregularidades auditivas estuviese empezando a concretarse. No era nada relacionado directamente con las premoniciones, sino más bien con la impresión de que en cada ruido que oía podía agazaparse una amenaza cierta. O, mejor dicho, que cada ruido tenía algo de versión aproximada de un peligro oculto que acabaría por manifestarse de una u otra forma.

Recordé entonces otras anteriores experiencias en que había comparecido el miedo, un miedo aparentemente pueril y sin duda irrazonable, a juzgar por todos los síntomas, pero que en el momento a que ahora me refiero parecía estar dotado de una motivación menos injustificada. Incluso ahora mismo, mientras rememoro por escrito ese episodio, vuelvo a tener la evidencia de que una serie de porciones distintas de miedo empiezan a diseminarse a mi alrededor. Miedo a los timbres inesperados, a abrir una puerta, a que el coche de tío Leonardo se me estropeara en mitad de la calle, a cualquier burocrática equivocación en la serrería, a una visita inusitada, al paso veloz de una motocicleta, a estar incurriendo en alguna ilegalidad, qué sé yo. Cada una de estas presunciones rutinarias estaba ligada a un ruido, y ese ruido, a su vez, a la incorregible posibilidad de un desenlace desdichado.

Cerca de Bajo de Guía, frente a los restos ya medio devastados del muelle de Olaso, me pareció descubrir una silueta furtiva deslizándose por la playa. Pensé: si llego a los porches de la antigua lonja antes que el oleaje rompa en la arena nueve veces, me habré salvado del peligro implícito en ese bulto todavía irreconocible. Según la dirección que yo llevaba y el aparente desplazamiento de la silueta, nos encontraríamos con toda probabilidad antes de llegar a los porches de Bajo de Guía. Pero tampoco me pareció juicioso apresurarme: era como huir de un riesgo incorregible. Así que continué mi camino y, en efecto, un centenar de pasos más adelante, me crucé con lo que se había ido ajustando poco a poco a la figura andrajosa de Gabriela Vinagre.

–Adónde irás –oí que me decía la vieja puta.

Era una mujer cenceña y medio deforme, a la que recordaba de siempre con la misma edad incierta y la misma costra de afeites cubriéndole la agrietada máscara del rostro. Llevaba un nardo enhiesto sobre el rodete y aparecía envuelta en un pañolón inmundo. Ya retirada desde hacía años de sus más propios comercios, seguía actuando de experta en tercerías y comisionista de improvisadas componendas callejeras. A veces la veía merodeando por las rinconadas penumbrosas de la cuesta de Belén o por los desmontes aledaños a la estación del Puerto, en compañía de alguna pupila recién escapada seguramente de los distritos miserables de la marisma o de los chozos de los baldíos de Benalmijar.

–Por aquí –dije yo.

–Ya me podrías invitar a un vaso –dijo Gabriela Vinagre.

118

Y se plantó frente a mí, las manos en las caderas, ensayando una pantomina que ya había dejado de ser desvergonzada para pasar directamente a grotesca.

–Toma –dije, rebuscando en mis bolsillos.

Ella cogió el dinero sin decir nada y yo la veía más allá de ese reducto desprevenido de la noche. Veía de otra manera y en otro sitio sus ojos rezumantes, el cerco cárdeno que le sumía la boca desdentada, las bolsas fláccidas de los pechos. Era en aquella maloliente taberna medio vacía, esperando la presunta llegada de una muchacha que andaba puteando desde hacía poco, salida de no se sabía dónde y cuya solapada hermosura me había hecho reconocer por primera vez el volumen obstinado de la lujuria. Y al fin llegó envuelta en esa humilde fascinación que la hacía parecerse a no sé qué heroína acosada por los infortunios. Olí la fragancia agreste de su carne. Anticipándose a la presencia de donde emanaba. Pero ¿se había producido realmente entonces esa anticipación? ¿O la supongo ahora, mientras recuerdo lo que pasó aquella noche? La muchacha entró en la taberna con un niño de la mano y, detrás de ella, en una atolondrada competencia de funciones, Gabriela Vinagre y una coquinera con trazas de gorgona que también ejercía de alcahueta. Parecían disputarse la posesión de la muchacha, increpándose mutuamente por no se sabía qué débitos prostibularios, mientras ella permanecía como absorta, como guarecida en un silencio arrogante, y el niño arañaba la mugre de la pared y se apoyaba ella a su lado contra esa pared, las manos cruzadas sobre el armonioso declive del vientre.

–¿Me das un rubio, picha? –medio oí que me decía la vieja puta.

De modo que yo salí entonces de la taberna, sin atreverme a otra cosa que a quedarme mirando a aquella muchacha deseable y menesterosa. Creo que ya sabía yo en ese preciso momento que no iba a volver a encontrarme nunca con ella, pero tampoco estoy seguro, porque a veces, en medio de alguna sensitiva anomalía de la noche, notaba otra vez como la inminencia de su mirada verdosa, el pletórico olor de su cuerpo, no como la consecuencia lógica de una proximidad o una presencia estable, sino como algo que me llegaba de un lugar remoto y que, por tanto, sólo podía comparecer en mi imaginación. El rastro tal vez de las horas deshabitadas y las felicidades perdidas.

–¿Estás aquí? –me dijo desde muy cerca la vieja puta.

–Te dejo –tardé en contestar.

No oí lo que ella decía mientras yo me alejaba. Anduve un buen trecho, siguiendo la línea de los porches, hasta casi llegar frente al taller del calafate Apolonio. No había nadie por allí cerca, sólo distinguí en el fondo de la playa dos siluetas desembarcando de un pequeño bote lo que debía de ser un trasmallo averiado. Corrían por la orilla del Coto unos reptantes destellos amarillos, atribuibles sin duda al yip de la ronda de vigilancia. Y allí, entre el resplandor de esos faros y el parpadeo de la linterna de los pescadores, empezó a manifestarse otra clase arbitraria de miedo. Me detuve un instante, mirando a uno y otro lado, y sentí como un rumor sordo, una emanación opaca, algo que en un primer momento referí sin ningún motivo a la materialización del relente, pero que muy bien podía ser un eco raro producido por el oleaje. ¿Miedo a qué, en todo caso? ¿Miedo quizá a ese zumbido creciente que no obedecía a ninguna causa expresa, sino que se producía con vertiginosa intensidad en lo más recóndito de mi oído? Pero no me tranquilizó en absoluto ninguna de esas suposiciones, antes bien se me acrecentó la sospecha de que algo temible estaba intercalado en la propia serenidad de la noche.

Decidí entonces volver a casa. Pero no lo hice por la linde más acogedora de los porches, sino por la zona de la playa hasta donde había llegado la última pleamar. Un frío húmedo, esponjoso, subía desde la arena y se me adhería a la carne como una pasta oleosa, y eso me fue traspasando una impresión semejante a la de la insuficiencia alcohólica. Cuando me desvié hacia el repecho del paseo y di unos pasos por la acera, oí claramente que alguien me llamaba por mi nombre, justo en el momento que un coche blanco me dio alcance a mediana velocidad. No vi ni reconocí a nadie. Tampoco el coche hizo nada que pudiese ser considerado como una señal de saludo. Miré el reloj: eran las once menos veinte. Pensé, no sé por qué, que tenía que acordarme de esa hora para constatar en su momento algo que iba a ocurrir dentro de poco, pero que en cualquier caso no podría yo relacionar impunemente con esa llamada.

Marcela Cabezalí me hizo llegar a la serrería un paquete imprevisible. Contenía un pequeño aparato, parecido a un secador de pelo, y venía acompañado de una misiva sucinta. Lo primero que pensé es que se trataba de un regalo, amén de injustificable, de lo más excéntrico. La misiva me sacó de unas dudas, pero me condujo a otras; decía: *Querido Don Misterios, este artilugio es lo último que se ha inventado en electroterapia para aliviar la artrosis y no sé qué otras molestias. Debes darte tres masajes al día. Lo malo es que si te curas a lo mejor te acuerdas de mí todavía menos. Seguramente estarás enterado que pasado mañana, a eso de las ocho, me pasaré por el Talismán. Besos.*

El manejo del aparato no podía ser más fácil, pero la efectividad de su uso no me ofrecía la menor confianza.

Pensé, no obstante, que tampoco perdía nada probando, y menos en unos momentos en que me seguían incomodando reiteradamente los dolores en la nuca y las cefaleas vasculares. Así que aquella misma noche, ya en casa, opté por ensayar un primer tratamiento. En el estuche venía un folleto donde se explicaba lo que había que hacer. Leí –sin enterarme mucho– que las cuatro cabezas magnéticas de que disponía el aparato proporcionaban una energía total de 2.000 gausios. El extremo que debía aplicarse a la zona afectada consistía en unas semiesferas provistas de pequeños orificios, que es por donde parecía salir un leve flujo eléctrico. Pero yo no tenía ninguna convicción de que eso sirviera para algo.

No soporté el masaje en el cuello más de unos segundos. La vibración del aparato me transmitía al cerebro una algarabía inaguantable. Incluso creo que me rondó como un conato adicional de vértigo. Probé otra vez antes de acostarme, ya de madrugada, y no me fue mucho mejor, pero resistí algo más. En todo caso, ya se tratara o no de una coincidencia, esa noche dormí bastante bien. Al menos, dormí sin ninguna enfermiza alteración del sueño. Lo que no era poco.

Se me ocurrió de repente, primero como una eventualidad y luego como una obstinación: comprar la barca de Juan Orozco. La verdad es que ya llevaba tiempo convenciéndome a mí mismo de que una embarcación propia muy bien podía servirme de acicate para reanudar las observaciones de pájaros en el Coto y hasta para aliviarme de tensiones navegando por el río arriba o por estas inmediaciones costeras. Así que hace unos días me acordé de la barca de Juan Orozco y ya no pensé en otra cosa que en intentar comprarla. Incluso se lo planteé a mi madre en términos nada arbitrarios, y a ella también le pareció una buena idea.

Aunque yo conocía con bastante aproximación el estado de esa barca −que debía de tener unos siete metros de eslora y sus buenos veintitantos años encima−, supuse que el veredicto pericial del calafate Apolonio, mejor incluso que el de tío Leonardo o Jeremías, iba a ser concluyente en relación con la compra. Yo ya sabía que Apolonio había carenado hacía algún tiempo la barca, reforzándole el escudo con un doble forro de pino, pero quería saber a ciencia cierta cómo andaba el resto del maderamen. Tenía previsto además, siempre que la reforma fuera factible, mandar encabinar la cubierta, una posibilidad en la que −por cierto− ya había pensado el difunto Juan Orozco. La barca estaba ahora fondeada en Las Piletas, por este lado de los arrecifes, ya que a veces salía a faenar con ella un cuñado del botero, el casado con la otra hermana, que vivía por allí.

Me cité con Apolonio en un bar cercano a la Cava del Castillo, que es por donde iba a andar él a media mañana. Cuando llegué, ya estaba allí esperándome.

−No me gusta este sitio −fue lo primero que dijo, como si lo hubiera estado pensando antes de verme−. O sea, que me gusta y no me gusta, según y cómo.

Yo le pregunté con un gesto a qué se refería.

−De aquí, del Castillo, sacaron una noche a mi tío Rogelio y a ocho más. Se los llevaron en un camión por la carretera de Trebujena y los fusilaron junto al Rancho del Vicario.

Tampoco le respondí nada.

−Yo sé quién vino por él −susurró−. Me enteré después de tantos años.

−Esa historia −dije, y añadí sin ninguna pausa−: No quiero entretenerte mucho.

−Con el tiempo que hace y no se me olvida −se pasó

123

una mano por la cara, como limpiándose ese hediondo desperdicio de la guerra que parecía zaherirlo por dentro–. ¿Has traído el coche?

–Sí.

–Nos vamos.

Salimos al desnivel luminoso de la Cava y subimos al coche que había dejado por allí cerca. El castillo, con sus piedras maltrechas y poderosas, ocupaba todo el espacio del sol. No tenía ya nada de siniestro, tenía más bien el radiante prestigio de esas ruinas cuya sola supervivencia las dota de un más llamativo esplendor. Dudé un momento antes de elegir el mejor itinerario, pero acabé enfilando la calle Caballeros para bajar después, por la cuesta del Ganado y la Calzada de la Infanta, hasta Las Piletas.

–No sé cómo andará esa carraca –dijo Apolonio sin mirarme.

–Luego me lo cuentas.

–Juan Orozco era bastante descuidado –abrió un poco el cristal de la portezuela–. ¿Has hablado con la hermana?

–Con la otra, con la que vivía con él. Fue quien me dijo que me entendiera con el cuñado, que ella no sabía nada de eso.

Cuando llegamos a Las Piletas se había instalado en la playa una fulguración incitante. Apenas se distinguían las lindes del camino, medio cubiertas por la arena que desplazaba sin cesar el poniente. La barca de Juan Orozco permanecía como incrustada en el palastro mohoso del mar, los flecos del verdín colgando de la amarra. Bordeamos la línea de los chalés y pasamos bajo el puente del antiguo ferrocarril del Puerto, siguiendo luego por una trocha que se abría frente al manantial. El cuñado del botero vivía en una casita de aquellos alrededores. Había previsto pedirle que nos acercase en un chinchorro hasta la barca, o que él mismo se encargara de arrimarla hasta

124

la orilla, para que Apolonio pudiera inspeccionarla convenientemente.

Dejé el coche en un pequeño entrante, junto a una cancela, y me bajé con cierta repentina desgana. Apolonio tardó algo más en hacerlo y tenía una marca taciturna entre los ojos fruncidos. Casi siempre la tenía, pero esa vez se le notaba más. Localicé sin mucho esfuerzo la casita que ya me habían descrito, una especie de chozo mal que bien restaurado con unos muretes de ladrillo y un sombrajo delantero techado de uralita y asentado entre dos eucaliptos de buen porte. Llamé y no tardó en abrir una mujer enlutada, de pelo entrecano y piel bruna, a la que recordé del velatorio en el depósito de cadáveres, al día siguiente de que encontraran muerto al botero. Empezó a oírse, pero no dentro de la casa, el llanto colérico de un niño.

–Buenos días –dije–. ¿Está su marido?

La mujer se quedó mirándonos con una indecisión entre tímida e insolente.

–¿Aquí va a estar? –dijo al fin muy deprisa, y añadió tras algún titubeo–: Miren en el tenderete de Las Piletas. Siempre anda por allí.

Nos despedimos y nos fuimos andando para ese tenderete, que no debía de ser sino un chiringuito techado de brezo en el que ya había reparado yo cuando pasamos junto al jardín del manantial. Pero no me pareció haber visto entonces a nadie por aquellos alrededores. Llegaba de los navazos o del potrero de enfrente un efluvio a la vez atosigante y nutricio.

–No sé si vamos a entendernos –dijo Apolonio.

Yo permanecí callado. Estaba oyendo el eco de una conversación que no provenía sin duda de allí cerca, sino de un lugar lejano donde yo había estado alguna vez pero que no conseguía localizar en ese momento. Tenía la presunción de que había algo insidioso en aquel apacible paraje de huertos y arboledas. Era como un aviso que remitía a otro, y éste a su vez a otro, hasta concretarse en una anticipada señal de peligro. Y ese peligro contenía juntamente una atracción temible y otra atracción derivada del hecho de poder preverlo. Están hablando de mí, pensé, y rectifiqué enseguida: quieren prepararme una emboscada. Esos miedos indefinibles adosados a los sonidos, esa sucesión incierta de alarmas a las que ya me referí el otro día. Tan intensa sentí esa impresión que empezaron a latirme dolorosamente las sienes.

Al fondo del chiringuito, junto al mostrador, había dos hombres que yo no había visto al llegar en el coche. Uno de ellos era el cuñado de Juan Orozco, el otro no sé quién era. Apolonio se acercó antes que yo.

–¿Qué hay de bueno? –dijo, llevándose dos dedos a la frente.

El cuñado de Juan Orozco nos saludó con un ademán adusto. Era de esos hombres cuyo laconismo viene a corresponderse con la famélica apariencia del recién salido de un cautiverio. Había como una humedad hostil subiendo de la arena. Y ese olor triste a lejía y a pasto fermentado. Yo me adelanté a pedir media botella. Me hacía falta beber algo, sobre todo porque sabía –o suponía– que el alcohol me activaba el riego sanguíneo y hasta podía atenuarme ahora el estirón punzante de las sienes. El que hacía de camarero era casi un niño; tenía las carnes escurridas, los ojos vivaces y una hermosa cabeza arábigoandaluza. Parecía empeñado en emular la eficiencia de un hombre, y lo conseguía con creces. El cuñado del botero no había modificado su actitud de extrema reserva.

–Ya sabrá por su cuñada –dijo Apolonio– que aquí el amigo –me señaló con la cabeza– está interesado en la barca.

–Más o menos –respondió el cuñado del botero.

126

–Nos gustaría echarle un ojo –dije yo.

Llené las cuatro copas sin poder evitar ese invariable temblor matutino.

–Ahí está –dijo el cuñado del botero, apuntando con un vaivén del pulgar en dirección a la playa.

–¿Podemos acercarnos ahora? –preguntó Apolonio–. Hemos venido a eso.

–¿A qué? –preguntó a su vez el cuñado de Juan Orozco.

–O sea –dijo Apolonio–, que habrá que mirar un poco cómo está el material.

El cuñado de Juan Orozco se bebió su copa de un solo trago.

–De primera –dijo, sin que se supiese muy bien si se refería al vino o a la barca.

–Yo me iba muchas veces por ahí con Juan –dije.

–Ya –musitó el cuñado del botero.

Sobrevino un silencio más bien inhóspito, sólo punteado por una especie de aleteo procedente de la techumbre y por el pujo afónico de un grifo.

–¿Entonces? –inquirió Apolonio.

–La barca está que ni una queja –dijo el cuñado de Juan Orozco, y se quedó mirando al suelo–. Lo que pasa es que lo hemos pensado mejor.

–Que no está en venta –intervino por primera vez el hombre que acompañaba al cuñado del botero, usando de ese tono inequívoco de quien se regocija con la adversidad ajena.

–Tenía entendido que sí –dije yo–. La otra hermana de Juan estaba conforme.

–Eso era antes –dijo el cuñado de Juan Orozco–. Ya no.

Nos quedamos callados un momento y Apolonio terminó el resto de su copa.

–¿Cómo anda esa pesca? –preguntó con ostensible desgana.

–Regular –dijo el cuñado del botero–. Mal.

–Podríamos llegar a un acuerdo que nos conviniera a los dos –interrumpí–. Todo es cuestión de hablarlo.

El cuñado del botero se me quedó mirando con una fijeza intempestiva. Dijo lo menos previsible. Dijo:

–Usted es amigo de Emeterio, el adivino, ¿no?

–¿El adivino?

–Un día lo vi en la Algaida con él.

–Ya –añadí sin demasiada entereza–. Amigo tampoco es.

–Lo siento –dijo Apolonio–. Tengo que irme.

Y ya no hubo más. Pagué la media botella, nos despedimos de modo somero y nos fuimos en busca del coche. Poco antes de llegar descubrí a la hermana de Juan Orozco espiándonos a través de la puerta entornada de la casita. Me pareció que su mirada tenía el mismo bello relumbre que la del niño del chiringuito.

Llevé a Apolonio hasta el taller, siguiendo la línea del paseo que bordea la playa hasta Bajo de Guía.

–Me lo temía –fue lo único que dijo en todo el camino–. Ya te buscaremos algo.

Y yo:

–Mierda. Te he hecho perder media mañana.

La decepción irritante ante esa frustrada –e inesperada– tentativa de compra, se mudó de improviso en una indiferencia acumulativa. Fue como si me hubiese liberado, al salir de dudas, de una onerosa fijación mental. Tal vez el hecho de no querer volver a tratar con el cuñado de Juan Orozco invalidaba ya todo predecible deseo posterior de comprar la barca.

Cuando llegué al aserradero, y aunque supuse que ya no habría nadie, descubrí a un grupo de personas en la puerta de la cochera aledaña, donde solían encerrarse los camiones del transporte. Me alarmó –o supe que ya me había alarmado antes, cuando andaba por Las Piletas–

ver allí juntos a tío Leonardo, a Jeremías, a Agustín y a no sé quién más.

–¿Qué te parece el panorama? –me dijo tío Leonardo señalando para un camión–. Un hijo de puta que anda suelto.

Me asomé a la puerta y vi primero una rueda de delante desinflada y, conforme me iba acercando, descubrí otra de atrás con la goma vacía y el reborde de la llanta medio hundido en el terrizo. El camión estaba cargado desde la tarde anterior con un pedido para Lebrija y el cálculo del peso –quizá más de dieciséis toneladas– sumaba un ingrediente de estupor al estropicio.

–¿Qué ha pasado? –murmuré con esa resbaladiza premura del que encubre al culpable.

–Sólo pincharon una goma –dijo Jeremías, como si se tratara de una deferencia–, a la otra le jodieron la válvula.

–Si agarro al cabrón, se va a acordar –dijo tío Leonardo.

–Lo raro es que nadie se diera cuenta –aclaró Jeremías–. Debieron aprovechar la hora del almuerzo.

Yo permanecía un poco aturdido, como si todo aquello empezara entonces a situarse en algún vacilante y quizá equivocado paraje del recuerdo.

–¿Sabes qué te digo? –concluyó tío Leonardo sin dirigirse a nadie en particular–. Que me huelo lo peor.

Agustín me miraba como preguntándome qué habría podido yo hacer desde que salí de la serrería a media mañana. Dijo:

–Le he dejado una carta en su mesa –se pellizcó reiteradamente la punta sudorosa de la nariz–. La trajeron al mediodía.

No me fui enseguida para el despacho, pero lo hice cuando tío Leonardo empezó de nuevo a maldecir y anunció que iba a acercarse a denunciar semejante canallada y que de todas formas ya daría él con el miserable que había sido capaz de cometerla. Encima de mi mesa estaba la carta cuyo contenido preveía. Era un escueto mensaje, escrito con un rotulador despuntado y usando de unas temblonas letras mayúsculas. Decía simplemente: *Te sigo los pasos. Conmigo no se juega. Es el primer aviso.* No había ninguna firma ni ninguna otra indicación, pero yo sabía muy bien que se trataba de Jesús Verdina y que eso refrendaba mis predicciones.

CAPÍTULO CUARTO

Voy a contar algo que no ha ocurrido todavía. Por supuesto que tampoco estoy seguro de que vaya a ocurrir –cada vez estoy menos seguro de más cosas–, pero me tienta adelantarme a esa posibilidad para saber de cierto si lo que escribo ahora se corresponde después exactamente con los hechos reales. El experimento puede resultar, en todo caso, bastante curioso, aunque sólo sea porque así podré cotejar en su momento una serie de presunciones en torno al desarrollo de esta historia. No hace todavía mucho –acabo de releerlo– me aventuré a vaticinar algo parecido en relación con mis propios trastornos: la normalización paulatina del riego sanguíneo cerebral y, como última imprevista consecuencia, la desaparición de cualquier irregularidad acústica y demás anomalías sensitivas. Sin duda que todavía no se ha verificado nada de eso, pero tampoco encuentro motivos para sacar la conclusión de que no vaya a verificarse.

Desde que me instalé en el piso de tío Leonardo, y aunque sólo se trate de una coincidencia fortuita, la mayoría de los presentimientos sonoros que han venido afectándome estaban directamente relacionados con voces presuntas. Ya me había ocurrido algo de eso en no pocas ocasiones, pero a partir de aquella mudanza no eran de otra naturaleza los ruidos o amagos de ruidos que me parecía oír con alguna antelación y –lo que es más desusado– desde bastante lejos. Varias veces me imaginé, estando en la serrería o en casa, que ciertas resonancias normales –trabajos con la madera, trepidaciones de motores, caídas de objetos– eran como preludios de esos sonidos inminentes. Pero casi siempre logré comprobar que me equivocaba, es decir, que no existía ningún desajuste temporal entre la emisión del ruido y el momento en que yo lo percibía. El único presagio que en realidad me suministraba muy pocas dudas era el de las voces.

Anoche tuve la convicción de que iba a pasar más o menos lo siguiente: creo oír en principio a Marcela Cabezalí hablando en el *Talismán* con un hombre vagamente reconocible. Adivino que ella anda por allí esperando que yo llegue, de modo que decido salir a su encuentro. Como presumía, Marcela está efectivamente en el bar con un personaje que si yo no había sabido reconocer de antemano era porque tampoco lo había visto nunca. Hasta aquí nada resulta insólito: es lo que ha ocurrido últimamente más de una vez. Pero una impensada rectificación sensitiva altera de pronto la versión de esos hechos. Las cosas suceden de otro modo: cuando llego al *Talismán* me dicen que Marcela ya se ha ido, una cosa que me extraña bastante porque yo había escuchado sin ninguna duda que me llamaba desde allí por mi nombre, incluso con un presumible tono de auxilio. Me tomo entonces una copa y, a saber por qué urgencias testarudas, opto por ir a buscarla a su casa, donde sólo había estado aquella tarde en que nos acostamos por primera vez. Llamo con cierto temor, pregunto por ella y me contestan que no ha llegado todavía. Vuelvo al *Talismán*, miro en otros bares habituales de los alrededores del Cabildo y sigo sin encontrarla. Algo me insta entonces a dirigirme hacia la Cuesta de Capuchinos y allí, justo en el cruce de la carretera de La Jara, aparece de improviso, Marcela. Camina como si no supiese por dónde va, me acerco a toda prisa y de lo primero que me doy cuenta es de que su aspecto remite al de la escapada del potro del tormento. Tiene la blusa medio descosida, los pantalones embarrados, el pelo revuelto y un color en la cara que no es el suyo. Si no fuera por el aire de superviviente, puede parecer a primera vista que está en avanzado estado de embriaguez o afectada por algún mal viaje. Le pregunto que qué ha pasado y ella no responde, vuelvo a preguntárselo y tampoco. La sacudo suavemente, como para sustraerla de no sé qué enfermiza apatía y al fin, sin una lágrima, con la voz tupida y los ojos entrecerrados, medio me explica que acaba de ser violada por el pinchadiscos Jesús Verdina. Dice que iba ella por la Banda de la Playa cuando un coche se paró a su lado y ni siquiera tuvo tiempo de reaccionar. Alguien la atenazó por la espalda y la obligó a entrar en el coche. Eran dos personas, una de ellas Jesús Verdina. La llevaron por la carretera de La Jara, hasta cerca de Montijo, allí la hicieron bajarse y, por más desesperadas tretas de que se valió para escapar, uno de aquellos energúmenos consiguió maniatarla o la atemorizó a golpes (eso no está muy claro) mientras el otro, o sea Jesús Verdina, la tumbaba sobre la arena. Pataleó, mordió, arañó, pero el pinchadiscos consiguió lo que se proponía. Una vez violada, la dejaron allí sin más y escaparon en el coche. Jesús Verdina no pronunció palabra, mientras el otro emitía una risita abyecta. Marcela bajó entonces a la playa para lavarse un poco y quizá también para rebajar con ese viento benévolo las inmundicias de la carne. Luego se había venido andando desde Montijo. Hasta aquí la relación de sus desventuras. Yo la llevo entonces con pacientes tutelas hacia la calle de San Juan y la hago subir al único taxi que hay en esa parada. No acierto a transmitirle ninguna clase de entereza ni a proponerle una solución que pudiese en cierta medida resarcirla. Ella no se considera deshonrada, sólo siente por todo el cuerpo el escarnio de una suciedad irreparable. No desea que el asunto trascienda, tampoco se propone efectuar ninguna denuncia. Piensa que sólo podrá limpiarse de toda esa porquería acostándose muchas veces con quien a ella le apetezca y hasta con quien no le apetezca demasiado. La dejo finalmente en su casa, usando de muchos miramientos y no sin asegurarle que ya me encargaría yo de reparar de algún modo semejante vileza.

He narrado ese pronóstico tal como lo barrunté anoche, pero ahora, a medida que lo transcribo, se me han ido agregando a esa penumbra imaginativa algunas luces. Cuando Jesús Verdina planeó el despropósito de vengarse de mí —y en cierto modo de Marcela— pinchando o desinflando las ruedas del camión, yo no hice nada por desenmascararlo, aun teniendo por seguro que no me equivocaba de agresor. Me limité a esperar, entre otras cosas porque no alcanzaba a comprender que aquel personaje, tan cándido en apariencia y tan de veras mediatizado por sus no correspondidos amores, pudiese ser capaz de ningún grave desafuero. Claro que tampoco había que descartar cualquier supuesta locura repentina en razón de los menosprecios que le dispensaba Marcela. Incluso podía argüirse que una persona que viaja en una silla de inválido para ver a su distante y desdeñosa amada, muy bien podía enfermar un día de celos furiosos y concebir lo inconcebible.

Así las cosas, he pensado dejar de ver a Marcela por algún tiempo. Quizá sea eso lo más juicioso, principalmente porque de semejante decisión muy bien podrían derivarse dos provechos hasta cierto punto correlativos: librarla a ella de la eventualidad de la violación, por muy improbable o muy desaforada que sea esa conjetura, y

134

–de paso– aliviarme yo de un subrepticio remanente de miedo que sigue estando asociado a los preavisos –y quizá también a las sospechas de preavisos– de la voz de Marcela. Pues cada vez que presiento que ella está llamándome o, al menos, que ella me espera en algún sitio, un temor probablemente infundado se intercala por momentos en la evocación. A lo mejor no se trata sino de una forma de cobardía o de una variante mezquina del egoísmo, pero –mal que me pese– prefiero atribuirme esa cobardía o esa mezquindad a correr el riesgo de ser el intermediario de alguna contingencia desdichada.

Todo esto me ha hecho recordar que, precisamente la semana pasada, estuve leyendo un curioso librito que encontré en la tienda de un baratillero de la calle Trasbolsa. Era un *Examen probatorio de la transmisión del pensamiento, comunicación por telepatía y otras artes de los espíritus*, Imprenta Médica de M. Cobián, Cádiz, 1886. No sé si esa lectura me sirvió de algo o me convenció de nada, aparte de que tampoco seguí con mucho rigor las esotéricas lucubraciones vertidas en el texto, ya fuese por desgana o porque el moho esparcido por algunas páginas las volvía en parte ilegibles. Es cierto que la cuestión de la telepatía me interesaba sobremanera, pero casi todo lo que allí se decía resultaba a mi modo de ver o fantasioso o fraudulento. Los ejemplos aducidos –casi todos ellos de lo más inverosímiles– eran analizados de acuerdo con teosofías y poderes sobrenaturales con los que yo no podía comulgar en absoluto. Pero algo me llamó la atención, quizá sólo como enseñanza contrapuesta a lo que yo ya sabía.

Comentaba el autor del libro –un licenciado Tomás de Contreras– que sólo las personas dotadas de una sensibilidad «involutiva» son capaces de transmitir los recados de los espíritus, que son muchos y de hábitos muy dispares. Y que esos espíritus, sobre todo los que vagan por las poblaciones y zonas limítrofes, necesitan de tales personas para no quedarse incomunicados del todo e incluso para relacionar a gentes que no se conocen, actividad esta última que les sirve como para remunerarlos de algunas carencias despiadadas. No se hablaba para nada ni de ningún médium ni de ninguna otra clase de prácticas espiritistas, pero había ciertas referencias a fenómenos extrasensoriales que me hicieron pensar en Emeterio Bidón y, de rechazo, en mis propias incidencias telepáticas. La simple hipótesis de que yo podía estar en disposiciones de asomarme a esas simas de la razón, me dejó entonces anonadado. Y si bien acabé por desechar tan quiméricas irregularidades, me ha surgido ahora una especie de escrúpulo lacerante, basado sobre todo en el hecho de que mis experiencias premonitorias se estén bifurcando por terrenos que ni siquiera había imaginado. Pero aún me queda por solventar una última suposición no menos patológica: que todo esto no sea sino un efecto ilusorio más de esa condenada insuficiencia arterial en el cerebro.

−Cuánto tiempo −me dijo ese Javier Dopingo que ya empezaba a parecerse demasiado a una sombra persecutoria.

Yo le contesté con una concisa discreción. Había ido a aquel hermoso patio de bodega −convertido en estrepitoso despacho de licores infectos− sin ningún propósito definido. Tal vez deseaba indirectamente encontrar a alguna de esas amigas ocasionales que solían andar por allí los sábados, sobre todo a Elvira o Consuelo la Siria, ya que no a Marcela. Pero con quien primero me tropecé, emergiendo entre un gentío con trazas de impenetrable, fue con ese sujeto pegajoso al que de ninguna manera quería ni podía soportar. Imposible rehuirlo. Me acordé entonces que él había andado un día por el taller de Apolonio con la extraña encomienda de saber si yo coleccionaba pájaros disecados.

—Tengo entendido que colecciona pájaros disecados —dijo adecuadamente Javier Dopingo.

—Ni idea —medio respondí.

—Le interesan los pájaros, por lo menos —agregó él, un vaso de anís con hielo tintineando en su mano.

—Puede —dije.

La tufarada dulzona del anís incorporaba un ingrediente raro a los revueltos olores del local. Tuve en ese momento la impresión de que había entrevisto a Elvira observándonos de lejos. Intenté despedirme, pero el cojitranco se acercó más a mí, no empujado por la marea de las gentes que bullían alrededor, sino vacilando adrede, la pierna lisiada casi rozándome, su aliento hediondo como segregado de aquel aire viciado. Le apuntaba entre los mechones de pelo una lividez sudorosa, una lividez que parecía acentuarse con los encontronazos espasmódicos de la música. Tenía la expresión del que se dispone a iniciar una confidencia que nadie desea compartir.

—Soy amigo de un cura que es muy aficionado a los pájaros —dijo—. Se llama Carlos Dobles.

—Perdone —dije sin demasiado aplomo—, llevo prisa.

—Te gustaría conocerlo —dijo él—. Tutéame.

Y en esas vi otra vez a Elvira y me aparté entre fingidos apremios del cojitranco para alcanzarla. Ella se detuvo con una sorpresa que la risa hacía más teatral y me besó en las comisuras de los labios. Luego me llevó de la mano hasta un extremo de la barra, abriéndose paso entre la gente con tenaz desenvoltura. La barra estaba situada bajo un amplio porche techado con vigas al parecer de nogal, y el suelo era de albero por un lado y, por otro, como de aserrín prieto.

–Aquí –dijo, y señaló un angosto espacio desocupado, el ademán de quien acaba de descubrir la salida del laberinto.

Elvira debía de ser todavía más joven de lo que aparentaba y poseía un atractivo bastante singular, no sabría decir si a causa de ciertos visos andróginos o debido a una feminidad excesiva. Era más bien baja, pero de una impecable armonía corporal. Aunque yo apenas coincidía con ella, la había recordado más de una vez en todo este tiempo, no sólo por las equívocas alusiones de Marcela, sino porque había protagonizado indirectamente –aquella ya lejana noche en el *Talismán*, cuando el episodio de la suicida– uno de mis primeros sobresaltos en materia de desconexiones impredecibles con la realidad. Creo que ya lo he contado en alguna otra ocasión.

–No serás amigo de ese cojo miserable –dijo, cambiando enseguida el tono de la voz–. ¿Y Marcela?

–La veo poco –contesté–. Y al cojo ni me lo nombres.

–O tú la ves poco –parpadeó morosamente– o ella estudia mucho.

El volumen de una música infame me impedía fijarme en Elvira con suficiente precisión.

–Oye –le dije–, ¿tú conocías a Juan Orozco?

–¿A Juan qué?

–El botero que apareció muerto en la playa.

Ella hizo como si no hubiese oído o tal vez no me oyó en realidad, porque al fin apareció el camarero y se quedó esperando que pidiésemos de beber. No tenían manzanilla, cosa que me irritó más de lo normal, y opté por un ron seco. Elvira quería una cerveza. Nos quedamos un momento callados. Vi de lejos a Consuelo la Siria, apoyada en uno de los pilares del patio, sumergida en esa indolencia gestual de la impartidora inocente de lujurias.

–El botero –susurró Elvira.

–¿Lo conocías?

–Todo el mundo lo conocía.

Contra toda presunción, el camarero nos sirvió velozmente lo que habíamos pedido. Yo miré a Elvira por encima de mi copa. El ron era asqueroso.

–¿Puedo preguntarte una cosa? –le pregunté yo.

Ella asintió con una expresión de candidata desmemoriada.

–Esa foto tuya –dije–, la que tenía el botero.

–¿Y tú cómo sabes tanto? –inquirió con una súbita alarma.

–Vi a la hermana en el velatorio.

–No quiero hablar de eso –musitó, evitando mirarme.

–Estaba entre sus cosas.

Elvira dio un sorbo mínimo a su cerveza. Luego se pasó una mano por la boca y ese gesto anodino comunicó una sensualidad tensa a su carne.

–No –dijo–, es que tuve que ir a declarar a la policía.

–¿Y eso?

–Menudo fastidio –apoyó su mano caliente en mi brazo, como aligerándose del peso de alguna mentira–. Les conté que se me perdió la cartera y me la devolvieron sin esa foto.

Apenas podía oírla ahora, en ese rincón precario donde parecía adensarse la ya espesa circulación de la música y las voces. Entreví una mano que parecía dotada de un movimiento autónomo recorriendo la vecindad de mi cara. Me arrimé más a Elvira. Casi notando la acuciante apretura de su vientre, esa zona de su cuerpo que parecía disponer de una voluptuosidad generosamente emplazada en la inminencia de ser compartida.

–La cartera se la encontró el botero –prosiguió ella algo crispada–. Quería quedarse con la foto y yo se la di –no me miró para añadir con una voz trémula–: Pobre viejo.

Llegaba hasta allí una emanación como de frutas mohosas, favorecida tal vez por el sudor y el trasiego de líquidos indefinidos. Tuve la súbita convicción de que Elvira no me había contado exactamente cómo se desarrolló el episodio de la foto. Era como si algo hubiese quedado encubierto.

–¿Te vienes? –le propuse.

–Espero a alguien –pareció dudarlo–. No sé de nadie que no espere a alguien. ¿Por qué no me llamas? –se pasó la lengua por los labios mojados–. O mejor llamas primero a Marcela.

Me dedicó una mirada impulsiva. Hubo un silencio antes de que yo avisara al camarero. Luego pagué sin esperar que me devolvieran nada, y nos despedimos, otra vez su boca al filo de la mía, una excitante moratoria de beso. Volví a atravesar un poco aturdido por entre aquella pululante concurrencia, oteando de lejos en una y otra dirección para poder esquivar al cojitranco. Una humareda estacionada cerca del porche, a la altura de unas guirnaldas de papel tendidas entre los pilares, parecía esparcir un improbable olor a leña quemada. Me pareció ver a un grupo de conocidos entre los que estaban Calígula y ese pintor de obispos podridos llamado Elías Benamarín, pero no hice nada por encontrármelos y procuré escabullirme solapadamente hacia la salida.

En la calle, apiñada a la puerta de la bodega, había casi tanta gente como dentro. Llegué hasta la esquina y allí me detuve un instante, sin saber muy bien qué hacer. Se oía aún el eco de la música, pero muy amortiguado, como si estuviese filtrándose por una sucesión de paredes acolchadas. Y eso me confundió, quizá porque también creí escuchar la superpuesta resonancia de otra música, sin duda proveniente de la sala donde a lo mejor estaba ahora mi madre esperándome. Dudoso reclamo de lo que ya la distancia había ido consumiendo. Esa melosidad ambigua que salía del cuerpo de ella, su deseada proximidad en las noches de padecimientos ficticios, la ocupación benigna de aquel espacio casero por parte de tío Leonardo, los últimos diseminados residuos de la intimidad y las alianzas conmovedoras. Y ese aire húmedo y oloroso a espliego retenido en las habitaciones, registrado en la memoria igual que el calco emocionante de unas experiencias que parecían volver a empezar a medida que se extinguían. Una y otra vez, y hasta cuándo.

Me fui por la calle Regina hasta la plaza de San Roque. No tenía ninguna gana de volver a casa. Anduve de un lado para otro y luego volví a esa plaza y me senté, bajo los naranjos, en la mesa de un bar. Pedí media botella y unas almejas. Debía de ser la hora de la pleamar, porque el levante había arreciado un poco y se metía a rachas polvorientas por el callejón aledaño, removiendo bruscamente los toldos y las ramas de los árboles. Si viera ahora a la vieja puta, me dije, le pediría que me buscara una muchacha. No, tampoco se lo pediría, un apocamiento fugaz referido a la vez al temor y a la incertidumbre. Me dediqué entonces a prevenir un poco a tientas lo que ahora estoy escribiendo. Y de improviso me acordé de aquella expresión usada por Marcela Cabezalí cuando íbamos por el ramal innavegable del río y yo le conté por encima lo de mis desazones premonitorias. ¿Qué palabra era ésa? Me la había repetido muchas veces para no olvidarla, pero el ansia porque aflorase en mi memoria me interceptaba su comparecencia. Imaginaba amorfamente esa palabra aunque no podía reconocerla. Procuré pensar en otra cosa y al fin surgió: prolepsis. Al principio, tampoco estaba muy seguro de no equivocarme, pero hace un momento, ya en casa, cuando me disponía a redactar lo ocurrido hoy, consulté una enciclopedia para salir de dudas. Creo que no lo logré.

Yo no tengo muchas ideas claras sobre esas cuestiones, tampoco Marcela me lo explicó del todo, pero resulta que «prolepsis» es, por una parte, un término lingüístico, y por otra, un concepto filosófico. Lo primero no tiene mucho que ver conmigo, o eso creo. Dice la enciclopedia: «Fenómeno de anticipación, ya sea porque un elemento de una frase se coloca en otra inmediatamente anterior, o porque un acontecimiento que se presenta como consecuencia de otro aparece como coetáneo de éste.» Tendré que preguntarle a don Serafín, el médico –que también es medio literato–, o a don Maxi, el librero, a ver si me ilustran más por lo menudo sobre ese enrevesado asunto. En todo caso, lo que de veras me dejó perplejo fue el significado filosófico de prolepsis, que consiste, según la doctrina de los epicúreos, en la prenoción o conocimiento anticipado de alguna cosa. O sea, que los griegos ya consideraban como un fenómeno común y entendible lo que yo tenía por un malsano desbarajuste que, amén de intrincado, sólo a mí me incumbía. Tendré que volver sobre todo esto, eludiendo –de pasada– un personalismo que puede llegar a desorientarme todavía más.

Estuve en la plaza de San Roque más de una hora. Ya no quedaba por allí casi nadie cuando me levanté, sólo quedaba la incomodidad intermitente del viento. Anduve medio a la deriva hasta el Cerro Falón, dando un rodeo por las calles del Carmen Viejo y la del Mar, en cada esquina una lujuriosa fragancia a dama de noche y maderas envinadas. Evité pasar por delante del *Talismán*. El estruendo insufrible de las motos me atenazaba a acérrimos intervalos como el retumbo persecutorio de un sueño. Me resistía sin ningún motivo lógico a entrar en casa y, cuando por fin lo hice, presentí que algo desacostumbrado podía estar a punto de suceder. Entré en el dormitorio y en la cocina, me asomé a la terraza, oí una vez más la confidencia interminable de la guitarra de Charlie

Christian, pero en ningún momento noté nada anómalo. De modo que me di el masaje nocturno en el cuello, aunque no me molestaba demasiado, y me senté a escribir lo que más arriba queda dicho. Lo único que ocurrió hace un momento, mientras pensaba que ya iba siendo hora de acostarme, es que llamaron desde el portal por el teléfono interior. No contesté, para qué iba a hacerlo, aparte de que tampoco podía asegurar que hubiese sido realmente una llamada o bien una previa notificación sensible de esa llamada. Pero cuando el timbre sonó por segunda vez y con más ahínco, ya no me pareció verosímil esa suposición. Así que me levanté, aun sospechando que pudiese tratarse de Marcela o de alguna visita indeseada. Pregunté reiteradamente que quién era y no me respondió nadie.

El capitán de un barco maderero le hizo llegar a tío Leonardo, viejo amigo suyo, un recuerdo curioso: unas muestras de secoya y baobab. Yo nunca había visto maderas como ésas, de una tonalidad y una densidad y un tacto tan prodigiosos. Parecían losetas de cerámica pulimentada, o más bien materias fronterizas entre el vegetal y el mineral. Con el paquete venían unas fotografías –anotadas al dorso– de bosques y árboles aislados oriundos de las sierras costeras californianas y las llanuras senegalesas. El capitán, citando a no sé qué misionero doblado de botánico, decía que esos bosques deslumbrantes de secoyas y esos extraordinarios ejemplares de baobabs eran «prototipos diseñados por Dios». Bien podría ser. Unos árboles que alcanzan a vivir más de 2.000 años y cuyos troncos pueden sobrepasar los 100 metros de altura y los 10 de diámetro, no son de este mundo. No son al menos del mundo al que yo puedo referirme.

143

Le pedí naturalmente a tío Leonardo que me cediera esas muestras. Y él me las regaló de buena gana. Talismanes o emblemas de un apego maniático, aquí las tengo ahora, suplantando a ese misterioso tarugo de palo cajá en que se habían materializado mis primeras decisivas incongruencias acústicas, poco después de que tío Leonardo me llevase de niño a aquella tala en la pineda de Alcaduz. Ya conté algo de eso (acabo de comprobarlo) al principio de esta historia. No pude, sin embargo, evitar ciertos recelos cuando procedí a esa caprichosa sustitución de fetiches. La tablita de palo cajá la olvidé por algún escondrijo y fue como si hubiese infringido una observancia hasta cierto punto inexcusable. De todos modos, la posesión de esas muestras exóticas me reactivó en parte mis viejas y quizá un poco volubles aficiones por las maderas.

La secoya, más incluso que el baobab, no admitía de entrada la penetración de ninguna herramienta ligera. Cierto que poseía una sequedad muy antigua y que además estaba como vitrificada, pero esa resistencia a un primer intento con la azuela o el formón bastó para que se me acrecentara el interés. Las vetas parecían embutidos de filamentos metálicos y la albura tenía la consistencia inviolable de un fósil. No es que no hubiese podido adaptar a mi gusto la forma de la tablita, usando la garlopa o cualquier sierra de peso, sino que desistí precisamente porque esa condición pétrea le confería a la madera algo parecido a un rango sagrado. O eso es lo que yo quería imaginarme, aunque no pasara de ser una variante supersticiosa de mi propia credulidad.

El otro día volví a llevarme las muestras al aserradero, con ánimo de que me las ajustaran en unos marcos de caoba que ya había escogido, con sus correspondientes paspartús de pino albar. Así quedarían convenientemente encuadradas y podría colgarlas luego en algún sitio. Y creo que fue esa misma mañana, al salir de casa, cuando descubrí o me pareció descubrir a Emeterio Bidón asomado a la ventanilla de una furgoneta estacionada frente al portal. Ignoro si no me vio o si me estaba esperando y se hizo el desentendido. Un resplandor declinante, descolgado desde unas nubes veloces que venían del mar, incidía en la chapa amarilla de la furgoneta y tal vez me provocara alguna dificultad visual. Atravesé a la otra acera del Cerro Falón y no hice nada por comprobar si era realmente ese sospechoso individuo quien podía estar allí vigilando a saber qué.

Cuando llegué a la Calzada, sentí más que vi a la furgoneta en cuestión acercándose muy despacio por detrás. Yo iba andando cerca del bordillo del tramo derecho del paseo, y esa fotofobia matutina que me hace lagrimear a veces, emborronó en un principio las distancias. Seguí andando unos pasos, y Emeterio Bidón, sin bajarse de la furgoneta, con medio cuerpo por fuera de la ventanilla, dijo:

–¿Me permite un momento?

No era un ruego, era una conclusión. La furgoneta se detuvo al tiempo que yo también lo hacía. Su conductor, por lo que pude observar, era un muchacho con trazas de amujerado, largo pelo de panocha y mirada ovina, parecía una corista equivocada de atuendo. Emeterio Bidón tardó algo más de lo razonable en volver a hablar.

–Lo he estado esperando –dijo al fin.

–¿A mí? –contesté sin ninguna sorpresa.

El conductor me hizo un gesto efímero con la mano a través del parabrisas y es posible que yo respondiera a ese saludo ambiguo con algún fugaz movimiento de cabeza. Y dijo Emeterio Bidón:

–Usted sabe que sí –se golpeó la sien con el dedo índice–. O sea, que prefiero creer que lo sabe.

–He andado muy ocupado –aventuré.

–Yo también –dijo él–. Estuve una temporadita en la marisma. Tenía que ir, qué remedio.

Me miró con una fijeza vidriosa, esa expresión húmeda y como burbujeante que me hizo evocar de inmediato las anfibias especialidades de Lucrecia.

–Tengo mucho que contarle –dijo con una inflexión de la voz falsamente velada–. ¿Cómo va su trabajo?

–Bien, como siempre.

–Me refiero al trabajo sobre esos fenómenos –se volvió hacia el conductor–. Tú no estás oyendo.

–Dígame –dije sin entender muy bien a qué se refería.

–Vaya a verme cuando quiera –casi silabeó–. Con lo que tengo que decirle puede llenar un libro.

La aclaración me dejó un poco confuso, pero me hizo recordar el ridículo papel de investigador que me atribuí aquel azaroso día en que se me ocurrió ir a su casa.

–Ya nos veremos –dije sin pensarlo mucho.

–Le conviene. Estoy en una buena fase, usted ya se habrá dado cuenta –chascó la lengua–. Los aires de la marisma siempre mejoran mucho la cuestión telepática.

–Ya nos veremos –repetí.

–Seguro –dijo él, al tiempo que se ponía en marcha la furgoneta–. Y cuídese, hay mucha culebra bastarda suelta por ahí.

No me despedí, tal vez porque me distrajo un momento esa última intrigante advertencia. Atravesé luego a buen paso lo que quedaba de la Calzada y no sabría precisar ahora por qué otras calles llegué al aserradero. El caso fue que, entre una cosa y otra, me pasé casi todo el tiempo olvidado de ese enojoso encuentro con Emeterio Bidón. Fue un día de mucho ajetreo. Tuve que andar controlando unos embarques urgentes, a más de la simultánea recepción de una remesa de pino de Valsaín ya escuadrado que llegó a Jerez por tren. Seguro que ya he contado más de una vez que esa actividad, no por ajena a mis preferencias, dejaba de compensarme de otras más fastidiosas perturbaciones cotidianas.

Comí algo con tío Leonardo en un bar de la esquina y enseguida nos volvimos al aserradero. Tío Leonardo estaba aún más afable y satisfecho de lo que por entonces solía estarlo. Yo sabía que últimamente había redondeado, o estaba a punto de hacerlo, dos importantes contratas de suministros a sendas inmobiliarias, lo que supondría sin duda un holgado flujo de beneficios. La verdad es que tío Leonardo había conseguido inculcar metódicamente al negocio –más bien desnutrido desde los tiempos de mi padre– una recuperación de lo más halagüeña. Y eso le proporcionaba una especie de ufanía exultante y contagiosa, como si el hecho de comunicar a los demás sus éxitos fuera una de las más remunerativas finalidades de esos éxitos. Ni que decir tiene que a mí también me estimularon de muy imprevista manera tan lisonjeros indicios de prosperidad. Ese día al menos el mucho trabajo y los quehaceres alentadores que circulaban por la serrería, me depararon una discreta euforia y, sobre todo, una despreocupación que invalidaron por algún tiempo los habituales disturbios de mi estado de ánimo.

Ya estaba cayendo la tarde y me fui a dar un paseo por la playa hasta la punta del Castillo, aprovechando la bajamar. Creo que en esas andaba cuando empecé a sentirme sumamente cansado y decidí volver a casa. En contra de mis hábitos vespertinos, me tumbé en un sofá con la luz apagada y me sobrevino un duermevela inclemente. Al principio, había un zumbido que ocupaba todo el espacio del sueño, un retumbo de trayectoria circular que se iba propagando en ondas irregulares desde dentro de mi cabeza hasta un lugar sin fondo. Yo formaba parte de ese zumbido: era propiamente el zumbido. Recorrí en un instante la extensión proteica de Doñana, desde las dunas a las marismas y desde los pinares y alcornocales a las zonas lacustres. Presumía que me despertaba de cuando en cuando, pero al punto volvía a caer en el vórtice del estruendo. Y allí estaba una vez más el bosque en llamas, sólo que ahora sin llamas. En un intervalo de lucidez tuve la impresión de que ese calor que me agobiaba no provenía de ningún incendio, sino que era la verídica consecuencia de una subida de mi temperatura. Junto a un árbol gigantesco, de altísima horcadura medio calcinada, había un cuerpo tendido. Yo sentía el peso de ese árbol, seis mil, siete mil metros cúbicos de madera de secoya encima. Aplastándome, prensándome contra un hueco tórrido, pero no enteramente sino a minúsculas porciones, como si estuviese sometido al ritual diabólico de un torturador. El cuerpo que yacía al pie del árbol estaba desnudo: era el de una mujer que se parecía a mi madre en la misma medida en que pueden parecerse dos hermanas muy distintas entre sí. Unas manchas oscuras se le empezaban a diseminar por toda la piel, unas manchas de bordes eruptivos en las que bullían un sinfín de moscas de muladar. La turbulencia encarnizada de las moscas. El cerco del bosque ocupado por una crepitación que no era la del fuego. Ese dominio ominoso. Untándome de una sustancia grasienta hecha de los humores que exoneraban las manchas del cuerpo, pero asociada de algún modo a la resina de la secoya. Y yo, debatiéndome en ese caldo hediondo, hurgando en su mugre, hurgando en su mugre hasta que sin ninguna brusquedad reconocí la estantería, las paredes con los grabados de pájaros, el sofá donde me había quedado dormido, el espejo negro de la cristalera de la terraza. En ese mismo momento me olvidé de otras bifurcaciones disparatadas del sueño.

Ya estaba amaneciendo y logré levantarme no sin alguna trémula dificultad para llegar hasta el baño. Tenía todo el cuerpo entumecido, pespunteado de un sudor gélido, y me aguijoneaba en la frente un síndrome vertiginoso que no se correspondía con ningún previsible trastorno relacionado con las cervicales. Era como más generalizado y friolento, con un cierto componente referido a vagas enfermedades infantiles. Aunque me lo imaginaba, comprobé que la fiebre me había subido casi a treinta y nueve grados. Dejé pasar algún tiempo antes de llamar a mi madre y, según lo previsto, ella y tío Leonardo se presentaron a poco en el piso y me llevaron a casa. A partir de ahí, no recuerdo mucho más. Todo eso ocurrió hace unos veinte días y hasta ahora no he tenido ánimos ni ganas de contarlo. Tampoco estoy muy seguro de estar trascribiéndolo con suficiente exactitud o sin olvidar algo que muy bien podía tener el valor de una clave.

Don Serafín, el médico, no acertó a precisar lo que me pasaba. Tampoco yo pude explicarle muy bien los síntomas que mejor hubiesen podido orientarlo. Sólo tenía fiebre y mucha sed y un continuo estado de postración. Ningún dolor especial. Incluso la tirantez pungente del cuello parecía haberse aflojado. Casi todo el día se me iba entre somnolencias y vigilias apenas coherentes, una especie de reiterada trayectoria circular que no llevaba nunca al mismo punto de partida. De lo que sí me acuerdo ahora es de esa sensación bonancible, casi placentera, a medio camino entre la voluptuosidad y la desidia, que casi no me abandonó durante aquellas tres borrosas semanas en cama. Parecía más bien que estaba simulando necesitar una cura de sueño o que fingía una fiebre persistente con el único objeto de que mi madre me cuidara o se quedase sin más a mi lado, leyendo o haciendo alguno de esos inútiles bordados de realce con que ella se aliviaba de alguna aflicción. Ni siquiera hablamos mucho durante esos días cansinos. Era un pudor raro, una reserva auspiciada tal vez por su propia arbitrariedad, ese frágil recato que obliga a no hablar de amor con quien uno se ha acostumbrado a amar. Me adormilaba sabiendo que ella estaba allí, y eso me transmitía a través del aire macilento de la habitación una placidez y un alivio más apetecibles que la propia salud. Muchas veces además, en las abreviaturas conscientes del sueño, creí entrever que estaban reproduciéndose algunas sensaciones idénticas a las de aquella ya lejana enfermedad, cuando me desmayé en la tala de la pineda, después de descubrir por primera vez que había captado un ruido antes de producirse.

El diagnóstico de don Serafín llegó cuando el mal ya se había ido o empezaba virtualmente a declinar. Debió de suponer que la medicación y las dietas a que me sometió venían a confirmar que se trataba de unas fiebres infecciosas no demasiado virulentas, favorecidas tal vez por algún intempestivo desorden circulatorio. Varias veces estuve tentado de hablarle de la prolepsis, pero nunca reuní suficiente interés o decisión bastante como para hacerlo. Tío Leonardo tampoco dejó entonces de protegerme a su engorrosa manera, en tanto que mi madre (creo que ya lo he anotado) vivía todo el tiempo pendiente de mis dolencias y caprichos. Sé que le gustaba tanto como a mí esa solicitud recurrente, esa complacencia afectiva que me retrotraía a la época en que ella era aún esa mujer que venía a besarme por las noches y se apretaba contra mí como para evidenciar que estábamos sentimentalmente tan juntos como lo estaban entonces nuestros propios cuerpos.

Vinieron a verme Jeremías y Agustín y algún que otro visitante esporádico: Apolonio, Calígula, Elías Benamarín y no sé quién más. Pero una tarde −cuando ya la fiebre remitía− se presentó de improviso en casa Marcela Cabezalí. No la había vuelto a ver desde el difuso día en que predije su violación, o poco antes, y esa visita me sobresaltó como si ella misma viniera a confirmarme que mi pronóstico se había justamente cumplido. La debilidad no me permitía andar más que unos pasos, pero quise levantarme y recibir a Marcela en la sala. Mi madre se mostró algo distante pero muy discreta y cortés y nos dejó solos después de preguntarle a ella si le apetecía tomar algo. Marcela no quería tomar nada. Iba vestida como siempre: un pantalón vaquero y un blusón muy holgado con los faldones por fuera.

–No te lo vas a creer –dijo–, pero hasta ayer no lo supe, me lo dijo Elvira. ¿Cómo estás?

–Ya ves, algo mejor. ¿Y tú?

–Ya tengo casi lista esa maldita tesis, llevo casi un mes sin salir, vaya lata –sacudió nerviosamente la cabeza para echarse hacia atrás un mechón de pelo–. Te he traído estos libros.

Eran dos y venían envueltos en un papel japonés. Lo supe porque de ese papel –que suele fabricarse con la corteza del moral– me mandó una vez varias resmas un fabricante del que éramos proveedores. Abrí el paquete con algún apocamiento y me quedé mirando los dos libros. Uno era una edición en cartoné de 1940 de *La corte de los milagros*, de Valle-Inclán, y el otro un librito más bien insospechado: *Sanlúcar de Barrameda en la corriente de la Ilustración*, de Paula de Demerson. Yo le di las gracias a Marcela con una esforzada premura, como si ese regalo escondiese una intención compasiva.

–El libro sobre Sanlúcar es muy poco conocido –dijo ella–. Te va a interesar.

–No leo casi nada –desvié la vista, como si también quisiera evitar alguna conmiseración–. Me mareo.

–¿Sabes qué? –bajó la voz–. No me atrevía a presentarme así por las buenas, fíjate –me puso una mano en la rodilla–. Te he echado bastante de menos, por eso he venido.

Hubo un silencio apenas desapacible, regulado quizá por el aire benigno de la sala.

–Pues no me acuerdo de lo que tenía que contarte –prosiguió ella–, salvo que ya sé del duque de Montpensier todo lo que puede saberse. Incluso lo que no se debe.

–Esta fiebre –me llegó de algún sitio un ramalazo de tedio–. Por las tardes, me sube la fiebre. Es como si se me hinchara la cabeza por dentro.

–Estás más delgado –se detuvo un momento como para examinarme mejor–. Cuando te pongas bien, nos vamos un día al Coto. Podemos acercarnos hasta las pajareras.

La conversación declinaba casi al mismo acelerado compás que la luz. Era más o menos la hora en que los rasgos de Marcela parecían depurarse de un modo a la vez impreciso y diáfano, como esas estatuas que adquieren su más secreta expresividad cuando las sombras se coaligan con los repliegues de la piedra. Seguramente hablamos de algo más, no lo recuerdo. Y en esas volvió mi madre y me sugirió con mucho tiento que debía volver a la cama. Así que Marcela se dispuso sin más a despedirse. Lo dudó un segundo, amagó un gesto para darme la mano y luego optó por besarme o, mejor, por apretar levemente sus mejillas contra las mías. Mi madre salió con ella y las dos dejaron allí como el residuo de una misma comparecencia emocionante. Pensé –y enseguida no pude seguir pensando– en esa semejanza turbadora que asociaba tan subrepticiamente a las dos mujeres. Luego me fui entre mal contenidos titubeos de acróbata para mi habitación, o para la que había sido mi habitación hasta que me mudé al piso.

Otra vez en la cama, vino mi madre a traerme un vaso

de leche tibia con canela y no se refirió para nada a esa visita, o sólo se refirió indirectamente para hablarme de don Ubaldo, el padre de Marcela, un hombre de muchas luces y pocos amigos que estuvo muy enamorado de una tía mía y trató con cierta asiduidad a mi padre. Pero yo apenas la atendí, a pesar de que esos últimos ignorados datos muy bien podían haber contribuido a despertarme una curiosidad inmediata. Pero el simple hecho de haber estado hablando en la sala me había recrudecido la astenia y ese burbujeante vacío cerebral. Notaba la cabeza como acribillada de agujeros transitorios y movedizos, de los que parecía manar un humor denso y estrepitoso que ocupaba enteramente el lugar del sueño. Pensé a bruscas intermitencias en la estupidez de no haber querido ver a Marcela para no fomentar aquel desafuero premonitorio de su violación. Por cierto, que de Jesús Verdina no se volvió a saber nada; al menos, no había incurrido en ninguna otra extravagante señal de rencor. De todos modos, tenía la cada vez menos remota sospecha de que algo iba a modificarse sustancialmente con la recuperación de mi salud.

Todavía estuve cuatro días más en cama.

En el aserradero no había ninguna novedad. Todo seguía por buen camino, y el primer día de convalecencia en que aparecí por allí, tío Leonardo me tenía preparada una sorpresa estrambótica. Había mandado forrar las paredes de mi despacho, en la planta de arriba, con madera de haya, y además había hecho colocar unas ménsulas sobre las que aparecían hasta cuatro palmípedas disecadas, dos fochas, un ánade y un somormujo. Todo estaba encerado y reluciente y tío Leonardo me miró con la expresión del vencedor magnánimo. Yo no sabía qué decirle. Aquel cuarto no era precisamente un lugar como para andar esforzándose en refinamientos decorativos. Pero había quedado muy aparente.

Estuve por allí algo más de una hora. Saludé a los del taller y anduve recuperando un poco el rumbo perdido del olor de las maderas, los tactos sutiles de las vetas y atronaduras, el vaho biológico del almacén. Luego pensé regresar a casa sin ninguna prisa, dando un pequeño rodeo por el mercado. Y así lo hice, pero no más bajar la cuesta de Belén decidí acercarme primero al piso de Cerro Falón. Se conoce que ya lo había previsto antes de salir de casa, porque me había traído las llaves y ni por un momento se me ocurrió entonces que podía dejar de hacerlo.

Al entrar en el piso, aspiré con despacio un aire atosigante, como de celda de abadía, el mismo sin duda que se había quedado retenido en las habitaciones desde el día en que enfermé. No me desagradó, sin embargo, esa redundancia olfativa que también tenía un poderoso regusto familiar. Abrí la puerta de la terraza y me quedé mirando un instante la boca del río y los pinares de la otra orilla. Una luz flamígera me castigó entonces los ojos con la multiplicación diminuta de muchos aguijones. Tuve que volver casi a tientas al alivio penumbroso de la sala, una fulguración rojiza bulléndome todavía en algún lugar por detrás de las cuencas. Pensé ambiguamente que ese escozor luminoso también estaba relacionado de alguna forma con la recóndita sensación de abombamiento que se me había instalado en la cabeza desde mi primer día de fiebre y que aún podía sentir, no sé si como un recuerdo distante o como una inmediata evidencia, en la misma sensible raíz de las cervicales.

Sobre una balda de la estantería estaba el aparato vibratorio que me dejó Marcela para el presunto tratamiento de la artrosis. Tardé en reconocerlo mientras lo miraba, procurando tal vez asociar su forma engañosa con alguna improbable novedad introducida en el piso durante mi ausencia. Lo activé sobre la nuca sin ser apenas consciente de que lo hacía. ¿Vi una especie de gusano azulado salir de uno de los orificios del cabezal en el mismo momento en que me lo aplicaba al cuello, o fue a los pocos segundos, cuando ya había interrumpido esa vibración martirizante? No lo sabría precisar. De lo que sí estaba bastante seguro es de que algo parecido a un gusano se había asomado por un agujerito del aparato y me había dejado en la piel como un rastro pringoso. Y eso me sobrecogió hasta el pánico. Arrojé sobre el sofá aquel artiluguio cuya inutilidad terapéutica me resultó entonces más irrisoria que nunca, y sentí cómo se iban juntando esas porciones mínimas de hastío y de flaqueza que acaban constituyendo el desconsuelo, ese repliegue de la memoria donde anidan las aversiones hereditarias. Pero no duró mucho, me parece. Salí otra vez a la terraza provisto de unas gafas de sol; velado así el paisaje, vi con agrado la maniobra de un carguero que recogía al práctico a la entrada del canal, una visión rutinaria que tuvo entonces la validez sensitiva de una recompensa y que incluso me alentó de un modo inopinadamente eufórico a salir a la calle.

Dos hombres introducían a duras penas en el portal una gran caja de cartón. El sobresalto efímero de un peligro que no existía. Me quedé esperando que pasaran y oía la respiración jadeante de uno de ellos como si fuera la mía propia rebotando en las periferias de aquel embalaje. Venía de algún lugar un olor nutricio a roble envinado y seguí ese husmo mientras no lo desfiguró otra volátil fragancia confitera. Anduve luego por la calle Trasbolsa y más luego por la cuesta del Picacho, hasta que lo excesivo de aquel primer paseo me impuso una tregua. Decidí entonces ir a descansar un poco a una librería adonde solía acudir antes de caer en cama. No recuerdo si lo he contado ya anteriormente, pero el caso es que, a la vez que trataba de esmerarme en la redacción de estas páginas, me fui también habituando a seleccionar con mayor aplicación mis lecturas, dejándome guiar al principio por don Serafín, después por Marcela y finalmente por don Maxi, que así se llamaba el librero. Un suministro de ideas y de diseños de ideas que me fueron emplazando en la ufanía de creerme en posesión de unas claves informativas normalmente vetadas al común de los mortales.

Este don Maxi era un viejo republicano muy versado en letras y minerales, que había estado preso ocho años y había vuelto a Sanlúcar con el estigma del vencido incrustado en lo más vulnerable de su vida. No es que descreyese de todo lo que había defendido en tiempos heroicos, sino que parecía resarcirse de la ya imposible ejecución de sus ideas imputándole al mundo entero la culpa de tantas desastrosas claudicaciones. Yo empecé a tratar a don Maxi —y a compartir sus saberes— por mediación de Apolonio, el calafate, que lo conocía y respetaba de tiempo atrás y que me contó más de una vez sus hazañas al hilo de las agitaciones sindicales marismeñas. Ahora estaba ya como voluntariamente recluido en las trastiendas de la decepción, las desdichas aceptadas y los anhelos incumplidos. Podía ser muy desdeñoso y escéptico, pero también muy efusivo y generoso. Alardeaba incluso con furia de no querer enterarse de nada de lo que ocurría y, sin embargo, estaba al tanto de todo. Montó su librería como podía haber montado su propio funeral. Hasta en eso actuó al dictado de no sé qué ensueños vindicativos.

Don Maxi estaba como solía: sentado ante un secreter que ya debía de llevar cien años desportillado y leyendo un voluminoso libro que cerró muy de prisa cuando me oyó entrar, como si tratara de impedir que lo descubriera en tan prescindible ocupación. Se ladeó laboriosamente para mirarme por encima de unas venerables gafas de amanuense que tenía como injertadas en la nariz y dijo al tiempo que yo lo saludaba:

–Creí que ya se había borrado –nunca quiso tutearme.

–Estuve enfermo –repuse–. Me picó un mosquito de ciénaga o algo así.

–Lo sé.

No hacía ningún frío, pero él llevaba puestos un jersey marrón de cuello alto y una bufanda negra de longitud innecesaria.

–Siéntese por ahí –trazó un arco inseguro con la mano.

–Hasta hoy no he salido a la calle –dije.

–Siéntese.

Arrimé hasta donde él estaba una noble silla de cuero repujado y, no más sentarme, noté el centelleo de la endeblez oscilando ante mis ojos.

–Pues aquí donde me ve –murmuró mientras sacaba una manzana de una especie de papelera y una navajita de un bolsillo–, también yo he andado bastante fastidiado. Nada de particular, la miocarditis.

Y lo dijo con ese aire de haber ido almacenando en los depósitos de su vida tan viejos infortunios que todo él tenía ya algo de póstumo.

–Y usted que no se cuida –repuse.

–Estoy loco –repitió con su voz más huraña–, porque eso es lo único que hago: cuidarme. Y para qué, digo yo.

Me quedé mirando cómo cortaba la manzana en trocitos y cómo se los iba metiendo en la boca con una desacompasada movilidad de las mandíbulas.

–Ni siquiera he tenido ánimo para leer –dije.

–Ahí le tengo apartado un par de libros –apenas se le entendía mientras masticaba–. Nada de papanatismos ni de titirimundis. Una novela de un joven que sabe por dónde va y unas memorias de mucha enjundia –contempló soñadoramente los anaqueles aledaños–. ¿Va a ir pronto al Coto?

–Me gustaría.

–Se lo pregunto porque a lo mejor conoce a alguien por ahí que pueda proporcionarme una piedra viborera.

–Juan Orozco tenía unas cuantas.

–La hermana me dijo que se las metió dentro de la camisa con que lo amortajaron. Para que se las llevara con él al infierno.

–Él no era como su hermana.

–Un muerto nunca es como su hermana. ¿Ha visto usted a Apolonio?

–Estuvo en casa cuando caí enfermo.

–Apolonio no ha caminado todavía lo suficiente como para estar de vuelta. Me recuerda a un tío suyo, Rogelio se llamaba, un idealista que fusilaron por ahí detrás, por la carretera de Trebujena. A él no van a fusilarlo, porque creo que ahora ya no se fusila, pero le van a hacer la vida imposible por meterse en tantas misericordias.

–Estaba terminando una barca, un marrajero mediano.

–En eso sí es muy bueno, no hay quien pueda con él –se interrumpió como entreviendo la bella tablazón de la barca apuntalada sobre la arena–. Hace ya tiempo que no viene por aquí. Debe creer que ya he largado amarras, tampoco me queda mucho. ¿No ha visto usted la de muertos que andan por ahí?

Hablaba, una vez más, como si fuese la última vez que iba a hacerlo.

–Hágame un favor –prosiguió–, dígale que ya tengo lo que me había pedido.

–Descuide.

–Un libro sobre el espartaquismo agrario andaluz. Si me permite la expresión, a ver para qué coño querrá

Apolonio ese mamotreto. Yo lo leí hace ya un siglo, en la primera edición de 1919. Supongo que entonces me pareció muy instructivo, la de vueltas que da el mundo.

Don Maxi se levantó con mucho acopio de esfuerzos y visajes y anduvo unos pasos hasta una especie de trabanca que hacía las veces de mostrador. Recogió de allí dos libros y me dio uno de ellos. Era de pronto un enfermo desahuciado confiándome su última voluntad.

–Éste es un regalo, a cuenta de la levantada –dijo.

–Por favor, Don Maxi –protesté.

–Y éste son mil seiscientas, menos ciento sesenta –tardó un instante en calcularlo–, mil cuatrocientas cuarenta. Se las apunto.

–De verdad, es que...

–Una cosa que le va a interesar –me interrumpió–. He estado recogiendo unos datos por ahí y, si no me equivoco –sacó una libreta del bolsillo y la consultó con cierta apremiante torpeza–, si no me equivoco, en los últimos diez años se ha quemado en España más del diez por ciento de la superficie forestal. O sea, que dentro de poco ver un árbol será lo más parecido que hay a ver un fantasma. Figúrese qué van a hacer ustedes con una carpintería llena de fantasmas. ¿Se hace cargo de lo que quiero decirle?

–Ya.

–Pues parece que a nadie le importa un carajo. Por aquí mismo, sin ir más lejos, por la cuenca baja del Guadalquivir, el avance de la erosión es de los peores y se va a tragar hasta lo que queda del Coto –jadeó como si hubiera estado midiendo la extensión de ese erial–. Cuando todo sea un desierto, ya no habrá más problemas. ¿No es eso lo que andan buscando? A mí ya no van a llegar a tiempo de joderme, pero dése cuenta de lo que se les viene encima...

Supongo que debió de añadir algún otro denuesto a su

truculencia oratoria, ya atenazado por esa desesperanza que incluso le impedía restaurar piadosamente en el recuerdo las ruinas de su pasado. Pero yo ya andaba medio perdido por la soñadora evocación del bosque en llamas, una secreción tórrida embalsándose en lo oscuro igual que si yo mismo la bombeara desde alguna equivocación imaginativa. El parpadeo me borraba intermitentemente aquel espacio ilusorio: una desordenada concurrencia de libros con los lomos abarquillados y humeantes, una sucesión de listones y papeles recubiertos de un caldo resinoso. Y ya dejé de verlos cuando sentí en mi mano el frío blando de la mano de don Maxi.

–Cuídese, muchacho –le oí decir.

En la calle había un equilibrio de aromas neutros y colores mates que me suministró impensadamente una cierta y supletoria energía. Creí incluso que estaba en buenas disposiciones para oír alguna significativa señal acústica, pero allí no había nada desusado que oír. Supongo que ni siquiera una falsa alarma. Lo único que ocurrió es que el obstinado deseo de no desfallecer pudo más que el cansancio y llegué a casa con la jactancia del que ha salido airoso de la intrincada prueba de la supervivencia.

He pensado mucho últimamente en los lances secretos de la vida intrauterina. Es una cuestión que cada vez me atrae con más empecinado interés, no ya porque esa especie de reminiscencia umbilical esté relacionada con mis servidumbres filiales –que eso sería bastante obvio–, sino porque he llegado a la conclusión de que el foco originario de los preavisos acústicos se remonta a alguna peripecia acaecida en el vientre de la madre. La verdad es que todo eso no tiene más fundamento que el que yo quiero que tenga, pero algo me dice que tampoco es ningún despropósito tratar de buscarle vínculos ciertos a mis conjeturas. No hace mucho leí −en unos difusos *Diálogos de la naturaleza humana*, de un tal Luis Francisco Barahona− que la comunicación entre hermanos gemelos sin que medie ningún agente físico tiene una manifiesta raigambre prenatal. Según ese Barahona, los gemelos homocigóticos, es decir, los que proceden de un mismo huevo, pueden llegar a protagonizar experiencias sobrecogedoras: heridas recíprocas, orgasmos compartidos, crímenes simultáneos. Pero no sólo eso. Gemelos ha habido que, en el momento de emitir a distancia sus respectivos mensajes, interceptaron de pronto otras noticias en tránsito que no eran las suyas propias. Algo así como la improcedente captura telepática de informaciones ajenas que aún no habían llegado a su destino. No pocos gemelos alcanzaron en esas técnicas una pericia prodigiosa y algunos −como los hermanos Occhiobello, oriundos de la Toscana− pasaron a convertirse en inocentes receptores de muchos conocimientos secretos del mundo. Dicen que, tras haber sido acusados de espías dobles a sueldo del enemigo, decidieron poner fin a semejante calumnia suicidándose mutuamente.

Viene todo esto a cuento porque el otro día me rondó una sospecha tan poderosa que, al principio, supuse que era una revelación: la de que yo había tenido un hermano gemelo que murió en el parto. La presunción no ofrecía ningún viso de verosimilitud, pero tampoco pude evitar la tentación de averiguarlo directamente. Y lo primero que hice fue preguntarle a mi madre si se le había malogrado algún embarazo. Ella me miró con ese dulce simulacro de recelo con que siempre intentaba apaciguar alguna intemperancia mía, y me confesó que, en efecto, había padecido no uno sino dos abortos.

–¿Antes de que yo naciera? –le pregunté sinuosamente.

–Antes, sí –dijo ella, como haciendo un esforzado acopio de humildad para reconocerlo–. Todo eran complicaciones cuando me quedaba embarazada, no soy tan fuerte como parece. Contigo tuve que guardar casi cuatro meses de reposo. ¿Por qué quieres saberlo?

–¿No eran gemelos?

–¿Quiénes?

–Pensé que podías haber tenido gemelos.

Mi madre me puso su mano caliente en la mejilla y se le dibujó en las comisuras de los labios el esbozo de una sonrisa menesterosa.

–Qué ocurrencia –dijo, y se levantó muy despacio, tal vez para zanjar así con un desenlace anodino aquel farragoso interrogatorio.

Yo seguía aspirando la fragancia tersa de su mano, pero enseguida me levanté también. Fui tras ella unos pasos hasta que la alcancé en la penumbra del pasillo.

–O sea –insistí–, que también tuviste problemas conmigo antes de nacer.

Ella tardó un poco en contestarme y apenas se volvió.

–Y a qué viene ahora todo eso, qué te pasa –su voz se debilitaba con un deje de contrita–. Fue un parto difícil el tuyo, si es eso lo que quieres saber, pero ya ves la prenda de hijo que tengo.

Ella siguió hasta la cocina y encendió de paso la luz del pasillo. Permanecí un momento mirando esa luz y luego cerré los ojos. Pero se me quedó dentro de los párpados un filamento rojizo que se desplazaba en sentido diagonal, fragmentándose en otras manchas móviles y cada vez más azules. Cuando finalmente desaparecieron fue como si hubiese salido de una caverna. Me fui para mi habitación con un sabor obsceno en la boca. No más abrir la puerta, me encontré en el medio de una negrura vibratoria y supe de pronto que la oscuridad incuba siempre un gusto prenatal a sangre.

Marcela me telefoneó esta mañana al aserradero para decirme que ella y Elvira habían caído en un éxtasis simétrico. Por supuesto que no entendí en absoluto de qué me estaba hablando. Pero ella insistió en que era un asunto muy serio y que merecía ser tratado con calma y en presencia de Elvira aquella misma tarde. Al parecer, y por lo poco que me adelantó, las dos habían compartido, sin previo acuerdo y sin intervención de ninguna otra complicidad emocional, la peregrina experiencia de una misma visión. Lo que entonces no me aclaró Marcela fue si esa visión había sido de la clase de las beatíficas. Supuse, naturalmente, que no. En cualquier caso, no me pareció que yo tuviese mucho que ver con todo eso.

Quedamos en vernos a las ocho en una especie de discoteca que habían abierto hacía poco en la Banda de la Playa. No sé por qué me dijo Marcela que prefería que nos encontrásemos allí mejor que en el *Talismán*. Yo ya había estado una vez en ese local nocturno, un viejo almacén más o menos pomposamente acondicionado con una falsa sobriedad de contrachapados imitando maderas nobles, butaquitas de gutapercha y ornamentos ecuestres. Cuando llegué, ya estaba allí Elvira, sentada en uno de los taburetes dispuestos en torno al muy concurrido mostrador. Hablaba con el camarero y no me vio entrar. Le salían del pelo unos oscuros destellos metálicos y se le marcaban netamente las nalgas oprimidas contra el asiento. Me situé mal que bien a su lado y ella sesgó el cuerpo con mucha zalamería para besarme.

–Luego actúa aquí una banda de Sevilla –fue su saludo–. Los conozco.

–Vaya tropa –dije mirando a mi alrededor–. ¿Estás bebiendo algo?

–Me he tomado una cerveza, pero invítame a otra.

El camarero había permanecido a la escucha, muy en su papel de vigilante suspicaz. Le pedí la cerveza y una copa de manzanilla.

–Mejor nos sentamos –dije.

Elvira no respondió, sino que dio un airoso saltito y se dirigió hacia la única mesa visible que aparecía desocupada. Delante de mí, su cuerpo era una cimbreante alegoría, a escala reducida, de la autosuficiencia carnal. Siempre me resultaba un poco incomprensible esa capacidad suya para contener en tan exiguas proporciones tan poderosa sensualidad. Empezó a sonar milagrosamente *West End Blues* –un clásico de King Oliver–, que me recordaba con imprecisión excitante otro escenario.

–Marcela se tarda –dijo Elvira al tiempo que nos sentábamos, y añadió con un súbito ahínco–: ¿Te acuerdas del botero?

–¿De Juan Orozco?

–Estaba yo el otro día por las Piletas y se me acercó un hombre con pinta de pescador. Disculpe, me dijo, ¿usted se llama Elvira Trinidad? La misma, le contesté un poco intrigada. Y él va y me suelta que su cuñado, o sea, el botero, había dejado escrito en un papel que no me cobrase si yo quería ir a la otra banda en la barca.

Ni la extrañeza ni el camarero que traía en ese momento lo que le había pedido, me dejaron interrumpir a Elvira.

–Luego me aclaró que la barca ya no hacía el servicio con el Coto, pero que si alguna vez se me apetecía dar una vuelta, que se lo avisara con tiempo.

–Juan Orozco no sabía escribir –dije.

Elvira me dedicó una mirada que parecía encubrir un cierto remanente de prevención. Recogió su vaso de cerveza y se lo acercó a la boca, pero no llegó a beber. Tenía una sombra rara en los ojos, algo así como una sombra engullida por otra sombra.

–Y a santo de qué se iba a inventar eso el cuñado –dijo.

–Seguro que no sabía escribir.

–Escucha, cariño –adoptó de repente un compungido aire confidencial que no se correspondía con el tono de su voz–. Marcela y yo teníamos que haberte contado hace tiempo algo que no sabes.

–¿Lo de tu foto?

–No lo de mi foto, eso es lo de menos. Otra cosa.

Y justo entonces apareció Marcela. Casi no la reconocí al principio, vestida como venía con una falda verde, una blusa floreada y un chaleco de ante. Traía también un capacho de rafia colgado del hombro. Tan inusual era en ella esa indumentaria que acentuó el carácter sibilino de la entrevista. Dijo, todavía de pie:

–Llego tarde –era más una constatación que una disculpa.

–Hoy tocan aquí unos de Sevilla –informó de nuevo Elvira.

–Las ocho y media, casi –dijo Marcela, y me miró después de rebuscar en su bolso–. Pídeme una copa, anda.

No vi al camarero por ningún lado, de modo que me levanté para ir a la barra a buscar media botella. A medida que me acercaba fue creciendo el volumen de la música. Lo que se oía ahora también era de mi gusto, no sé qué era, pero una voz de trémolos lijados rebotaba por aquellas paredes recubiertas de maderas ficticias con la brusquedad de un zarpazo. Me costó trabajo hacerme entender por un camarero que se afanaba torpemente por detrás de la barra. Cuando volvía a la mesa con la media botella y tres copas vacías, sentí el golpe de aquel

165

aire desabrido y atronador penetrándome por el entrecejo. Enseguida adiviné que mi llegada había atajado súbitamente la conversación que mantenían Elvira y Marcela.

—Ya sé que no me miras —dijo ésta—, pero siéntate
aquí entre las dos a ver si me oyes.

Obedecí y llené las copas.

—Estaba diciendo —mintió Marcela, apretándose más
contra mí— que lo único aceptable de este sitio es la música.

—No oigo ninguna música —logré articular.

—A ésta —me la señaló con un sumario desvío de la
mirada— se le quita así la murria.

—La pájara —rectificó Elvira.

Tenía que hacer un esfuerzo mayúsculo para no perder el hilo de lo que se hablaba. La intensidad del sonido
me transmitía una creciente hiperestesia, como si cada
decibelio se estuviese materializando en una impetuosa
percusión por dentro de mi cavidad torácica. Sólo alcanzaba a descifrar palabras sueltas, porciones de frases apenas coherentes, risas intercaladas. Sobrevino de pronto
un silencio parecido al que fabrican las arañas en las
mazmorras, un silencio desabrido y ruin, cruzado de voces destempladas y golpes engañosos. Me sentí a la vez
aliviado y aturdido. Marcela y Elvira secreteaban entre
ellas, sus cuerpos aproximándose por delante del mío.

—Lo has resuelto muy bien —dijo Elvira, como reto-
mando un asunto ya tramitado en un confesionario remoto.

—He llegado a un acuerdo con los enemigos del alma
—dijo Marcela, acariciándole el pelo a Elvira—, eso es
todo.

—Tenemos que hablar —advirtió melosamente la acari-
ciada.

—¿Qué era eso que teníais que contarme del botero?
—recordé yo de pronto.

Marcela miró a Elvira con una oscura y desconcertada intensidad. Era como si estuviesen compartiendo una repentina congoja intempestivamente asociada a la conversación. Yo busqué en mi memoria algún dato que tuviese relación con esa actitud, pero no estaba allí.

—Ten paciencia —murmuró Elvira.

—No sé —repliqué—. ¿Por qué no me hacéis caso y nos vamos a un sitio más tranquilo?

—Por mí... —dijo Marcela algo menos remisa—. Llévanos presas a las dos, anda.

—A las diez toca un grupo —reiteró una vez más Elvira.

Volvió a reproducirse entonces un despeñadero sonoro que, aparte de su absoluta incapacidad de adaptación a las condiciones acústicas del local, ocupó atropelladamente el ya último espacio disponible de mi tolerancia. Era un ritmo inconexo y furioso que invalidó, en efecto, todas las pacientes resistencias que había intentado mantener activas hasta entonces. Notaba por detrás de las órbitas como una concentración de esos hongos que emponzoñan la madera y la desguazan por dentro. Así que me levanté, me despedí con la mano y me abrí paso hasta la barra para pagar.

Ya en la calle, busqué por la acera de enfrente algún provisional remanso de la noche y permanecí esperando no sabía qué otras incidencias. Llegaba hasta allí, arrastrado por el tenaz viento de poniente, un olor funerario a conchas de ostiones calcinadas bajo el sol y a algas fermentadas en la divisoria de la marea. El estrépito de un motor anuló los ya opacos ecos de la música, pero ese estrépito fue, me parece, un anticipo del que perpetró muy poco después un muchacho que salió de la discoteca en busca de su moto. Lo maldije como si me fuera en ello la posibilidad de mantenerme inmune. Ya yo me había apartado previamente, no demasiado, del foco de aquella trepidación y vi entonces correr a Marcela y Elvira hacia donde yo estaba. Venían cogidas de la mano.

–Se puede saber qué te pasa –dijo Marcela antes de llegar.

–Nada –repuse–. Un fallo del tímpano.

Marcela me observó un instante y me cogió del brazo con cierto ademán de encubridora.

–Me lo figuraba –dijo casi en un susurro.

–Y ahora, ¿qué? –intervino Elvira.

–Tenía que haberme acordado –añadió Marcela–, lo siento.

–Yo también –dijo incautamente Elvira–. La música excita a las fieras.

–Podemos ir al *Talismán* –sugerí.

–Me lo he prohibido por ahora –dijo Marcela–, tengo mis razones.

No la miré, pero ese veto inocuo bastó para que se me desentumeciera algún engranaje del recuerdo: el de aquella injustificada obsesión premonitoria en torno a la violación de Marcela. Pero sólo fue un vislumbre momentáneo. Anduvimos un buen trecho por la Calzada de la Infanta y, sin premeditación ninguna, nos asomamos a una taberna más bien inclasificable de por allí cerca.

–Ideal –dijo Elvira, antes de entrar–, aquí es donde el otro día le cortaron la oreja a un arrumbador.

Marcela y yo fingimos simultáneamente un mismo sobresalto y ella bajó la voz para completar su historia.

–Pero es que además el arrumbador la puso sobre una mesa y dijo que la oreja cortada seguía oyendo.

–¿Has terminado? –cortó Marcela.

Elvira se encogió de hombros y le traspasó al balanceo de sus pechos una provocación pueril.

El tabernero no nos dedicó mayor atención. Era un hombre escuálido, verdusco y circunspecto, con esa tendencia a la beatitud de los que estiman que ser eficientes equivale a cumplir las funciones que les han sido encomendadas con toda clase de puntillosas demoras. No había muchos parroquianos, pero sí los justos para saturar todas las contingencias laborales del negocio. Nos acercamos al mostrador a indagar qué clase de manzanilla tenían. El tabernero apuntó con remisos desplazamientos del índice dos botas de las tres que había a un lado del mostrador y un anaquel con unas cuantas empolvadas botellas. Supuse que el vino de una de las botas no estaría por lo menos remontado. Probé una copa y, en efecto, no lo estaba. Así que pedimos una botella, unos vasitos y no sé qué de picar y nos lo llevamos todo a una mesa del fondo.

–Un marmolillo –comentó Elvira.

Bebimos con relativa calma y hablamos de cosas superfluas y tornadizas. Y en ésas estábamos cuando se acercó un muchacho vacilante y cetrino y se dirigió a mí.

–Permítame una pregunta –dijo con una voz como desflecada–, ¿no nos hemos visto en alta mar, usted por su lado y yo por el mío?

No se me ocurrió ninguna respuesta apropiada. El muchacho respiró hondo, se alisó una pelambre rubiasca que parecía postiza y continuó:

–¿Le interesaría comprar una maqueta de barco?

–No, gracias –dije.

–Las hace mi padre –insistió–. Juanelos, camaroneras, veleros antiguos –se introdujo una mano por dentro de la cintura del pantalón–. Un arte, hay testigos.

–¿Se llama Fermín, su padre? –inquirió Marcela.

–El mismo –dijo el muchacho–. ¿Lo conoce?

–Una vez estuve en su casa –aclaró Marcela–. Con un amigo que quería ver esas maquetas. Ya iremos por allí otro día.

–No molesto más, entonces –dijo el muchacho mientras se alejaba comedidamente de espaldas sin dejar de observarme con los ojos resolutos del conspirador–. Acuérdese.

Me acordaba efectivamente de algo que aún se resistía a alojarse en su más estricto lugar de la memoria. Y eso me provocó un malestar que tenía algo que ver con las maquetas de barcos y los sucedáneos pedigüeños de la humildad. Pude oír y no quise lo que el muchacho estaba a punto de explicarle a alguien a propósito de las penurias de la vida del artista y los encuentros fortuitos en alta mar.

–Nos vimos por el río –medité a media voz.

Yo había ido desentendiéndome por simple inercia de los abstrusos preliminares de que se valió Marcela para promover aquel encuentro, pero fue ella misma quien los hizo comparecer de repente en la conversación.

–¿Sigues aquí? –dijo–. Pues si sigues aquí, no habrás olvidado lo que te adelanté esta mañana: que Elvira y yo hemos tenido una misma visión.

–Sin ponernos de acuerdo –remarcó Elvira–, de buenas a primeras, tal como lo oyes.

–Ya –musité.

–A ver si me explico –agregó Marcela–. Anteanoche, cuando estaba en mi cuarto ordenando unos papeluchos, me quedé un poco amodorrada, o sea, así como traspuesta. Lo atribuí al cansancio, porque me había pasado todo el santo día cotejando unas dudas a propósito de Montpensier –se tomó un módico respiro–. Resulta que consulté mal un dato: yo había creído que el único testigo presencial de la muerte del duque en Torrebreva era Esquivel, el jefe de su casa, y resulta que no, que quien estaba con él era un ayudante suyo, un tal Luis Lerdo de Tejada. Pero no recordaba si lo había corregido.

–Aligera, guapa –cortó Elvira.

–Me levanté entonces –prosiguió Marcela sin ninguna pausa–, a ver si conseguía despabilarme un poco, y lo que pasó fue que me caí redonda en la cama turca —parecía reclamarme con los ojos la evocación de esa cama—, así como suena. Ni estaba dormida ni había bebido ni me favorecía ningún polvo celestial. El caso es que te vi claramente allí mismo. Tenías unas virutas pegadas al vientre y de cada viruta manaba una resina blancuzca con aspecto de semen. O sea, que no es que me quedara como quien ve visiones, es que las vi. Cuando me pude incorporar, ya te habías ido por donde viniste, que tampoco sé por dónde era. Consulté el reloj —hizo como si volviese a hacerlo— y era la una y diez. Hasta aquí mi historia. Y ahora que te cuente Elvira la suya.

Yo había permanecido todo el tiempo entre ensimismado y desconcertado. Tenía la impresión de que algo encajaba mal en aquella confidencia insensata, era como una extrañeza parecida a la del que entra en una habitación que le resulta familiar y sólo consigue acomodarla en el recuerdo cuando descubre que han cambiado de sitio un mueble.

—Lo mío es igual —dijo Elvira—, sólo que no estaba sola. Estaba con Calígula. Verás. Habíamos ido al Barrio Alto y, al pasar por la Puerta de Jerez, me sentí muy cansada. Al principio no me extrañé porque ya sabes que de noche, cuando menos lo pienso, me da la pájara, aunque luego me recupere enseguida —sonrió con una esmaltada luminosidad en la boca—. Pero esta vez fue distinto. Tuve que sentarme en un banco y noté que me adentraba por una nube incolora. No sé qué hacía Calígula mientras tanto. Al final de la nube estabas tú, desnudo de cintura para abajo y como embadurnado de serrín. Visto y no visto. En uno de mis parpadeos desapareciste camino de esa calle, la del Mesón del Duque creo que se llama. También yo miré la hora: la una y veinte. Qué raro, ¿no?

—O sea —apostilló Marcela— que entre mi visión y la de

Elvira habían pasado diez minutos. De modo que tuviste tiempo de ir desde mi casa a la Puerta de Jerez.

No supe hacer otra cosa que observar alternativamente a Marcela y a Elvira, tal vez intentando deducir de sus facciones la espinosa solución de una trampa o un acertijo. Pero allí no había nada especial que deducir.

–He consultado con mis ángeles custodios –dijo Elvira– y no me han dicho más que estupideces.

–Me imagino –susurré.

–Así que una de dos –puntualizó Marcela–: o nos explicas lo que ha pasado o le buscamos entre los tres una salida a ese embrollo.

Yo levanté la botella en busca de algún resto de vino, pero sólo conseguí un goteo irrisorio que cayó sobre mi vaso con la nimiedad triste de una medicina.

–Tú dirás –acepté sin ningún aparente sarcasmo.

–Tómatelo con calma, cariño –dijo Elvira.

Y Marcela:

–Hemos pensado que la única forma de librarnos de todas esas musarañas es acostándonos los tres juntos.

Lo planteó como si se refiriese a un tratamiento de urgencia normalmente admitido por el uso.

–Por mí no hay inconveniente –dije con ánimo de parecer un cómplice audaz.

–Me alegro –dijo Elvira.

–Podemos ir a casa –propuse no sin alguna encubierta excitación y sin llegar a entender si todo aquel galimatías era simplemente un juego o una maldad.

–Hoy no –dijo Marcela–. Ya te avisaremos.

Y eso fue todo. Creo que nos bebimos otra botella de aquel vino un poco achicado y, después de que ellas alegaran a dúo que estaban aproximadamente dormidas, nos despedimos sin más en el Pradillo. Primero pensé ir al *Talismán* y luego no pensé nada. Anduve por ahí sin saber a ciencia cierta si me acercaba o me alejaba de no sabía dónde, hasta que percibí lo que muy bien podía ser el encontronazo de unos tablones desplomándose por una pendiente. Me quedé al acecho, pero no volví a oír ninguna otra anomalía acústica, si bien empezó a atravesarme las sienes el taladro de una cefalea que me hizo perder la estabilidad. No era el mismo síndrome vertiginoso de otras veces, era una palpitación que me retumbaba en el cráneo y no se apaciguó hasta que llegué a casa. Por algún sitio lloraba un perro y había en el portal un olor parecido al que queda en la jaula donde ha muerto un pájaro.

Elías Benamarín, ese pintor especializado en paisajes quiméricos y obispos podridos, que vive en una especie de sobrado de un palacio ruinoso y a quien conozco desde hace años, fue quien me propuso visitar a una curandera de Jédula. El asunto se concretó la semana pasada, cuando Elías Benamarín vino a la serrería para encargar unos tableros que se confeccionaban especialmente para él. Me anduvo observando con un mutismo de forense y, sin venir a cuento, se refirió a una afamada curandera cuyas capacidades para remediar dolencias de huesos y músculos eran sumamente infalibles. Usaba, según me explicó, de terapias sencillas y fulgurantes y había realizado, no una vez ni dos sino muchas, el llamativo portento de sanar brazos y piernas en trance de ser amputados. Ni siquiera me pregunté por qué sabía él todo eso, pues parecía más que evidente que estaba relacionando esa ciencia con la curación del proceso degenerativo de mis cervicales. Me llegó entonces a la memoria, con una opacidad malsana, el aviso de que ya había oído yo hablar de esa curandera o que había previsto ir a visitarla. De modo que tendré que revisar con tiempo lo que llevo escrito, a ver si consigo estabilizar por medio de algún dato verosímil este recuerdo ahora vacilante.

Acepté de grado, más por curiosidad que por ninguna clase de convencimiento, la sugerencia de Elías Benamarín para acudir a la consulta de Anita Latemplaria, que tal era el nombre –bueno o malo– de la curandera. Elías se empeñó con intempestiva generosidad en acompañarme, así que concertamos una cita y ayer mismo me fui con él a Jédula, una pedanía agazapada en la carretera que va de Jerez a Arcos. Es un lugar anodino. Unas pocas casas, acogidas a ese decoro bonancible que emana de las calles donde aún persevera el efluvio del campo, se recortan contra un fondo lúgubre de bloques de pisos. Son las viviendas recientes de los trabajadores de la fábrica de azúcar, una mole encinchada de tuberías y depósitos plomizos, una excrecencia descomunal del paisaje que parece haber sido ideada para esparcir sombras impuras y malignas. Desde mucho antes de llegar, sobre todo si el viento es del nordeste –como era el caso–, trasmina del vientre de esa fábrica una tenaz hedentina a materias en fermentación. No es sólo que huela a melazas y residuos vegetales descompuestos, es que todo eso junto parece apestar a un vómito antiguo, al excipiente en que se diluyen muchas insaciables sustancias excrementicias. Dicen que los que llevan trabajando más de cinco años en las trituradoras de la remolacha acaban con la sangre corrompida por las picaduras de unas abejas alevosas y sólo alcanzan a percibir olores contrarios a la dulzura: salitres, acíbares, hiel de pescado, mierda de gallina.

El pintor Elías Benamarín, que era muy dado a observar las arrugas de los viejos, me condujo por la única calle empedrada de Jédula no sin encontrar de paso algún que otro motivo para satisfacer su afición. Detuvo a dos viandantes de edad provecta con excusas inadmisibles y se quedaba examinándolos sin miramiento ninguno, como el entomólogo que acaba de descubrir un ejemplar infrecuente y trata de compensar la falta de lupa con la mucha atención. Llegamos al fin frente a una cancela descascarillada por el moho, que daba a un jardincillo con unas pocas membrilleras recién podadas y unos arriates tupidos de geranios hediondos. Elías Benamarín me franqueó el paso y luego se adelantó con inmejorable parsimonia hacia la puerta de una casita de dos plantas, con zócalo de azulejos y rejas de hierro rizado. En un porche angosto había hasta cinco personas sentadas en un poyo y unas sillas de anea. Elías me hizo señas de que esperara y entró en la casa sin llamar. Yo me quedé calculando el grado de desconsuelo de aquellos supuestos pacientes, no sé si procurando transmitirles con gestos enfermizos que mi presencia allí respondía a una fe similar a la que los había empujado a ellos hasta aquel hipotético sanatorio. La chimenea de una casa vecina exhalaba un humo prieto y blanquinoso que me hizo pensar en un caballo desnudo galopando por la playa. Estuve oyendo un ruido de valvas trituradas por los cascos de ese caballo, hasta el momento en que deduje que ya faltaba poco para que se iniciara el galope. Y en esas volvió a aparecer Elías Benamarín.

—Hay que esperar —dijo, y se quedó mirando a una anciana diminuta sentada en el borde de una silla, las manos ocultas en el hoyo que dejaba entre sus piernas una saya negruzca.

Yo iba a decir algo, pero Elías me interrumpió.

—Está con un niño que traía la rodilla loca —dijo como si se tratara de una confidencia, señalando con el pulgar para el interior de la casa—. Podemos dar un paseo, ya he pedido turno.

Anduvimos un buen rato por aquellas vecindades, sorbiendo el tufo fabril del azúcar y escuchando la maquinaria pobre que mantenía en funcionamiento la respiración de aquel caserío. Un tiempo estacionario parecía buscar la salida por ventanucos y postigos, dejando en el aire como la despavorida información de una desventura inminente. Elías Benamarín habló poco y casi todo ello en claves peripatéticas. Estuvo explicándome, por ejemplo, qué colores combinados producen un efecto de decrepitud natural y qué otros sirven para copiar la sensación táctil del útero. De pronto, ya de vuelta a casa de la curandera, espantó con mucho ajetreo manual lo que debía de ser una mosca y cambió de conversación. Se le había puesto una voz hueca y titubeante, como de equilibrista.

–¿Sabes cuál es la mosca que más rabia me da? –dijo.

Yo esperé su aclaración con la mirada del párvulo.

–La mosca cojonera –se rascó la mejilla con el índice–. Ésa es la que más rabia me da, la cojonera. ¿Estás conmigo?

Supongo que le contesté que, efectivamente, estaba con él.

–Me ocurre como con las curianas –añadió.

En el porche sólo quedaba un muchacho, el cual observaba con fijeza lunática el dibujo floral de los azulejos, como si acabara de descubrir el jeroglífico donde se codifica el sentido de la vida. Cuando nos acercamos, trató de disimular locuazmente su descubrimiento.

–Buenas –dijo–. Ahora sale mi madre, le están dando una friega en el riñón.

Se hizo un silencio de aguas mansas resbalando por un tronco, a lo mejor por el tronco de un árbol que había junto al porche y que era realmente mitad limonero mitad naranjo. Enseguida me sentí seducido por aquella alianza vegetal que tenía algo de complacencia incestuosa. Ya iba a acercarme a mirar más por lo menudo ese vistoso árbol cuando salió de la casa una mujer de mediana edad y aspecto de escapada del martirio. Llevaba un pañolón casi harapiento echado por encima de la cabeza y caminaba a pasitos frágiles, apoyándose en un bastón de impensables primores decorativos. El muchacho corrió hacia ella como celebrando que hubiese salido ilesa de aquel trance, la cogió delicadamente del brazo y se la llevó hacia la cancela sin despedirse. Juntos, eran como la alegoría de una felicidad recién desbaratada.

Entramos en la casa y un hombre fornido y taciturno, provisto de un guardapolvo caqui, nos condujo por señas hasta el cuarto donde Anita Latemplaria tenía instalada la consulta. Se trataba más bien de una alcoba donde cabían sin mucho desahogo un catre, una cómoda, dos sillas cortijeras y una especie de mesa camilla con el instrumental idóneo: rodillos, cataplasmas, tijeras, frascos con ungüentos secretos, manoplas, vendas elásticas. Las paredes estaban casi desnudas, sólo ocupadas por la estampa de una bricbarca navegando por un mar encrespado y una oleografía de la Virgen de las Nieves, patrona de Arcos y abogada de las calores abrasadoras. Una luz de imprevista semejanza con la de un burdel se tamizaba en el linóleo celeste del suelo. La curandera, antes de volverse, terminó de echar una sábana limpia sobre el catre. Era una mujer que conservaba todavía, aunque maltrecha, una cierta prestancia facial. Miró primero a Elías y luego me miró a mí.

–Usted no es de esta parte –dijo conforme se aproximaba–, pero cuenta con muchos amigos.

–Algunos –repuse por no quedarme callado.

Me observó más de cerca, como tratando de averiguar qué sinsabor podía traslucirse en el fondo de mis ojos. Tenía un aplomo nada ficticio y actuaba con la suficiencia de quien lo ignora casi todo. Pero sus maneras incluían un componente de astucia profesional bastante atractivo.

–Anda con la tensión baja y le flojea algo el hígado –dictaminó.

No me pareció necesario aclararle que, amén de hipertenso, no disponía de ningún desarreglo hepático.

–Dice el médico que tengo artrosis cervical –la orienté–. No se me alivia con nada.

–Ya –dijo ella–. Eso molesta mucho. Dolores en la nuca, migraña, el comecome del mareo. ¿Se baña en el mar?

–A veces.

–No hay nada peor para los huesos que el agua fría y el colchón de miraguano. Se cuartean con la blandura y la humedad –me dedicó una mueca recriminatoria–. Las vértebras necesitan estar secas. ¿Tiene calambrina en el oído?

–¿Cómo dice? –pregunté para darle un plazo a mi alarma.

–Quítese la camisa y échese aquí –me señaló el catre.

Hice lo que me pedía mientras notaba el pronunciamiento recóndito de alguna pegajosa humedad instalada en las vértebras. Elías Benamarín permanecía silencioso y con ese gesto de extrema severidad del que asiste a una ceremonia en la que nadie habla porque no hay nada de que hablar. Cuando me tumbé sobre el catre, me di cuenta que la sábana olía adecuadamente a desperdicio azucarado. La curandera usaba las manos con una movilidad muy expresiva, tanteando los huesos, pellizcando los músculos, explorando algún presunto deterioro anatómico. Percibí el chasquido de lo que debía de ser una articulación y eso me contagió de un sentimiento obtuso, como de una inocencia perdida. La curandera se echó luego en las manos un líquido oleoso y me estuvo dando masajes desde el cuello a la cintura, hasta que empezó a adormecerme un calor bastante confortable. Creí ver una garceta sobrevolando un lucio reseco y una mujer de

178

luto corriendo por una calle anegada de aguas inmundas y un gamo lamiéndose sus heridas en un acudidero del sotobosque. Y entonces oí de cierto otros dos chasquidos, pero esta vez pude apreciar que no procedían de ninguna articulación, sino que fueron emitidos por Anita Latemplaria en virtud de un hábil acoplamiento de la lengua y el paladar. El ungüento empezaba a quemarme, envolviéndome a la vez en una cerrazón fétida de droguería.

−Aquí hay una apretura −dijo la curandera golpeándome ahora con el canto de las manos sobre una zona precisa del omóplato izquierdo.

−Me duele un poco más arriba −insinué.

−No se me agarrote −dijo−. El dolor se le desparrama porque se agarrota. ¿Usted usa siempre zapatos?

Tardé en contestarle que eso era lo que solía hacer.

−¿Dónde vive? −volvió a preguntarme una vez interrumpida su minuciosa terapia.

−En Sanlúcar −dije.

−En la playa del Coto −precisó Elías Benamarín sin ninguna justificación.

−Mejor −dijo ella−. Tiene que andar descalzo por esa playa. Una hora al día, pero sin mojarse los pies −se acercó a la mesa camilla mientras se secaba las manos en una especie de delantal−. Espere, voy a ponerle una traviesa de esparadrapo.

Me la puso no sin cierta escrupulosa apatía monjil. Contempló luego su obra y debió de encontrarla bien hecha. Dijo:

−No se la quite hasta dentro de tres días. Ya puede levantarse.

Me levanté al tiempo que Anita Latemplaria salía de la habitación. Era como si hubiese dejado tras ella el reclamo venidero de un recuerdo, esa ilusoria constancia de una experiencia que yo quería mantener alojada en mi

179

credulidad y no iba a poder conseguirlo. Los ruidos empezaron a adquirir una poderosa similitud con la resonancia de los sitios recién desamueblados. Elías me observaba desde la concentración del experto que prefiere pecar de precavido antes que de temerario.

–Muy edificante –fue lo único que finalmente dijo.

Esperamos un poco, pero la curandera no volvía. De modo que decidimos salir en su busca. Y allí mismo estaba, junto a la puerta que daba al jardincillo, secándose nuevamente las manos con una toalla que muy bien pudo haber pertenecido a un balneario. Si no en disposiciones de despedir un duelo, sí aparentaba sufrir un desaliento repentino. El hombre del mono caqui apareció entonces como por ensalmo y habló con la voz del investido de poderes.

–Son tres mil pesetas –dijo–. La próxima visita serán dos mil.

Le di lo que me había pedido y nos despedimos incluso con efusividad, no sin que la curandera me instase a volver a verla si notaba que su tratamiento y recomendaciones adjuntas no habían producido resultados óptimos. Cuando salimos, ya era la hora más ambigua del crepúsculo y unas gasas brillantes, como polvo de trilla, embozaban en parte el caserío.

–¿Qué te ha parecido? –dijo Elías Benamarín.

–No sé –dije yo–. No me fío mucho.

Elías se detuvo en actitud reprobatoria.

–Me lo temía.

Permanecí un momento indeciso y ese silencio acrecentó el tamaño de la duda.

–Esa mujer, la curandera –prosiguió Elías–, no es ninguna charlatana. Si tú quieres, te podría ayudar. O sea, poniendo algo de tu parte, a ver si me entiendes.

–No sé –repetí.

–Mira lo que te digo –me cogió del brazo para continuar andando–, lo que tienes que hacer es no estar tan pendiente de oír carajotadas.

El motor de un camión cargado de remolacha desarticuló las últimas y no sé si demasiado reticentes palabras de Elías, que yo asocié enseguida –y con la debida suspicacia– a las de la curandera preguntándome si padecía de algo así como de calambrina en el oído. El hecho de que yo no hubiese procurado enterarme en qué consistía ese extraño síntoma, me produjo una incomodidad emocional parecida a la que experimentan los que, después de haber discutido sin mucha lucidez con un adversario, rehacen mentalmente las tretas que no acertaron a emplear en su momento. Poco a poco, fui escuchando otra vez las palabras de Elías, ya despojadas de toda alusión sospechosa.

–Creo que el masaje te lo dio con aceite de amapolas –iba diciendo–, olía a eso, ¿no?

–A droguería.

–Una cosa que me llamó la atención, porque el aceite de amapolas es el que yo uso para darle consistencia a los colores. O para mezclarlo con cagadas de mariposa. Me gusta más que el de linaza. ¿A que te sientes mejor?

–No sé.

Y ya llegábamos al coche. Sobre la capa de polvo del cristal de atrás un dedo había trazado una inscripción apenas inteligible, algo así como una M y una T seguidas de un garabato que yo identifiqué, en un súbito viraje imaginativo, con «rio», es decir, con las tres últimas letras de Emeterio. No por imposible, o precisamente porque repugnaba a cualquier contingencia razonable, dejó de sobrecogerme esa inconcebible lectura.

CAPÍTULO QUINTO

Hace ya algún tiempo, una noche de vigilia irrevocable, tuve la inocente certeza de que se me había olvidado lo que tenía que hacer en la vida. Una apreciación que no consideré, sin embargo, ni gratuita ni insidiosa, simplemente la acepté como una respuesta sensata a las muchas laberínticas preguntas que he venido haciéndome, casi todas ellas incontestables. Desde entonces hasta hoy no he vuelto a escribir nada nuevo a propósito de mis experiencias sensoriales. No fue una decisión dictada por la apatía o el desinterés, fue una especie de sentencia justiciera para conmigo mismo ¿A qué andar buscándole explicaciones a las turbiedades del presente si ignoraba en qué podía consistir o con qué malentendidos se tramitaba mi futuro? Insisto en que nada de eso contribuyó a fomentarme ninguna seria contrariedad emocional. Me sentí incluso ufanamente desentendido de una tarea que, por momentos, me resultaba prescindible, amén de tortuosa. Puesto que me había olvidado de mi propio papel en la vida, seguir contando lo que me pasaba sería como ir guardando en un cajón las cartas que nunca había escrito.

Pero el caso es que el otro día me encontré con un texto deslumbrante, cuyo sólo epígrafe –«El futuro, como lugar de procedencia»– me devolvió un ya precario remanente de curiosidad. Era un ensayo de un profesor granadino, que leí con fervor minucioso en mi despacho de la serrería y que me instó a volver a casa antes de lo habitual. Parecía como si me conminase una emergencia insana: la de agarrarme al clavo ardiendo de todo lo que había escrito hasta ahora, pensando en que también así recuperaría ciertos acicates comunicativos y, sobre todo, una nueva confianza en que no todo era tan vacuo e inservible como había pensado. De manera que con ese ánimo empecé a revisar estas páginas hace un par de días, desandando así un territorio de la memoria por el que aún seguía extraviado. Tampoco estoy muy seguro de que fuese una buena idea.

Al principio, esa relectura no me deparó ninguna especial recompensa, antes bien me desazonó por lo ambiguo y hermético de ciertos pasajes. Las anotaciones del primer cuaderno estaban en general bastante claras, pero luego había muchas cuartillas dispersas, sin datar ni numerar, escritas por lo común de forma intrincada y negligente. Procuré ordenarlas lo mejor que supe, pero tengo la sospecha de que el cañamazo de los acontecimientos quedó en parte deshilvanado y que a lo mejor se produjo algún que otro desarreglo cronológico. La verdad es que tampoco tiene ya eso demasiada importancia. Al fin y al cabo, todo lo que llevo escrito son recuerdos o simulacros de recuerdos, registros volubles en la intimidad tergiversados luego por la inmediatez de su anomalía o por mi propia ineptitud para irlos reconstruyendo. Hay contradicciones que ya no podría hoy rectificar y abundan las zonas oscuras donde no acabo de encontrarme del todo, si es que no me pierdo sin remisión. También me he dado cuenta que existen algunos desajustes y lagunas que, por mucho que lo intente, tampoco sabría ya recomponer. Si don Maxi, el librero, leyera estas páginas opinaría con

184

toda probabilidad que me he dejado seducir por la más versátil técnica de la imaginación.

Pero también saqué ciertas conclusiones útiles de todas estas enmarañadas memorias, aunque ninguna exenta de cierto cariz enfermizo. Quizá haya tenido algo que ver con todo eso el hecho de que mi salud no atraviese ahora por una fase particularmente desapacible. Apenas se me han reproducido en estos dos últimos meses, o sólo de forma muy moderada, las cefaleas vasculares, los pinzamientos en la nuca, los trastornos del equilibrio o del sueño, si bien me han seguido incomodando a rachas los desarreglos auditivos. Estaba pues en unas condiciones relativamente favorables para compensar la arbitrariedad con la objetividad. Así pude ir desbrozando algunas tupidas selvas del recuerdo. Por citar un episodio próximo, descubrí que hace algún tiempo yo había vaticinado que iría a visitar a una curandera de Jédula y que, a partir de ahí, experimentaría un notable alivio en mis dolencias. ¿Lo preví en realidad o asimilé como un presagio lo que no era más que una inconsciente captura informativa? Valga esta evocación, entre otras posibles, para que me esfuerce de ahora en adelante en no admitir como una irregularidad algo que muy bien podría ser una encubridiza variante de la vida cotidiana. Otras descripciones que tal vez debería rehacer con datos más verosímiles son —por ejemplo— las protagonizadas por Emeterio Bidón o comoquiera que se llamen él y su compañera Lucrecia. Mi visita a su casucha de la Algaida, ¿ocurrió virtualmente como yo la conté o fue un producto descompensado de mi propia inclinación a las fantasías retrospectivas? No sé, porque en medio de semejante desbarajuste, comparecen por todas partes las personas con las que trato de continuo, y no hay nada en ellas que las implique necesariamente con esos otros desnortados vericuetos de mi experiencia.

Aparte de lo que en este sentido pudiera estar más o menos asociado a las artes adivinatorias –en las que descreo cada vez más o juzgo con suma cautela–, lo único que en verdad sigue afectándome de manera bastante asidua es la percepción de sonidos antes de que se produzcan. Intuyo que en todo eso hay una clave subyacente, una respuesta agazapada que espera su turno. El día menos pensado ocurrirá algo, lo sé, se abrirá una puerta, se romperá un sello, y allí mismo, sin ayuda de nadie, se habrá decretado una rectificación perentoria: la del límite todavía nebuloso que separa lo razonable de lo quimérico. Un pronunciamiento y una emancipación.

Al amparo de estos nuevos incentivos, he vuelto a reconciliarme otra vez con mis propias pesquisas. Conseguí, por lo pronto –a través de don Serafín–, un manual de audiología donde, entre otras materias más divulgativas, se examinaban las lesiones del nervio acústico. Ya hablé en alguna ocasión de ese fenómeno llamando acufeno, es decir, de la captación de sonidos inexistentes. Pero no me refiero ahora a esa normal posibilidad de oír zumbidos o tañidos imaginarios, sino a otros síntomas patológicos relacionados con los misterios funcionales del oído interno. Lo que más me atrajo fue lo que se decía a propósito de las ondas acústicas estacionarias y su conexión con ciertos mecanismos cerebrales. Existen, por lo visto, ultrasonidos que, a pesar de no ser perceptibles por el oído humano, permanecen latentes en distintas capas atmosféricas, según su naturaleza o su frecuencia vibratoria. Si el nervio acústico sufre alguna lesión irritativa puede asimilar esos ultrasonidos, y además captar otros antes de que lleguen normalmente a quienquiera que sea. Se hablaba también en ese manual de algunos pormenores referentes a la barrera del sonido, pero eso ya me resultó más atrabiliario. De todos modos, y aunque el propio don Serafín me confió sus dudas sobre la solvencia científica del autor, algo de lo que leí se me antojó discretamente aprovechable. O yo quise que lo fuese.

Una de esas lecciones pudo consistir, ahora que lo pienso, en el deseo apremiante de retrotraerme a mis primeras iniciáticas experiencias a este respecto. Hice como un voluntarioso inventario de recuerdos y llegué así, por una ruta de perplejidades infantiles, al crédulo día en que oí caer el espejo en la alcoba de mi madre antes de que propiamente se cayera, y a la brumosa mañana en que tío Leonardo me llevó a la tala del pinar y tuve la prematura constancia de estar dotado de una especialidad acústica formalmente inaceptable. Rememoré con absorta ansiedad las muchas turbaciones subsiguientes y, a la vez, las personas y lugares que habían ido resarciéndome de una espinosa, irreparable claudicación emotiva. Y allí, en el centro mismo de todas las evocaciones, en su más estable espacio asociativo, seguía confinada mi madre o, mejor, Emilia Piedrasanta, legitimando con el solo imperativo de su cuerpo la recurrente trayectoria del mío. Una especie de cobijo en el que cabía la entera y sucesiva jurisdicción de mi voluntad. Luego, todo fue un cúmulo de incertidumbres y conjeturas entrelazadas con pruebas fehacientes, datos verificables y asombros. Al final, el círculo se completaba: todo volvió a tener la misma dimensión ilusoria y el mismo obstinado requerimiento que al principio. Por eso decidí continuar escribiendo.

Para mejor enlazar con lo que dejé escrito hace unos dos meses, creo que debería referirme, por lo menos, a dos llamativas anécdotas intermedias: la consumación del pacto erótico que me habían propuesto Marcela y Elvira y el accidente de Agustín, a quien la máquina regruesadora le sesgó el dedo gordo de la mano derecha. No tuve ningún previo aviso del desarrollo de esos dos acontecimientos, pero ambos se perpetraron el mismo día, lo que tampoco fue una coincidencia alentadora. A Marcela volví a verla poco después de aquel estrepitoso encuentro en esa discoteca de la Banda de la Playa. No nos habíamos citado, pero una tarde fue a buscarme a la serrería y, sin más circunloquios, me emplazó para el día siguiente, justo a las tres y media, en el piso de Cerro Falón. Allí estarían puntualmente ella y Elvira, dispuestas a solventar de una vez por todas –eso dijo– los visionarios contrasentidos de la realidad. Y así ocurrió, en efecto.

Recuerdo que yo anduve casi toda aquella mañana ocupado con un pedido de alerces en rollo proveniente de Huesca que, por error o descuido, no era el que se esperaba. La madera venía en dos camiones con remolques y, antes de empezar a descargarla, ya se dio cuenta Jeremías, con sólo observar el color sucio blanquecino del duramen de los troncos, que aquello no se ajustaba a lo pactado: era una madera borne, es decir, una madera bastante quebradiza y mala de labrar, procedente al parecer de alerces muy puntisecos. Yo no intervine directamente en todo aquel desaguisado, pero el rechazo del envío también tuvo sus dificultades. En cualquier caso, fueron esas dificultades las que me hicieron olvidar a medias las excitaciones que se me habían ido acumulando en la sangre desde la noche anterior. Pero las recuperé de pronto y todas juntas cuando los camiones se fueron por donde habían venido. Ya eran cerca de las dos: faltaba poco más de hora y media para la cita con Marcela y Elvira.

Comí y bebí algo por allí cerca y, una vez en casa, mientras notaba en los pulsos las arremetidas circulatorias del desconcierto, puse un poco de orden en la sala y procuré inútilmente anticiparme a lo que iba a pasar. No podía concebir ni por asomo qué clase de insospechadas alianzas iban a derivarse de aquella todavía oscura convocatoria. Y así andaba, medio aturdido entre mis propias averías emocionales, cuando llamaron a la puerta. Nunca habían estado allí ni Marcela ni Elvira y lo primero que hicieron fue inspeccionar el piso con la especializada insolencia de quienes buscan el presunto escondite del fugitivo. Una vez comprobado que no había ninguno, se asomaron a la terraza y convinieron que era allí donde querían sentarse primeramente para gozar de las amenas delicias del paisaje.

−¿Qué tienes por ahí para beber? −preguntó una de ellas.

−Te hemos traído un regalo −dijo la otra−. Una palomita en polvo, la nieve perpetua.

Enumeré las bebidas disponibles y Marcela eligió un ron seco y Elvira una ginebra con tónica. Yo también opté por el ron. Fui a buscar hielo mientras ellas se servían y, cuando volví, encontré a Marcela sentada en el sofá de la sala y a Elvira mirando a través de la vidriera hacia las lontananzas fluviales, la mejilla apoyada en un durmiente del ventanal. En la mesita, sobre un espejo de bolsillo, quedaba una raya de coca. Había allí como un sigilo que no estaba antes y me pareció de pronto que las dos trataban de disimular una infracción que aún no habían cometido.

−Para pintar un paisaje así hay que masturbarse primero −estaba diciendo Elvira sin cambiar de postura−. Y además luego sale una mierda barnizada.

−Ningún lugar mejor para masturbarse que la desembocadura de un río −agregó Marcela.

Entraba por la puerta de la terraza una racha de levante con regusto a esparto mojado y a aguas residuales. En el contraluz, la figura de Elvira tenía la perseverancia fantasmal de una imagen antigua retenida en un espejo. Se volvió de pronto y me miró con una escrupulosa fijeza.

–¿Qué música tienes, que no sea ópera? –dijo, chupándose golosamente el pulgar.

–Jazz, sobre todo –repuse–, busca por ahí.

–Algo que suene antes de empezar –agregó Marcela con cierta aparente malicia.

No sé cuánto tiempo estuvimos enredándonos en esas banales hilachas de conversación que eran más bien como sucedáneos de una demora, un retraimiento que ninguno acertábamos expresamente a resolver. Marcela y Elvira estaban recostadas muy juntas en el sofá y yo en una butaca que situé lo más cerca posible de ellas. Ya íbamos por la cuarta ronda de copas y por la segunda de lo que Elvira llamó palomita en polvo, cuando se levantó Marcela. Cortó por lo más sutil la quejumbre majestuosa del clarinete de Johnny Dodds y, de vuelta al sofá, se inclinó lánguidamente sobre Elvira y la besó en la boca con esmerada delectación. Luego se fue reclinando junto a ella en el sofá y finalmente me dijo:

–Ven –me hacía sitio entre ellas–, siéntate aquí.

Y así lo hice, agregándome desmañadamente a la contigua apretura de sus cuerpos, entre la tibieza pletórica de los pechos de Marcela y la dulce sumisión de las caderas de Elvira. Sólo se oía la fricción de unas ropas contra otras y los trabajos de las manos, un silencio desfondado por una algabaría callejera de niños. Marcela se levantó, corrió las cortinas del ventanal de la terraza y se fue desnudando mientras regresaba al sofá. La penumbra actuó sobre aquel ámbito espeso como si lo mermara. Se amontonaron prendas y cojines sobre la alfombra, se deslizaron luciérnagas por las paredes, y ya no hubo palabras, sólo arrullos, jadeos, mandatos susurrantes, risas que no acababan de serlo, rechazos que tampoco lo eran. Yo me veía alternativamente sumergido en aquella amalgama carnal y emergiendo de súbito para observarme desde una distancia a la vez opaca y cegadora, hundiéndome nuevamente en ese cerco indistinto de humedades furiosas y entrecortadas bonanzas. Era un desenfreno del que se había evacuado plenariamente la obscenidad; era una variante erótica de la ternura, un pacto lascivo enemistado con cualquier depravación, un juego amatorio donde nadie podía ser engañado porque todas las trampas habían sido previamente convenidas. Marcela rehusó como si se tratara de un derroche innecesario que yo la penetrase, pero me ayudó a que lo hiciera con Elvira. Y ya después, fueron ellas dos las que se confabularon por su cuenta, no contra mí sino a favor de sus propias estratagemas sexuales, una recíproca improvisación de acoplamientos, vehemencias, mansedumbres.

Y así hasta que se reanudó el transcurso natural del tiempo y sobrevino otra noción del mundo. Nos fuimos vistiendo como si acabáramos de salir de la inmersión en unas aguas punitivas y jubilosas. Flotaban en el aire los olores revueltos del amor, ese efluvio glandular que segregan los cuerpos después de haber traspasado la fase preagónica del placer. Y había como un reconocimiento clandestino, una reflexión tácita que provenía de cada uno de nosotros y terminaba en el recuerdo de una actividad que nos había dejado sucios pero también inmunizados.

–La muerte chiquita –susurró lacónicamente Elvira.

Nadie dijo más nada durante un largo minuto. Nos sentamos y yo volví a llenar las copas. Marcela se bebió la suya con avarienta rapidez, mientras Elvira recogía su bolso y salía de la habitación alisándose los largos mechones del pelo y como sobreponiéndose a esa mirada errática de quien acaba de ser bruscamente excluida de un sueño.

–Si quieres que te diga la verdad –me habló Marcela, una mano extenuada en mi rodilla–, eso era lo que tenía que ocurrir. Ya no habrá más tapujos entre nosotros –deslizó un dedo por mis labios–. ¿Estás enfadado conmigo?

–No –repuse un poco a tientas–. ¿Por qué iba a estarlo?

–Elvira es un encanto –añadió ella, replegándose hacia una soledad inofensiva.

Bebí un resto de ron que me supo a saliva marchita. Sonaron unas campanadas muy próximas, las de las seis, procedentes al parecer de un reloj de iglesia que nunca antes había oído. Y ya reapareció Elvira, una sonrisa inane en su boca recién pintada, los brazos como deshojados.

–Qué bien –fue lo único que dijo.

O eso fue lo único que yo recuerdo, quizá porque aquellas improbables campanadas de las seis se parecieron mucho al aviso acuciante de una despedida. No salí a la calle al mismo tiempo que Elvira y Marcela, sino que las acompañé hasta la puerta y regresé a la sala como si me hubiese liberado de una obligación agobiante: la de prolongar la compañía de quienes ya se habían soltado de ese nudo efímero que mantuvo trabadas nuestras mutuas demasías corporales. Pero tampoco pude eludir la suposición de que si me quedaba en casa, intentando recuperarme de tantas conmociones, sólo iba a conseguir atascarme por los sumideros de un duermevela vejatorio. Así que me dispuse yo también a salir. El agua tibia de la ducha me trajo una fragancia a madera resinosa y pensé sin más que aún era tiempo de darme una vuelta por la serrería.

Ya en la calle, empecé a sentir una lasitud depresiva atajada hasta entonces por el dique de los estimulantes, una flaqueza parecida a la del paciente que, una vez superados los últimos envites de su enfermedad, experimenta de pronto una tardía ineptitud para recobrar las energías comunes de la vida. Con esa desgana anduve desde Cerro Falón hasta la cuesta de Belén, comprendiendo además que la astenia y la fotofobia me hacían olvidar o deformar lo que acababa exactamente de ocurrir, como si mis propios parpadeos y sofocos afectasen a la continuidad narrativa de la memoria.

Había una luz ya menguada, de trazos cárdenos, cuando llegué a la serrería. Primero noté un silencio que no era el debido y luego un reclamo de voces por la parte de atrás del almacén. Me acerqué y, en contra de todos los pronósticos, las máquinas estaban paradas. ¿O era, pensé, que una defectuosa audición obstruía entonces el conducto normal de los ruidos? Jeremías apareció por el extremo de una ringlera de tablones y me habló con una gesticulación que no se parecía en absoluto a ninguna de las que solía usar.

–Un número –dijo entre dos resuellos–. La regruesadora le ha rebanado un dedo a Agustín.

Miré para esa máquina y creí ver un reguero de sangre negra goteando del asiento de grasa del cepillo.

–Se lo ha llevado tu tío a la casa de socorro.

–¿Qué pasó?

–¿Que qué pasó? La negra –apuntó con una mueca hacia el fondo de la nave–. Estaba cepillando un regrueso y se le aflojó la cuchilla.

Fue como si esa desgracia sumara un nuevo agravante a mi propio decaimiento. Uno de los que trabajaban en el almacén se aproximó con una lentitud taciturna. Se llamaba Faustino y era un hombre recio, morado y sañudo, con manos de águila y pies de enterrador. Tenía la boca sumida y la voz bronca y vieja.

–Yo estaba con él –dijo– y, si me permite la expresión, la hija de la gran puta de la máquina se la tenía sentenciada.

–Joder, contigo –concluyó Jeremías–. Lo que pasa es que no me hacía caso, mira que se lo advertí.

–No es eso –dijo Faustino–. Yo llevo veintidós años trajinando con estas máquinas y las hay que se portan y las hay que no se portan. Depende.

–¿Depende de qué? –cortó impacientemente Jeremías–. Será del cuidado que se tenga. ¿O es que aquí estamos como quien dice mascando viruta?

Uno de los tres gatos que había en la serrería se afilaba las uñas en un tarugo. Era el más ratonero y, cuando no andaba de caza, se pasaba todo el tiempo sacándole filo a la herramienta. Descubrirlo allí una vez más fue como si se me hubiese intercalado en la memoria un nuevo desajuste, el barrunto tal vez de una ventura incumplida.

–¿Y ese dedo gordo? –dijo Faustino, secándose con dos de los suyos las comisuras fluyentes de los labios–. ¿Para qué puñetas le hacía ya falta a nadie ese dedo? Pues yo fui y lo recogí de encima del cepillo, con toda la mugre que tenía pegada, lo limpié un poco y se lo di a Agustín –se concedió un respiro–, pero Agustín ya no estaba para coger ningún dedo, a ver si me explico, aunque fuera el suyo. Mutilado de por vida.

–Déjalo ya, anda –condescendió Jeremías, palmeando la espalda pétrea de Faustino.

Pero Faustino tenía todo el aspecto de querer seguir perorando sobre las máquinas asesinas y las miserias humanas. De modo que Jeremías optó por decirle:

–Avisa que ya pueden recoger. Vamos a cerrar.

Faustino me miró, entre dubitativo y desafiante.

–Cuéntele a su tío que yo no pierdo puntada –se golpeó repetidamente con la palma de una mano el tambor del pecho.

Jeremías y yo nos alejamos hacia la otra parte del almacén. La puerta de la calle era un recuadro ceniciento en cuyo fondo pululaba un racimo de puntos que se iban desgajando como flores negras. De unas virutas amontonadas en un rincón salían unos flecos de polvo que reptaban por el suelo con un lento trabajo de telarañas. Oí entonces otra vez la estridencia de las garras del gato, no arañando ya el tarugo sino la encimera del cepillo manchada con la sangre del dedo de Agustín. No veía al gato realmente, pero me volví y, en efecto, allí estaba, el arco del lomo tenso y erizado, maullando como si venteara un alimento inalcanzable. Parecía que hubiese tomado posesión de todo el espacio de la desgracia y se aprestase a retener los últimos restos del botín. Dio un salto delictivo antes de que yo me acercara para evitar no sabía qué inmundos ultrajes. Luego me llegó un eco similar al que transmiten al crepúsculo las arenas gordas removidas por los trasiegos de la marea, y eso propició que una nueva demanda de los recuerdos acumulados aquella tarde me acrecentara el desaliento. Porque no podía evocar ya las conductas de Elvira y Marcela, sino los escorzos, las sombras de esas visiones eróticas que se multiplicaban ahora hasta dejarme extenuado. Una inestabilidad sensitiva, como integrada en un nuevo y lacerante burbujeo del vértigo, me sustrajeron todavía más a la lógica de los hechos recién vividos. Veía ante mí una niebla intimidatoria y entré en esa niebla como en otro narcótico.

No me despedí de nadie ni fui a ver a Agustín. Por los aledaños del palacio de Orleáns había unos bultos arbóreos de sombra agazapados en la acera. Adiviné en esa sombra al gato ratonero, sus ojos brillando con la ferocidad pasmada de los de un reptil. En una rinconada de la cuesta de Belén se oía la respiración anhelante de una mujer y un hombre frenéticamente abrazados. Y ese solo rumor me devolvió como un aviso de orfandad y repugnancia.

Tío Leonardo me invitó a una cacería truculenta. No me anticipó en qué consistía ni quiénes la protagonizaban, sólo me dijo que íbamos a título de espectadores y que bien valía la pena hacer el viaje hasta el lucio del Membrillo para apreciar unas viejas artes venatorias inculcadas por las también viejas hambrunas comarcales. Así que el sábado a media mañana nos fuimos río arriba en el bote de un amigo de tío Leonardo, el mismo que yo también usé alguna que otra vez cuando mis descubiertas de ornitólogo. Habíamos acordado recoger a uno de los cómplices de la cacería en La Plancha, un frondoso paraje fluvial donde vivía una familia de camaroneros que tío Leonardo y yo conocíamos desde siempre. Se llamaban o les decían los Masteleros y eran cinco: Simón –el padre–, Teresa –su mujer–, dos hijos del mismo nombre –Estanislao el chico y Estanislao el mayor– y una hija, Teresita. Entre todos habían adecentado y ampliado el chozo que levantara el abuelo de Simón, riachero como él, en un claro de la pineda, adosando al primitivo otro algo más espacioso construido de acuerdo con unas técnicas bravías y milenarias. Ellos eran en realidad los últimos pobladores legítimos del Coto, los exclusivos depositarios de todos los secretos de aquel mundo fastuoso e improfanable.

Este Simón es el que iba a acompañarnos para ejercer de oficiante mayor en esa todavía insospechada cacería. Era un hombre magro, talludo y locuaz, de ojos bicolores, boca castigada por el salitre y nariz de pájaro. Le clareaba en la mejilla el tornasol de una cicatriz sobre cuyo origen daba versiones dispares y anómalas, según soplara el viento: el gañafón de un lince, el arañazo de un alambre de espino, una dentellada de mangosta, la marca de una noche navajera, cosas así. Las cejas le ponían en la cara un borrón sombrío, como si le hubieran crecido por junto entre las sienes para protegerlo de tantos despiadados resoles. Gustaba de informar a quien quisiera oírlo de sus sabidurías insondables y.se mostraba de lo más huraño ante cualquier indicio de desinterés por parte del oyente, prorrumpiendo entonces en un discurso enmarañado e inconexo con el que pretendía hacer alocada ostentación de sus desdenes. Ésas eran las únicas ocasiones en que dejaba de tutear al interlocutor de turno.

Cuando llegamos al chozo aún no estaba allí Simón. Nos habíamos arrimado trabajosamente a la orilla, largando el rezón antes de topar con el lecho fangoso y saltando luego a tierra para amarrar en un saledizo del murete de contención. Este murete, compuesto de una lona embreada sostenida por estacas, estaba recién levantado y ya había sufrido los embates de las mareas vivas y las mordeduras de los vientos salobres. Sirvió en parte para detener la succión de las tierras costaneras y las consiguientes sedimentaciones en el canal navegable, pero daba toda la impresión de que aquel tosco ingenio no iba a soportar demasiadas inclemencias.

Quien primero nos vio llegar fue el mayor de los hijos de Simón, que padecía de afasia y daba de comer a los cérvidos en el cuenco de su mano. Se proveía de restos de pan y de verduras y se iba a rondar por los acudideros, hasta que se le emparejaban mansamente los gamos. Si se acercaba alguien, como a mí mismo me ocurrió alguna vez, huían en desbandada. No debía de tener más de dieciocho años y podía oír a una legua las asambleas de camarones. Le gustaba dormir en la lancha que tenían fondeada por aquellas vecindades y en la que embarcaban valiéndose de un chinchorro medio carcomido. Cuando no estaba faenando de riachero, siempre andaba por la orilla cogiendo coquinas y bocas de cangrejo moro, o mirando sin más para el río, como si esperase que la corriente acabara desenterrando el carro de oro

197

que, según los más solventes cálculos legendarios, yacía oculto por allí cerca desde la fundación de Argónida. En esas estaba cuando llegamos aquel mediodía.

El hijo de Simón nos condujo por señas hasta el chozo, palmoteando de camino como para avisar a la madre. Y Teresa, la madre, salió a recibirnos junto con su hija. Teresa era de cuerpo menudo y lozano, tenía el pelo pajizo, una lágrima perdurable en la mirada y ese lacónico retraimiento de quien se ha pasado media vida conversando con nadie. Su hija se parecía mucho a ella, pero era bastante más carnosa y disponía de una tez impensadamente blanca. Tío Leonardo les había traído una bolsa con algunos víveres y otra con unas botellas de manzanilla, que dejó junto a la puerta cuando entramos en el chozo. Todo tenía allí una prestancia antigua y pulcra.

—Simón y el niño vienen ahora —dijo Teresa con una voz sin matices—, han ido a buscar un poco de leña.

—No hay prisa —dijo tío Leonardo—. Nos tomamos una copa mientras llegan.

Teresita contempló la bolsa con una especie de ternura servil y, sin esperar ninguna confirmación, se apresuró a sacar unos vasos de una pequeña taquilla acoplada entre dos travesaños del chozo. Los fue limpiando con un pañito antes de colocarlos sobre la mesa, en tanto que tío Leonardo abría una de las botellas de manzanilla.

—Voy a preparar un arroz con coquinas de la marea —dijo Teresa—, las cogió éste por la mañana —señaló al hijo, quien sonrió con morosa beatitud—. También tengo huevos de gallareta, a usted le gustan.

—No se moleste, Teresa —dijo tío Leonardo mientras olía el corcho de la botella—. Ya he traído yo algunas cosas.

Teresa hizo un gesto que parecía corresponder a una apocada negativa, al tiempo que tío Leonardo llenaba hasta la mitad los vasos. Nos sentamos en unas sillas bajas de anea y bebimos todos en silencio. Yo me sentía un poco incómodo, tal vez porque pensaba que aquella visita tenía algo de impuesta y que tío Leonardo y yo éramos lo más parecido que había a unos intrusos que exigían desconsideradamente cierta tributaria atención. Me agradaba, sin embargo, ver al tío departiendo sin ninguna ficticia naturalidad con aquella gente menesterosa y acendrada, oriunda de una ya extinguida progenie de inquilinos del edén y cuyas noblezas y hospitalidades se regían por unas leyes que nadie había promulgado porque jamás habían perdido su vigencia protohistórica. Era como si el rango de aquella naturaleza en permanente peligro de profanación hubiese encontrado su más limpia garantía de supervivencia en el rango de aquellos pocos seres ilesos que la habitaban.

Simón y su hijo, Estanislao el chico, no tardaron mucho en aparecer. Los dos portaban unos haces de leña menuda y unas mallas con piñas. Dejaron la carga en un rincón del corralillo y Simón nos saludó con mucha algazara mientras el hijo se dirigía hacia la madre en un trote desmañado de cría. Yo me quedé mirándolo a través de un halo de polvo amarillo que había entrado con ellos en el chozo y que el sol dividía en franjas oblicuas y centelleantes. Y dijo Simón a gritos, mientras se enjuagaba las manos en una jofaina que Teresita le había preparado sobre el brocal del pozo.

–Ha habido una atmósfera muy grande esta noche –apuntó hacia el río con el terroso puntero de su dedo índice–. Ahí mismo se quedó la cabrona, hasta las primeras claras. No sé si los cochinos van a querer darse un paseo.

Yo no entendía de qué hablaba. Parece que tío Leonardo tampoco, a juzgar por lo apresurado de su pregunta.

–¿Una atmósfera?

–Esa fogata –repuso Simón, secándose las manos–. Teresa también la vio –se volvió hacia ella–, díselo. ¿Que quién la enciende? Pues eso es lo que no sabe ningún riachero. Ni yo lo sé, figúrate. De pronto, se pone a crujir el tiempo y ahí está ya la atmósfera, o sea, la fogata, metida entre los pinos hasta que viene el día.

–¿Y no has ido nunca a ver lo que era? –intervine yo.

Simón se bebió de un trago un vaso de manzanilla y me observó con benevolencia.

–Este renacuajo –dijo, posándole la mano en el hombro a Estanislao el chico– se levantó una noche en que apareció la atmósfera y se fue a echarle un ojo, así como suena. Cuéntale lo que te pasó, anda.

Estanislao el chico permaneció con la cabeza bajeando, una punta de la alpargata removiendo el terrizo.

–No, qué va a contar éste –prosiguió Simón–. Pues lo que le pasó fue que se quedó trincado por esos matorrales de la parte del río y se privó. Cuando se quiso dar cuenta, ya estaba otra vez en la cama, a ver si me entiendes. Es que no se puede andar por ahí metiendo las narices en cosas que quién sabe qué son. Con permiso –se sirvió otro vaso–. A lo que iba, que cuando aparece una atmósfera, hasta los bichos se malician. No se acercan al río ni de coña. Por algo será.

Tío Leonardo miró el reloj y dijo:

–Podemos probar, ¿no?

–Por mí... –repuso Simón–, pero antes habrá que cargar la escopeta –se palmeó la barriga.

Mientras nos bebíamos otra botella y probábamos unas gambas que había traído tío Leonardo, terminó Teresa de preparar el arroz con coquinas y de freír los huevos de gallareta. Teresita nos llamó para que pasásemos al otro chozo, donde ya estaba todo dispuesto sobre una mesa de muy buena hechura que –por cierto– le había regalado tío Leonardo a Simón tiempo atrás. Y fue entonces, a poco de sentarnos, cuando me asaltó un casi desconocido síndrome vertiginoso. Primero fue una punzada seca en la nuca, luego un letargo lento y por fin un amago de síncope del que me recuperé enseguida. Todo ocurrió en unos pocos segundos. Yo había girado la cabeza con cierta brusquedad al oír a mi espalda una exclamación de Teresa, que se acababa de levantar y debió de quemarse levemente con algún cacharro. No en ese momento sino bastante después comprendí que se trataba del pinzamiento ejercido en alguna arteria por la vértebra cervical averiada. Un percance bastante frecuente en casos como el mío, pero del que yo me había olvidado o prefería no acordarme. Era como si un tozudo resorte defensivo me obstruyera la asimilación de esa insuficiencia del riego sanguíneo, previendo tal vez que semejante trastorno muy bien podía conducir alevosamente a un desenlace irreversible o, al menos, a una peligrosa sequedad cerebral. Pero entonces no pensé en nada de eso, incluso me valí del subterfugio de que había bebido más de lo que solía a esas horas y me estaba resintiendo de sus efectos. Nadie, salvo tío Leonardo, se dio cuenta de nada. Pero el tío se limitó a consultar otra vez su reloj y a deducir por la hora que ya habíamos dado buena cuenta de tres botellas y de una suculenta comida y que mejor nos íbamos ya.

Eran algo más de las tres y media cuando nos despedimos de Teresa y sus hijos con muchas franquezas afectivas, la mirada marrón de Teresita comunicándome algo inconcreto y humilde. Tío Leonardo había dejado sobre la mesa todo lo que llevaba en sus bolsas, menos las dos últimas botellas y unos pocos embutidos. Un sol oblicuo y bonancible reverberaba en los arenales que invadían a trechos la pineda y le ponía a los objetos como una falsa suplencia de irrealidad. Embarcamos con mucho apremio y nos abrimos de la orilla entre un griterío de gaviotas que debían de haber descubierto algún tránsito de albures y se arracimaban sobre el agua turbia entre desesperadas competencias de hambre. Simón se había hecho cargo de la caña del fueraborda y enfilaba a contracorriente un rumbo todavía incierto. La trepidación del motor me palpitaba en los oídos y me adensaba la presión del fondo de los ojos. No era insoportable, pero tampoco descarté que pudiese llegar a serlo.

–¿Vas bien? –me preguntó tío Leonardo, acomodándose junto a mí en la bañera.

Le contesté que sí con un visaje amable y me quedé mirando para los confines de la marisma, apenas esbozados a estribor entre una calina del mismo tinte incoloro del cielo. Quizá llegara a adormecerme un poco, porque un descenso en la intensidad de los retumbos del motor me sobresaltó como si me hubieran sacado a empujones de un sueño. Según mis cálculos, ya habíamos rebasado el lucio del Membrillo y buscábamos la orilla un poco más largo, por donde aún asomaban los hierros y tablones podridos del embarcadero de unas salinas abandonadas. Conforme nos acercábamos, se fue haciendo visible la silueta de un hombre apostado en el entrante de un caño.

–Ya está ahí Tijerita –dijo Simón–, qué bicharraco.

Tijerita era el otro compinche de la cacería, un muchacho que hablaba valiéndose de claves guturales y que andaba siempre en impredecibles funciones exploratorias por aquellos andurriales. No se sabía muy bien si era coquinero de oficio, cazador furtivo o vagabundo profesional. Nos dio la bienvenida con una mímica somera y se sentó en actitud de contemplador de la vida al filo de un talud, las piernas basculantes y dotadas de una especie de flojedad ortopédica.

—No creo que vengan hoy —dijo Simón.

Tijerita pareció desmentirlo con la mirada, se sacudió el pelo como desempolvándolo y parpadeó repetidas veces.

—Quién sabe —dijo tío Leonardo—, a lo mejor nos quedamos con las ganas.

Tijerita nos recomendó paciencia con un doble gruñido y un discreto vaivén de la palma de su mano, señalando después para una berza medio tumefacta situada sobre la arena, a un paso del anhelo del agua. Ni yo había visto esa berza ni me podía imaginar, una vez vista, qué relación podía tener con nuestros apaños cinegéticos.

—Dentro de nada hay aquí dos o tres cochinos —explicó Tijerita entre laboriosos carraspeos, luego de comprobar la altura del sol.

Tío Leonardo abrió una botella y Simón sacó del bolsillo de su mugrienta sahariana dos vasos de plástico medio aplastados, uno para él y Tijerita y otro para tío Leonardo y para mí. Yo sólo probé un buche, porque el vino estaba muy recalentado y me entró mal, aparte de la aversión insuperable que me producía el plástico. Subí al talud y estuve oteando aquella redonda majestad del mundo. Venía del fondo un silencio adusto y reverencial, como una emanación sigilosa que imponía su observancia a toda aquella rotatoria euritmia de podredumbres y lozanías. Era una concavidad rumorosa en cuyos vértices parecía localizarse el origen de una voz animal que se levantaba de la pineda, trasponía el sotobosque y venía a caer en medio del río. Me volví un momento y ya sólo oí a tío Leonardo llamándome.

Cuando me acerqué, Simón y Tijerita habían partido en dos la berza y estaban introduciendo en cada una de las porciones un cable unido a un anzuelo de los que se usaban para pescar por lo menos marrajos. Tío Leonardo atendía con suma curiosidad a aquellos alevosos preparativos, pero yo no quise enterarme demasiado, quizá porque no me gustaba en absoluto lo que ya suponía que iba a ocurrir. Simón y Tijerita fueron desovillando los carretes de los dos cables que salían de cada mitad de la berza y los dejaron a bordo. Había llegado, por lo visto, el momento de volver a embarcar. Simón cogió de nuevo la caña y situó el bote por detrás de un saliente de la orilla, de forma que nos quedamos a sotavento del playón y al abrigo de unos juncos. Tijerita había ido largando los cables y al fin los trincó firmemente en sendas cornamusas. Se entreveía desde allí el itinerario amenazador de esos dos cables tendidos entre el bote y las porciones de la berza.

—Vamos a ver cómo se portan —dijo Simón, pasándose la lengua por los labios agrietados—. Desde aquí ni nos huelen y además por estas fechas los cochinos se resfrían mucho. Tienen atascado el hocico con el moco.

Tijerita se tapó consecuentemente la nariz.

—¿Seguro que no te equivocas? —dudó tío Leonardo.

—O nos llevamos dos jamones o dos leches —advirtió Simón—. O sea, que ahora es cuestión de esperar y de callarse la boca, ¿entiendes lo que te digo?

No sé cuanto tiempo permanecimos allí sin hablar, fumando o bebiendo —ellos, no yo— con toda clase de precauciones. El sol estaba ya bajo y un poniente fresco le añadía al curso de la vaciante una agitación que se arremolinaba en aquel recodo playero. Venía de la marisma un escuadrón de garzas y era como un dibujo lanar estampado contra el fulgor mate del cielo. Simón nos alertó de pronto y Tijerita hizo señas para que no nos moviéramos. Distinguí entonces entre los juncos a tres jabalíes —dos de buen porte y un jabato— hozando entre las pencas de la berza. Pero algo debió de asustarlos, porque se fueron enseguida. No tardó, sin embargo, en aparecer otra pareja, o quizá la misma ya más confiada. Sólo se oía un ávido ronquido, un chapoteo de pezuñas y la musgosa embestida de la corriente contra la amura del bote. De pronto, hubo un alarido angustioso y universal que ya se me había anticipado inciertamente hacía poco, pero que se repetía ahora de modo real y escalofriante. Entreveía a uno de los dos jabalíes reculando entre brincos espasmódicos, el cable saliéndole de los belfos con una tensión pavorosa, mientras el otro escapaba hacia un tupido cerco de jaguarzos. Tijerita jaló dos o tres veces con violencia del extremo del cable, sin soltarlo de la cornamusa. Arreciaban los chillidos cuando Simón puso en marcha el fueraborda y abrió el bote muy poco a poco de la junquera. El jabalí seguía revolcándose en la arenisca y parecía que a cada nuevo respingo se le engarfiaba con más fuerza el anzuelo en alguna horrible interioridad. Cuando se aclaró el cable, Simón aceleró el motor y enfiló hacia las medianías del río. Se produjo como un tirón breve y ya venía por el agua el jabalí ensartado a una tortura que duraría lo que tardó en caer el sol por detrás de los pinos. Las algarabías brutales de Simón y Tijerita contrastaban con el silencio de tío Leonardo y con mi propio estupor.

–Es un macho –dijo Simón–. Debe tener metido el anzuelo hasta los mondongos.

El jabalí bogaba como un monstruo fluvial remolcado por un sueño, dejando tras él una tenue estela de sangre marrón que ni atrajo a las gaviotas ni solivió a los dioses marismeños. El bote viró y revirió varias veces por allí cerca sin que el jabalí hubiese dejado de chillar con una lúgubre y acongojante desesperación. Los gritos se catapultaban contra las cuatro orillas de aquellas simulaciones lacustres y eran devueltos a su procedencia con una ominosa multiplicación de ferocidades. Yo permanecía absorto y como desmemoriado, debatiéndome entre una repugnancia insufrible y una morbosa fascinación. Y esa misma desavenencia sensitiva me deparó como una oscura enemistad conmigo mismo. Abominaba de aquella barbarie y, al mismo tiempo, compartía un ceremonial sanguinario en cuyo fondo latía un germen inequívoco de complacencia. La misericordia y la depravación juntas y conciliadas en una alianza imposible. Ignoro si todo eso lo sentí entonces o lo sospecho ahora, pero estoy seguro que algo así se asoció a aquella abominable experiencia.

–No se calla, el mamón –creí entender que decía Tijerita.

El jabalí seguía, efectivamente, emitiendo un rebudio con trazas de perpetuo, pero ya no tan escandaloso. Había rumbeado el bote hacia La Plancha y, con los empujes de la marea, que seguía vaciando, empezó a diseminarse por el río una claridad violácea que añadió al paisaje la extrañeza melancólica de un acuario. Las manchas del pinar fueron adquiriendo una espesura de boquetes por los que parecía evacuarse el primer volumen de la noche. Empezó a caer un relente suave y funeral.

–No, si lo van a oír hasta en el cuartelillo –dijo Simón sin dejar de mirar hacia el bulto chorreante del jabalí–, menudo cabronazo.

Tijerita se encogió de hombros.

–Yo no quiero saber nada –dijo tío Leonardo, sustituyendo a Simón en la caña del fueraborda–. De modo que mientras antes lleguemos a La Plancha, mejor.

–Tengo visto un cochino que se zafó mordiendo el cable –dijo Simón–. Pero éste ya ni eso –inspeccionó una botella en busca de algún resto de vino–. A lo que iba, que nos toca un cuarto a cada uno, me pido la cabeza. En la cabeza está el seso y si te comes los sesos de un jabalí hervidos con hinojo se te encostran las manos y las puedes meter en el fuego como si nada. Tampoco te pican ni el alacrán ni su puta madre.

–Os lo podéis repartir entre los dos –interrumpió tío Leonardo–. Yo lo tengo prohibido.

Tijerita expresó con diversos bufidos una sorpresa mayúscula. Y mientras Simón y tío Leonardo intercambiaban no sé qué erudiciones montunas, yo seguía con la vista clavada en la boga atroz del jabalí, que se había ido acallando conforme caía la tarde. Apenas se oía ya como un gorgoteo que lo mismo podía proceder de los últimos espasmos del animal que de las inyecciones del agua entrando por sus fauces. Tal vez se había ahogado ya o fue su desangramiento el que le provocó una agonía lenta. Seguro que en ese mismo instante habría nacido un niño con el estigma de la desdicha marcado en el forro de la memoria, o estaría mirándose en un charco de la calle una muchacha que acababa de aceptar un destino cruel e inmerecido, o un hombre justo escaparía por una ciénaga de la persecución de sus verdugos. Esa inocencia, esa infamia.

Cuando llegamos a La Plancha, tío Leonardo y yo ayudamos a sacar a tierra el jabalí, que más parecía un desperdicio chorreante. También olía a eso y al aliento de los bebedores de manzanilla recalentada y al fondo repulsivo de la muerte. Tío Leonardo alegó la pronta llegada de la noche para despedirse sin mayores moratorias. De modo que nos fuimos costeando por la banda del pinar y a poco aparecieron las luces de Bajo de Guía titilando entre la neblina. Habíamos encendido una linterna de situación que aún hacía más taciturno aquel final de trayecto. Tío Leonardo me miró como si se disculpara de mirarme y bastó esa deferencia benigna para que yo le devolviese un ademán conciliador. Y entonces me pareció oír a Apolonio, el calafate, entrando apresuradamente en el *Talismán* para preguntarle al camarero si me había visto.

Apolonio estuvo ciertamente en el *Talismán* aquella noche. Pero, a pesar de esas hipotéticas prisas con que me lo imaginé buscándome, no se trataba de ninguna imprevista emergencia. Según él, sólo quería tomar una copa y, de paso, encargarme unos tablones de eucalipto rojo que necesitaba para la quilla de un juanelo, ya que el pedido anterior se le había quedado corto. Eso fue al menos lo que me dijo al día siguiente por teléfono. Ya hacía algún tiempo que no coincidíamos en ningún sitio y me agradó volverlo a ver precisamente en el *Talismán*, que era donde habíamos quedado citados. Recuerdo que, al principio, noté una cierta incomodidad, como si algo no encajara bien en nuestro reencuentro o yo no acabase de entender del todo la actitud de Apolonio. Me hablaba con una obstinación desusada de las incidencias de su trabajo: unos listones de teca que se le habían revirado en el taller o una cuaderna que se le zafó del puntal y casi desbarata lo que ya tenían montado. Parecía que estaba dando unos rodeos para retrasar la llegada a no se sabía dónde, lo que tampoco era propio de él. Y así hasta que nos bebimos las dos primeras medias botellas (yo ya me había tomado antes unas cuantas copas de oloroso) y abordó de improviso lo único que probablemente quería en verdad decirme.

–¿Estás preparado? –me preguntó–. Pues si lo estás, me gustaría mucho que fueras mi testigo.

–¿Tu testigo? –le pregunté a mi vez.

Apolonio se pellizcó pausadamente la nariz y se concedió un respiro antes de continuar.

–Me caso la semana que viene, el viernes.

La noticia me sorprendió un poco, pero no me dejó estupefacto.

–Ni idea –dije–. Con quién, cuéntame.

–No la conoces, me parece –añadió él–. Se llama Consuelo Verano.

Yo puse cara de nada.

–Le dicen la Siria.

Rememoré de inmediato a esa muchacha bella y hermética, cuya constancia como impartidora de lujurias siempre me había deparado una mezcla de sugestión y animadversión. No recordé su cara exactamente, sino la potestad imperiosa de su cuerpo apoyado en algún lugar de la noche, esa falsa ingenuidad con que esperaba siempre la llegada del encelado de turno para rechazarlo con un ademán gélido. Pero ya no quise pensar más en ella, temiendo quizá que si lo hacía iba a transmitirle a Apolonio mis poco halagüeñas evocaciones.

–Sí, creo que la conozco –dije, usando mi copa como parapeto–. ¿No trabaja en esa tienda de antigüedades de la calle Alcoba?

–Trabajaba –puntualizó tajantemente Apolonio.

–Bueno, cuéntame –reiteré.

Apolonio miró a su alrededor como para comprobar, a saber por qué gratuitas susceptibilidades, que nadie lo estaba escuchando.

–Nos veíamos desde hace tiempo –dijo–. A escondidas, eso sí. El padre es un tipo raro. Lo único que piensa es que sólo quieren aprovecharse de su hija y si te vi no me acuerdo, ¿te das cuenta del personaje? –se rascó el cuello por dentro de la camisa–. Fui a hablar con él y ni por esas. Me salió con que el que se llevara a su hija tenía que cargar también con él. Para vigilarla, eso dijo.

–Un suegro como Dios manda.

–Claro que nosotros ya hemos decidido por nuestra cuenta lo que vamos a hacer. Consuelo tiene veintiocho años y ya sabe muy bien por dónde anda, ¿no te parece? De modo que nos vamos a casar por lo civil el viernes catorce. Sin avisar a nadie, sólo a ti, a don Maxi y a mi hermano Virgilio. Al padre que le vayan dando.

–Cuenta conmigo.

—Lo sé —parpadeó con un solo ojo antes de proseguir—. Además, yo creo que ese cabrón está tocado de la cabeza. ¿A qué no sabes a qué se dedica, aparte de a hacerle la vida imposible a Consuelo? —se acercó más, como para hablarme al oído—. Pues resulta que tiene una colección de muñecas y les ha hecho unas cajitas de muerto, ¿tú te imaginas?

Apolonio debió de apreciarme alguna excesiva dosis de perplejidad, porque llenó mi copa y me la dio con el gesto de quien ofrece un tranquilizante.

—Joder —me limité a decir, el vaho del alcohol evolucionando entre las muñecas muertas.

—Las tiene allí, en su cuarto, de cuerpo presente, todas desnudas —bebimos los dos a la vez—. El tío es electricista, pero dice Consuelo que cuando lo llaman para algo y está dale que te pego con las muñecas, pone cualquier excusa y no va.

Creo que fue en ese momento, o un poco más tarde, cuando vi avanzar entre las mesas que quedaban cerca de la barra a Javier Dopingo, o sea, al mismo cojitranco que apareció por allí aquella ya lejana y confusa noche de la suicida. De eso hacía ya no sé cuánto tiempo, años quizá (no tengo a mano aquel primer cuaderno donde lo conté), pero allí estaba otra vez ese personaje con aspecto de gigante desnutrido, el largo pelo apelmazado tapándole media cara, los ojos fruncidos como si le costara trabajo ver de lejos o le molestara la luz, la cicatriz purpúrea de la mejilla con las mismas trazas de haber sido producida por un machete. Igual que hizo entonces, también ahora se acercó a la barra, saludó con la desenvoltura de aquel cuya presencia ha sido largamente deseada y pidió una copa de anís y un vaso de hielo. Yo me quedé un poco anonadado, como si esa aparición hubiese venido a acrecentar un aturdimiento que el alcohol ya había favorecido, y casi no oí lo que el tal Javier Dopingo le decía a

Apolonio, si es que le dijo algo. Sólo pensaba en la reiteración de una historia ya vivida tiempo atrás en una idéntica escenografía y según unas pautas ambientales que venían a reproducir el ciclo de mis primeras ofuscaciones sensitivas. Era como si el tiempo se hubiese estacionado en una encrucijada donde confluían con la misma inverosimilitud la enojosa pasividad del presente y el agobio retroactivo de una experiencia que era también el punto de partida del peor tramo de mi memoria.

–Por aquí andamos otra vez –le dijo a nadie Javier Dopingo, usando de un tartamudeo con el que parecía imitar a un tartamudo–. No me he ido.

Ni Apolonio ni yo contestamos. Javier Dopingo se volvió entonces levemente hacia mí, me miró de soslayo y murmuró cuando ya no me miraba:

–A lo mejor se oye un grito –vertió en el vaso la copa de anís que le acababa de traer el camarero–. A esta hora siempre hay por ahí alguien que grita.

Eso o algo parecido era justamente lo que yo esperaba que dijera. Apolonio me hizo una seña nada disimulada y se apartó un poco de la barra.

–Invito a copa y a pájaro –dijo Javier Dopingo–. O a copa nada más, porque aquí al amigo –me señaló con un balanceo acérrimo del índice– sólo le gustan los pájaros cuando vuelan. ¿Miento?

Yo noté como si se me hubieran agolpado en un mismo lugar del pecho todas las vaciantes de la sangre. Fue una sensación impredecible, amén de arbitraria, lo sé, pero me sobrevino esa iracundia convulsiva en que incurren a veces los hipertensos y que deja desconectadas la acción y la voluntad. Apenas conseguí balbucir unas palabras propicias.

–Lárguese de una vez, coño.

Javier Dopingo compuso una mueca que, en otra cara, tal vez habría podido parecerse a una sonrisa.

–Si me voy te vas a quedar sin saber una cosa –dijo–. Yo sé lo que le pasó a Juan Orozco, el botero. Pregúntaselo a esa amiguita tuya...

No lo dejé terminar. Sentí en la boca el gusto seco de una violencia incongruente y me abalancé sobre el cojitranco con las manos por delante. No veía más que un bulto embozado en un fulgor oscuro, una opacidad deforme que ocupaba todo el campo visual, pero logré agarrar lo que debía de ser una camisa. Oí las costuras de esa camisa desgarrándose con una sorda progresión de chasquidos y luego oí como el bullicio del oleaje trasegando entre el costillar podrido de una barcaza. El cojitranco dio un consecuente traspiés y si no se fue contra el suelo fue porque Apolonio lo sujetó, al tiempo que impedía con su cuerpo la acometividad del mío. Recuerdo sobre todo el olor que expelía la boca de Javier Dopingo, un olor a caramelo y a fermentos alimentarios y a ese jugo acre que segregan las glándulas de la cobardía. Salió el camarero de detrás de la barra, acudió alguien más y ya sólo percibí la palpitación espasmódica de un ahogo, una asfixia de náufrago a punto de renunciar a salvarse y que más parecía una mordaza que yo mismo me había fabricado por dentro y me taponaba los drenajes del corazón. De modo que ni hablé ni vi ya más que bultos oscilantes desplazándose a mi alrededor ni escuché otra cosa que los envites de la marea contra el esqueleto musgoso de la barcaza.

Cuando me vine a dar cuenta exacta de lo ocurrido, ya me conducía Apolonio del brazo por un lateral de la Calzada. Se me había sosegado el ímpetu lacerante de los pulsos y me detuve un momento con la angustia del viajero que despierta de pronto pensando que, mientras dormía, el tren ya ha dejado atrás su estación de destino. No sé si trataba de recuperar el hilo de los acontecimientos o si me disponía a defenderme de un enemigo fantasmal. Sentí unas náuseas incontenibles y vomité una saliva amarga en el alcorque de un árbol, la fría reciedumbre de la mano de Apolonio sujetándome la frente.

–¿Cómo te encuentras? –oí que me decía.

–Estoy bien –repuse mientras me incorporaba y pretendía limpiarme vergonzantemente la boca–. Ya pasó.

–Nunca te había visto así –dijo Apolonio–. Tampoco era para tanto, tú.

No contesté, enfrascado como andaba todavía en la reconstrucción de unos hechos que se me antojaban remotos y carentes de toda lógica, propiciados quizá por algún enredo en las conexiones de mi conciencia o alguna desaconsejable mezcolanza de vinos nobles y recuerdos bastardos.

–Algo me ha hecho daño –musité.

–Será eso –dijo Apolonio–, porque te dio como un ataque.

–Vamos a casa y nos tomamos una copa –propuse sin desearlo–. La necesito.

–Lo único que necesitas es acostarte –corrigió paternalmente Apolonio, volviéndome a coger del brazo–, ya está bien por hoy, ¿no crees?

Yo me dejé llevar y anduvimos en silencio hasta el Cerro Falón. Venía del oeste un viento recio y húmedo que removía municipalmente las hojas de los árboles y las últimas basuras de la noche, un viento semejante a una lengua untada de cardenillo que no había cesado de lamer aquel rincón del mundo desde hacía más de una semana.

–La humedad verde –dije, imaginándome que ya lo había dicho muchas veces.

Apolonio sólo volvió a hablar cuando llegamos frente al portal de casa. Me observó entonces entre preocupado y compadecido y dijo con una voz quebradiza:

–Ya te llamaré mañana –miró a su alrededor, como si

otease un horizonte de perseguidores–. ¿Quieres que suba contigo?

–Estoy bien, de verdad.

–No sé, no me gusta dejarte así.

–Todavía puedo servirte de testigo, ¿no?

–Mañana te llamo –sonrió con una cierta urgencia afectiva y me palmeó suavemente en el cuello con su mano acérrima–. Y ahora acuéstate.

Mientras me acercaba al portal, veía su figura, estática y borrosa, en el fondo de los cristales, y ese vislumbre le agregó a mi zozobra un agudo anticipo de remordimiento. Subí al piso y abrí la puerta sin ninguna vacilación y allí mismo, en la primera oscuridad con que me encontré, me asaltó como un nuevo conato de síncope, la sensación de estar asomado a una sima cruzada de aristas rezumantes y amenazadoras por la que me despeñaría sin remedio si daba un paso más. Permanecí inmóvil, ni siquiera levanté una mano para encender la luz. Escuché de nuevo el chapoteo acompasado de las olas entre los restos de la barcaza y luego un gemido, una exclamación de súplica o de espanto intercalada en el zumbido general de la noche. Hice entonces un esfuerzo y alcancé el interruptor de la luz; brilló como el fulgor de una linterna en un bosque, una claridad inusitada que me cegó igual que si llevase mucho tiempo con los ojos vendados. Avancé por el pasillo conforme notaba que el vértigo se iba atenuando, pero aún quedaba en algún lugar el eco de esa voz despavorida mezclado con otro, con la resonancia de un grito que reconocí inesperadamente como el de Juan Orozco en el momento de desnucarse contra la uña del ancla. De modo que enseguida me di cuenta que nada de eso se correspondía con ninguna anticipación acústica, sino que era más bien como una vaga percepción retrospectiva de algo que yo ignoraba y que había ocurrido la noche en que encontraron muerto al botero. ¿Adiviné

ciertamente todo eso o fue sólo un enconado recordatorio de lo que me había insinuado el cojitranco Javier
Dopingo y motivó mi repentina y gratuita cólera? Me
recliné sobre el sofá mientras seguía haciéndome esa
pregunta obcecada, los ojos fijos en la penumbra opalina
que venía de la terraza y donde se esbozaron un instante
las facciones casi olvidadas de Jesús Verdina. Pero ya me
fui internando por un duermevela del que sólo conservo
la imprecisa memoria de unas imágenes martirizantes,
todas ellas violentas y disparatadas.

Ahora, al día siguiente, mientras trato de narrar estas
experiencias (empecé a hacerlo en mi despacho de la
serrería), no estoy nada seguro de haber sabido establecer con una mínima competencia la linde entre lo verídi-
co y lo ilusorio. Pero tampoco ha dejado de rondarme la
convicción de que no toda esa maraña de acontecimientos estuvo determinada por las demasías alcohólicas.

Llegué a casa de Marcela con más de una hora de
retraso. Al principio, casi había decidido no acudir a esa
cita un poco incierta, aparte de que nada me hacía suponer que iba a resultar especialmente confortable para mí.
El caso es que don Ubaldo había arbitrado reunir a un
grupo de amigos para celebrar un señalado triunfo ar-
queológico: el descubrimiento de lo que muy bien podían
ser los vestigios carbonizados de una nave fenicia. La
verdad es que cuando me lo anunció Marcela, adornando
ese hallazgo presunto con toda clase de fervorosas apolo-
gías, no supe ni qué pintaba yo en ese festejo ni si me
apetecía verdaderamente participar en cónclave tan especializado. Al fin, accedí a presentarme en casa de don
Ubaldo, más por no desairar a Marcela que por ninguna
otra razón. Si lo cuento es porque lo que preví como una

215

tediosa encerrona, tampoco dejó de estar estimulado por alguna llamativa incursión en el desatino.

Yo no había estado nunca en el piso de arriba de la casa. Una galería volada en forma de L se asomaba al patio por sus dos flancos encristalados y daba paso a cinco o seis habitaciones de bella solería de cerámica, algunas de ellas convertidas, al igual que el patio, en depósito de piezas arqueológicas, con lo que el general aspecto de museo añadía una protocolaria frialdad a aquel abigarrado escenario doméstico. La sala consistía en dos amplias estancias comunicadas entre sí a través de un arco de medio punto, y ocupaba todo un frente de la galería lateral, según se subía. La abundancia de muebles parecía acrecentar la densidad de la concurrencia. Aparte de dos grandes capiteles jónicos sobre los que lucían sendos macetones de aspidistras, había allí un fúnebre y desvencijado piano vertical, cuatro butacas de orejas provistas de unos pañitos protectores de punto —algo más sucios que la loneta cruda de la tapicería— en cada brazo, dos braseros sobre soportes mudéjares, una gran mesa camilla atestada de botellas y platos con viandas, un alborotado estante con puertas de rejilla, dos baúles de madera de alcanfor por los que asomaban objetos irreconocibles y una especie de sillería de coro de iglesia que parecía empotrada en la pared del fondo. De los muy encalados muros colgaban como una docena de grabados de tema mitológico, un óleo negruzco representando una merienda campestre y numerosas fotografías defectuosamente enmarcadas de las excavaciones de Alcaduz.

A primera vista, se trataba de una reunión bastante anómala, amén de heterogénea. Si mal no recuerdo, los Cabezalí —don Ubaldo, doña Petra, Marcela y Ubaldo hijo—, convocaron para esta ocasión a los siguientes invitados: un bodeguero y un ingeniero provistos de sus respectivas señoras, una especie de navegante solitario, una

216

pareja de jóvenes arqueólogos, el pintor Elías Benamarín, Elvira, Calígula y un señor que dijo ser oriundo de la tierra insigne de los Bergantiños y experto en heráldica. Marcela me presentó a los que supuso que yo no conocía y luego me condujo de la mano ante la butaca donde estaba sentada su madre, la expresión de quien se acaba de recuperar de un desmayo.

–Éste es el hijo de Emilia Piedrasanta –dijo–. Ya te he hablado de él, sabe mucho de pájaros.

Doña Petra me tendió la mano como si fuera una trampa y me dedicó una sonrisa ligeramente teñida de complicidad.

–Ya –se limitó a decir–. Te conozco.

Era una mujer que en nada se parecía a la hija, salvo en el tono de la voz. Un poco obesa y descolorida, con el gesto de la siempre fatigada o de la quejumbrosa crónica, tenía unos dulzones ojos de uva y un pelo crespo teñido de azafrán. Más que de distante, daba la impresión de desentendida.

–Está estudiando las costumbres de los pájaros –reiteró Marcela–. Eso te interesa.

–Tengo once colleras de canarios –dijo doña Petra–, ¿y tú?

Tardé algo en reaccionar y creo que no lo hice con demasiada desenvoltura.

–Hace tiempo me iba por ahí a ver pescar a los milanos y tomaba algunas notas, pero ya ni eso.

Se acercó entonces don Ubaldo y me echó un brazo por los hombros con ese ademán del distraído intermitente que, después de comprobar que se ha equivocado en sus deducciones, prefiere no aportar ninguna rectificación. Dijo:

–De modo que tú trabajas en el archivo.

–Es el hijo de Emilia Piedrasanta –repitió Marcela.

Don Ubaldo permaneció un instante ensimismado, me

obsequió luego con una mirada inquisitiva y redujo el tono de su voz hasta hacerla casi ininteligible.

–Piedrasanta –murmuró–. Conocí muy bien a una hermana de tu madre que murió antes de que tú hubieras nacido –se quedó otro momento absorto antes de proseguir–. También fui amigo de tu padre. Entendía mucho de esas cosas que casi nadie está en condiciones de apreciar: maderas antiguas, técnicas astrológicas, detecciones de metales... Una persona muy especial, ¿qué voy a decirte que tú no sepas?

Pronunció sus últimas palabras a medida que se alejaba y yo aproveché ese desvío para dedicarle un gesto amable a la adormilada doña Petra y otro de indefenso a su hija. El secreteo de don Ubaldo me había dejado en el ánimo como una destemplanza triste, así que nos fuimos Marcela y yo hacia la mesa donde estaban las bebidas y, por el camino, se nos unieron Elvira, Calígula y el pintor Elías Benamarín. Todos nos servimos manzanilla, menos Calígula, que prefirió ese vino blanco local que en nada coincidía con las proverbiales crianzas sanluqueñas. Marcela se arrimó a Elvira, le acarició como por descuido el cuello y le dijo algo al oído.

–¿Quieres que hable de esa visita a la curandera de Jédula –me preguntó Elías Benamarín– o prefieres que no?

Debió de notarme en los ojos algún amago de contrariedad, porque cambió a su modo de conversación.

–Estoy pintando a una curandera de Jédula –dijo–. Tiene unas arrugas muy asilvestradas.

–No sé qué significa eso –dijo Elvira–. Pero si te refieres a una vieja, no me gusta –le dedicó un mohín goloso a Marcela–. No me gustan las viejas al óleo.

–Ese cuadro –Elías señaló al que ocupaba un buen trecho de pared– está ahumado por culpa del tema. A un cuadro de tema campesino siempre acaba comiéndoselo la luz —puso cara de tasador deslumbrado—. Cuestión de tiempo.

—Queda mejor así —dije yo un poco por molestar.

—Puede —dijo Calígula—. Yo nunca me entero.

—El arqueólogo ese que está haciendo prácticas con papá —explicó Marcela a media voz— tiene dos pulgares en la mano derecha.

—Será de rascar pedruscos —dijo Elvira—. Qué grima.

Yo desvié la mirada hacia el portador de semejante anomalía, pero no pude descubrírsela. Hablaba con su pareja, una muchacha rubicunda y nalguda cuyo poderoso cuerpo cubría en parte el de él. Se oyó entonces un siseo y, a renglón seguido, la voz del especialista en heráldica diciendo:

—He convencido a Fátima para que nos deleite con alguna de sus interpretaciones.

Se hizo un silencio laborioso, como si tan lisonjero anuncio no acabara de imponerse a los deseos comunicativos de la concurrencia. Pero Fátima, que resultó ser la mujer del bodeguero (a quien yo conocía vagamente), no esperó la llegada de ningún silencio absoluto ni el acompañamiento de ningún piano para cantar *Amapola lindísima amapola* con más poderío del que hacía prever su menguada estatura. La canción duró lo que yo tardé en beberme pausadamente dos copas. Me uní entonces a los aplausos del auditorio, ya que no a unos vítores tan encendidos que Fátima se sintió obligada a interpretar sin casi darse respiro lo del caballo que llevaba doce cascabeles. La ejecución superó en brillantez a la precedente y mereció un muy parecido entusiasmo general, si bien no tan apoteósico como la primera vez, con lo que se le disipó a la cantante la tentación de una tercera posibilidad de lucimiento. De manera que todo volvió a adquirir su más regular bullicio festivo. Marcela me miró como disculpándose y dijo sin ninguna cautela:

–Qué coñazo.

–A mí todo eso me sabe a alcaparra murciana –dijo Elías Benamarín.

–Canta bien –dictaminó Calígula, que estaba entrando en su peor fase de palabrero–. Y además con cada nota en su notario.

–No te oigo –dijo Elvira.

Se acercó el ingeniero llevando a su mujer enlazada por la cintura. Él era un hombre relamido, carniseco y algo desgalichado, de maneras falsamente elegantes, con cejas muy pobladas y boca muy fina, y ella parecía más joven de lo que debía de ser, con cierto estrábico encanto en la mirada, el pelo a mechas cuidadosamente despeinado y un cumplido escote que dejaba ver el comienzo de unos pechos bastante más blancos que el resto de su piel.

–Nos vimos en la serrería –me dijo el ingeniero–. Soy amigo de tu tío Leonardo, hemos ido juntos a los patos alguna que otra vez.

–Su padrastro –aclaró Marcela.

El ingeniero resolvió su incertidumbre con una mueca apática y un comentario pueril.

–Ya hay pocos cazadores como él –dijo.

–Está en Grazalema, por Benamahoma –aclaré yo sin ninguna justificación–. En una tala.

–Me encanta Benamahoma –dijo la mujer del ingeniero, y se asomó a su copa como a una hondonada de aquellos hermosos encinares serranos.

–Creo que ya no queda ni una focha cornuda –aclaró el ingeniero–. Las han liquidado los furtivos. Con eso de las especies protegidas habría que...

–¿Usted qué vende? –interrumpió Calígula.

Se oyó entonces una estridencia de cristales rotos, algo similar al golpe de una botella estrellándose contra las losas, pero nadie dio muestras de haberlo captado. De modo que enseguida comprendí que se trataba de una anticipación auditiva. Y eso me produjo naturalmente un sobresalto que no experimentaba desde hacía ya algún tiempo y que no sé si conseguí disimular del todo. Evité la mirada de los otros y busqué no sin alarmas la posible procedencia de ese ruido o, mejor dicho, las circunstancias que podían originarlo de un momento a otro. No descubrí nada especialmente pronosticable en este sentido, y sólo cuando ya desistía de descubrirlo, se produjo un desplazamiento de los demás hacia un lugar de la sala donde el bodeguero y el navegante solitario reclamaban alguna atención. También yo me acerqué y casi tropiezo con Fátima, o sea, con la mujer del bodeguero, que avanzaba con pasitos veloces, una mano aplastada contra la mejilla y una mirada acuosa y católica alternativamente posada en el suelo y en su marido. Vi entonces sobre las losas una botella despedazada, los cascotes blancos y la ya no blanca ginebra esparcidos entre un cerco de pies titubeantes. Sonó de pronto una sirena, una ululante sierpe enroscándose y desenroscándose por las laberínticas ramificaciones de la noche. Noté ese reclamo medroso, esa destemplanza corporal que me retrotraía a los miedos infantiles, cuando algún emigmático ruido me avisaba de la proximidad de una amenaza que sólo iba a poder neutralizar si llamaba desesperadamente a mi madre y ella se acostaba a mi lado.

—Tú tenías que ser —le estaba diciendo Fátima a su marido.

—¿Yo? —se extrañó el bodeguero, imprimiéndole a su mano un impertinente ademán de calma y apuntando luego a la arqueóloga—. Esta es Dorita —se volvió—; aquí, mi mujer.

—Quita —dijo enfadosamente Fátima—. Nos conocemos de sobra.

Apareció en eso Marcela provista de una escoba y un

221

recogedor y se dispuso a barrer los trozos de vidrio y a diseminar la ginebra derramada. Todos contemplaban la tarea con atención incoherente, como si el percance hubiese supuesto también la rotura de algún vínculo afectivo. Quedó en el aire un efluvio a serrín mohoso y, en el suelo, unas manchas de color mostaza. Y fue don Ubaldo quien primero reaccionó contra aquel indebido desajuste de la reunión. Levantó su copa con impaciente solemnidad y dijo:

—Un brindis por los destrozos magníficos de la historia y por los remeros fenicios.

Casi todos secundaron a la vez la pirueta imaginativa de don Ubaldo. A Elvira y Marcela se les acrecentó el aire de efebos disfrazados de conspiradoras, mientras yo permanecía aún un poco aturdido. El navegante solitario, que siempre sonreía y balanceaba incansablemente la cabeza para escuchar, llenó a toda prisa su copa de manzanilla y se la bebió de un trago.

—Un día que me coja con ganas —le dijo a la arqueóloga, arrimándose más de lo razonable—, voy a hacer la ruta de los viajantes de comercio fenicios. Desde el Puerto hasta la costa siria.

La arqueóloga no parecía muy segura de haber entendido.

—Sidón, Tiro, Beirut —recitó con un sonsonete escolar.

—El Líbano, vale —dijo el navegante solitario.

—¿Necesita un marinero? —preguntó Ubaldo hijo, usando de la osadía improcedente del tímido.

El navegante solitario no debió de oírlo, o prefirió no contestarle, ocupado como estaba en el examen minucioso de las mórbidas carnes de la arqueóloga. Siguieron hablando, pero yo ya no me enteraba de lo que decían, que tampoco tenía que ser apasionante. La referencia a Siria me había conducido directamente al recuerdo de Consuelo. Entreveía su potencia corporal a través de una bruma rosácea, la curva pletórica de los glúteos, los pechos vibrando bajo la tensión perversa del vestido, pero no podía evocar su cara, sólo la boca entreabierta y los ojos semicerrados, ese lujurioso simulacro carnal que a lo mejor trataba el padre de mantener incólume asociándolo a la desnudez de porcelana de sus muñecas muertas. ¿Habría conseguido Apolonio penetrar en aquel cuerpo de tan intransitable lascivia, lo habría poseído verdaderamente, conjurando al fin los lastres de una frigidez alentada por alguna enfermiza variante del narcisismo? Y ya oí la música vocal del Elvira.

—Voy a empezar un curso de floricultura —trazó en el aire una filigrana aproximadamente circular—. Me gusta eso.

Yo la cogí del brazo y la atraje suavemente hacia mí.

—Te acompaño a ver jardines —dije—. Ahora.

Marcela me observó con esa mezcla espontánea de esquivez y condescendencia que solía usar para resolver sus atascos emocionales.

—Céfiro, el amante de Flora, comía gladiolos —me dijo señalando a Elvira con la cabeza—. Eso favorecía su condición de andrógino.

—¿Céfiro? —dije.

—No entiendes nada —dijo ella, y añadió después de un parpadeo melifluo—: Si se va a romper algo más, avísame y nos vamos abajo.

—O a la calle —aventuré.

—A estas horas —musitó— siempre veo una sombra callejera que se parece a la de Jesús Verdina.

Ignoro por qué miré entonces al bodeguero, pero en aquel preciso momento emitió una exclamación no del todo airada dirigida probablemente a su mujer.

—Me importa un carajo.

La mujer del bodeguero no le contestó directamente, sino que se dirigió a Dorita, la arqueóloga.

–Ya estoy harta –dijo–, ¿te has enterado? –respiró hondo y prosiguió en un trémolo nada profesional–. Habráse visto, presentarse aquí a encandilar a los hombres con ese revoloteo de perdularia...

–Cállate ya –dijo el bodeguero–. Se van a dar cuenta de que no se te puede llevar a ningún sitio.

–Soy piedra y perdí mi centro –murmuró Elías Benamarín con voz de buzo.

A partir de aquí todo fue muy desordenado. Imposible reconstruirlo ahora con una mínima certeza. Por más que busco en la memoria, no encuentro allí más que ráfagas de escenas inconexas, fragmentos de conversaciones, trazos de actitudes disparatadas. Pero lo que ocurrió bien pudo ser más o menos como sigue:

La arqueóloga permanece sollozando junto al piano, una lágrima oscureciendo la ahora encarnada tersura de su mejilla y una mano encima de la boca; Fátima, la mujer del bodeguero, se recompone el peinado entre suspiros desafiantes de diva ultrajada; doña Petra se levanta de la butaca en que la había mantenido inmovilizada la astenia y se encara con Fátima; el arqueólogo hace lo propio; don Ubaldo coge del brazo sin mayores trámites al bodeguero y se lo lleva al fondo de la sala, donde está la sillería de coro, sentándose allí los dos con aparentes muestras de regocijo; el ingeniero compone el gesto de quien huele mal y se soba insistentemente con el índice el entrecejo fruncido, en tanto que su mujer debe de considerar imprudente, dadas las circunstancias, la dimensión de su escote, pues procura recatarlo con los broches inhábiles de los dedos; el experto en heráldica se escabulle sin más, tal vez pensando que sus erudiciones nobiliarias no se avenían para nada con aquellas sistemáticas groserías; el pintor Elías Benamarín sonríe maliciosamente al tiempo que finge un acusado interés por los mediocres grabados que cuelgan

224

de las paredes; Ubaldo hijo no pierde de vista al navegante solitario, que se comporta como si no acabara de adaptarse a las inconveniencias de la tierra firme; Calígula intensifica su aspecto de desmemoriado crónico, mientras mastica con suma atención un emparedado, y Marcela, Elvira y yo bebemos una copa detrás de otra entre referencias despiadadas a los contertulios y lamentaciones por los despilfarros de bienestar habidos en la jornada.

En algún momento, sin embargo, se produjo un quiebro o un nuevo incentivo en medio de esa episódica maraña argumental. No he podido cotejar aún los detalles, pero se dio el caso que alguien, probablemente don Ubaldo en connivencia con el bodeguero, aportó al encrespado desenlace del festejo una jaula donde se revolvía un hurón hediondo y, por otro lado, un mastín de humilde catadura y mirada feroz. El hurón fue puesto en libertad sin que nadie supiese cómo ni por quién, y allí fue la turbamulta de carreras, gritos, caídas de muebles, terrores y conatos de soponcio. El perro, que se llamaba Plinio, arremetía contra personas y enseres en un enloquecido rastreo del hurón, husmeando por todas partes con un frenesí tenebroso y selvático. Doña Petra consiguió escapar por una de las puertas con andares de leona acobardada y ya no volvió a aparecer más por allí, actitud que secundaron sigilosamente y a renglón seguido el ingeniero y su mujer. Y ya iban a hacer otro tanto el bodeguero y la suya, cuando ésta adoptó primero una postura de genuflexa y se derrumbó luego como abatida por un ataque con trazas de epiléptico, a juzgar por el empumarajo amarillo que le salía de la boca y las convulsiones que desencajaban sus fláccidas carnes. El bodeguero se arrodilló junto a ella, la volteó a un lado sin ningún miramiento y se dirigió con mucho aplomo a don Ubaldo diciéndole:

225

–¿Quiere traerme una cuchara de sopa y un par de libros gruesos?

Don Ubaldo indicó con la cabeza a su hijo que se encargara de conseguir tan esotérico instrumental. Y el hijo así lo hizo, o eso parecía, porque se demoraba en volver más de lo que aconsejaba el estado de Fátima, quien seguía agitándose de manera bastante desastrosa, tensando y destensando el vientre con cierta acompasada simulación de coito. A todo esto, o el perro había renunciado a la captura del hurón o el hurón había logrado escapar fuera de la sala, llevándose con él el husmo que guiaba al perseguidor. En cualquier caso, el perro se había echado jadeando junto a uno de los baúles, la mirada del asesino insatisfecho y la lengua colgándole entre las patas como una babosa purpúrea. Don Ubaldo decidió finalmente ir en busca del hijo, que más parecía haber desertado de sus funciones de recadero, y no tardó mucho en volver sin él, pero con la cuchara y dos volúmenes de porte por lo menos capitulario. El bodeguero, después de sopesar con ciertas prevenciones el grosor de los libros, recostó primero la cabeza de Fátima sobre uno de ellos y las pantorrillas sobre el otro; a continuación, metió dos dedos en la boca de su mujer, que parecía mejorarse mucho mordiéndolos, y anduvo rebuscando por allí a la vez que con la otra mano introducía transversalmente la cuchara, a manera de brida. Creo que a nadie se le pasó por la cabeza que aquello fuese una terapia oportuna, pero el recelo se estancó en una desazonante espera, sólo alterada por los sollozos de Dorita, la arqueóloga, y la sensata propuesta del arqueólogo para que alguien avisara a un médico, a lo que se opuso terminantemente el bodeguero.

–Se le pasa rápido –dijo–. Lo malo es que cuando se recupera, canta.

–Los que son gafes –dedujo Elías Benamarín–, suelen

226

tener paralizado el labio superior. O sea, que si aquí la señora puede cantar, es que no es gafe.

La impensada aclaración de Elías Benamarín provocó una consecuente extrañeza y hasta un cierto rebrote de la tirantez. Marcela, Elvira y yo apenas pudimos eludir alguna reacción de lo más improcedente, mientras que don Ubaldo y la pareja de arqueólogos optaron por incrementar sus atenciones a la afectada de epilepsia o de histeria o simplemente de intoxicación etílica. Y ya al cabo de otro buen rato, Fátima empezó a dar señales de restablecimiento. Se incorporó trabajosamente, apoyándose con un codo en el suelo y susurrándole al marido:

–Llévame a casa, rey.

–Ahora nos vamos –contestó él–, no hay prisa. Descansa un poco.

–Sí que tengo prisa –alegó Fátima–. Me ha sentado mal la ginebra, siempre me ocurre lo mismo –se limpió un resto de baba con el dorso de la mano–, no escarmiento.

–¿Quiere una tacita de poleo? –intervino don Ubaldo.

–Soy una aguafiestas –repuso Fátima, después de emitir un hipo de perro que alertó al perro–. Perdona.

–Tranquila –dijo el bodeguero–, enseguida nos vamos.

–¿Le apetece un poleo? –reiteró don Ubaldo.

–Bueno –dijo Fátima, y se arrepintió enseguida–. No, deje, ya no molesto más.

Fátima se levantó, ayudada por don Ubaldo y el bodeguero, y era la imagen portátil de una decrepitud, una desventura física tanto más penosa cuanto más tanteaba ella con sus pies en el suelo para lograr mantenerse erguida. Se encinchó con los dos antebrazos el vientre y se le expandió por la cara un gesto errático y compungido. Luego miró a la arqueóloga, que no pudo reprimir un apocado estremecimiento, y levantó una mano abriéndola y cerrándola repetidas veces, no se sabía si en son de despedida o de llamada. La arqueóloga tampoco estaba en condiciones de averiguarlo, porque ni se acercó ni saludó. Fátima entonó entonces muy bajito los primeros compases de *En Sevilla hay una casa* y se cortó de pronto.

–Soy una aguafiestas –insistió.

–Por favor –se atrevió a decir la arqueóloga–. Lo hemos pasado muy bien.

–Qué mierda vamos a pasarlo muy bien –dijo Fátima, palpándose otra vez lamentablemente el abdomen–. Con una idiota como yo.

–Con una cantante que habría llegado muy lejos si hubiese querido –intervino inopinadamente Elvira, tan seria que resultaba imposible descubrir en su aseveración el menor rastro de burla.

–Eso –dijo Calígula.

–Gracias, hija –repuso Fátima con una complacencia demasiado eufórica–. ¿Tú quién eres?

–Elvira –dijo Elvira.

–Los jóvenes de hoy ya no aprecian nuestra música –dijo Fátima–. ¿Te gusta nuestra música?

Y volvió a iniciar con una voz algo menos quebradiza los primeros compases de una canción ininteligible. Pero el bodeguero no la dejó terminar, ya que arbitró poner coto a las extralimitaciones artísticas de su mujer por el procedimiento de abrazarla. Fátima lloró un poco, hipó otra vez y se dejó guiar cautelosamente por el marido y don Ubaldo, no sin despedirse antes de la concurrencia con el lacónico alarde gestual de la cantante que, agobiada por el cerco de los admiradores, es conducida al camerino por gentes de su confianza. Y de esa guisa terminó la fiesta. Yo había estado previendo la gustosa posibilidad de escaparme con Elvira de aquel generalizado dislate, pero resultó que ella había decidido a última hora quedarse a dormir en la casa. De modo que, ante la poco apetecible eventualidad de salir en compañía de Calígula o de Elías Benamarín (los cuales se disponían a tomar una última copa), me despedí yo también. No recuerdo si aún andaba por allí o ya se había ido el navegante solitario. Marcela bajó conmigo hasta la puerta de la calle y me dijo:

–Tómatelo con calma.

Me rodeó el cuello con sus brazos, apretando su pelvis contra la mía en una especie de acto de equívoca seducción a todas luces estimulado por la inercia y hurgándome, lamiéndome por dentro de la boca hasta dejarme allí un espeso sabor a herrumbre. Luego se fue sin decir nada más y yo salí a la calle igual que si saliera de una congoja carcelaria. A los pocos pasos, me encontré de improviso como suspendido del centro impuro de la noche, elevado más allá de mi propia estatura y embutido en una negrura líquida y vacilante. No había bebido tanto como para eso, así que enseguida asocié esa especie de deliquio a alguna colateral avería del riego sanguíneo. Y entonces, también de repente, supe que el rutinario erotismo de Marcela acababa de transmitirme otra vez lo que no llegué a percibir en su momento: la visión del cuerpo de mi madre acosando al de tío Leonardo. Ahí podía estar la clave: esa vengativa ambigüedad filial de desear a Marcela con la misma suplantación apasionada que usaba ella para desear a Elvira. Pero tampoco era exactamente eso. Lo supe cuando ya llegaba a casa y sentí como un presagio inusitado, como si todos los preavisos sonoros que yo había creído identificar con las más obtusas anomalías de mi insuficiencia circulatoria, no fuesen sino quiméricas figuraciones de una misma obstinación emotiva: la de imaginarme todo lo que hacía y decía mi madre cuando yo no estaba con ella.

CAPÍTULO SEXTO

Cuando saqué la mano por fuera de la terraza para comprobar si seguía lloviendo, algo que había en el aire me la atrapó con una fuerza inadmisible. De ahí, de esa aterradora experiencia, arranca todo lo que ahora me propongo contar, después de más de cuatro meses sin escribir nada a propósito de mis trastornos sensoriales o de las circunstancias en que se manifestaron. La verdad es que —salvo lo que ya he dicho— ni me ocurrió nada especialmente inquietante en todo este tiempo ni yo tuve ningún deseo de referirme a lo que ya parece rondar ese distrito de la memoria donde el olvido se identifica con algún reclamo astuto de la autodefensa. Pero hace unos días pensé que tampoco carecía de sentido que siguiese anotando algunos hechos más o menos relacionados con mi aparente recuperación, aparte de que, en cierto modo, también me divertía retomar un hábito de escritura que me resultaba tanto más sugerente cuanto menos tenía que preocuparme por explicar lo que a veces no tenía explicación. Así que eso es lo que me dispongo a hacer. Antes, sin embargo, de proseguir con unas ya supuestamente normalizadas memorias, no puedo por menos de relatar ese enigmático episodio de la terraza que motivó, paradójicamente y según todos los indicios, lo que ya empieza a parecerse mucho a una definitiva curación.

Una noche, a poco de la fiesta en casa de don Ubaldo, me fui directamente al piso con ánimo de oír unos discos que tenía encargados y acababa de recoger. Era una apetecible decisión, aunque sólo fuese porque así me sustraía a cualquier enojosa posibilidad de andar por ahí al acecho de no sabía qué marañas emocionales. De modo que me quedé en el piso de lo más a gusto, tendido en el sofá y embargado por la suntuosa anestesia de la trompeta de Miles Davis. Todo iba bien hasta que se me ocurrió salir a la terraza. Y allí estaba, oyendo precisamente algo de *Birdland Days* mientras contemplaba el caliginoso vaciado de la marisma, cuando experimenté aquella indeseable cercanía del terror. Saqué la mano, como ya dije, por fuera del recinto cubierto para ver si llovía y, cuando quise retirarla, no pude. Algo, otra mano, un cepo imposible, una apretura irracional me atenazó hasta el punto de suponer que no podría soltarme si no se producía otra irracional intervención. Veía pero no oía la música, tocaba la vibración de unos objetos informes, sentía mi mano como atada al aire con un nudo inverosímil. Hasta que logré no sé cómo desasirme de aquella suerte de trampa alucinatoria y me quedé tan despavorido que di por clausurada la terraza y no volví a asomarme allí hasta que, no hace mucho, determiné usarla como prueba de que el maleficio había sido conjurado. Traigo ahora a colación ese episodio porque fue en ese mismo instante cuando decidí sin más demoras buscar un remedio definitivo a tantas y tan intrincadas desmesuras —imaginarias o no— como estaban asediándome. Hasta donde yo recuerdo, nunca me había sentido tan zarandeado por la incertidumbre, el miedo, las alarmas auditivas, los síndromes vertiginosos, la sensación ominosa de estar cada vez más perdido en un laberinto cuya salida había sido implacablemente condenada.

De modo que en un repente desesperado, y a cuenta de esa alarmante historia de la terraza, le conté a mi madre algunas de mis menos confusas anomalías y, entre ella, tío Leonardo y yo, convinimos en ir a Cádiz a visitar a un neurólogo con fama de descubridor de males ocultos. Este neurólogo resultó ser un hombre de mucha ciencia y medianas entendederas, que me examinó con las mañas del policía que se enfrenta al presunto culpable, sometiéndome a varias taimadas formas de interrogatorios y reconocimientos y programándome tres nuevas consultas a cargo de especialistas en traumatología, frenología y oído. El peregrinaje se fue haciendo más abrumador a medida que me descubrían algún nuevo indicio patológico, no indudable pero sí susceptible de posteriores confirmaciones. Aunque procuré en todo momento no confesar más síntomas que los atribuibles a la artrosis, creo que tampoco conseguí soslayar del todo la referencia a otras más nebulosas irregularidades. En cualquier caso, lo único que saqué en claro de todos aquellos lances exploratorios fue la sospecha de una desazonante anormalidad.

De los distintos análisis que me practicaron, ni las radiografías ni el escáner me reportaron mayores alarmas: sólo corroboré lo que ya sabía a propósito del proceso degenerativo de las cervicales. Pero el último tuvo sus sorpresas. Se trataba de una exploración denominada «doppler intercraneano», la cual concluyó con un diagnóstico que, no por ininteligible, dejó de asustarme. Lo que habían descubierto eran unos difusos síntomas relacionados con la isquemia cerebral, producidos (lo copio del informe) «por reducción de la velocidad de los flujos de las arterias que alimentan la masa encefálica y por la aparición de placas en las paredes de las bifurcaciones carotídeas». Aun sin saber qué significaba todo eso, me quedé anonadado. Ni las en apariencia benignas disquisi-

233

ciones del especialista lograron disuadirme de que me había detectado una grave dolencia. Por cierto, este doctor era un curioso personaje que, a no ser por lo poco propicio del momento, podía haberme resultado hasta divertido. Debía de tener unos cincuenta y tantos años y ostentaba una pelambrera canosa sumamente hirsuta, una barba rala y como postiza y una nariz que tal vez recibiera en su día algún golpe de más. Sus andares eran los de un merodeador y se comportaba como el que ha almacenado una excesiva cantidad de autosuficiencia. No más tenderme en la camilla, me embadurnó el cuello, las sienes y la parte de atrás de las orejas con una especie de gelatina muy fría, y luego prorrumpió en una cháchara agotadora y no del todo entendible, al tiempo que me aplicaba unas ventosas unidas a unos cables y manipulaba en unos complicados aparatos que ocupaban prácticamente toda la habitación. Una enfermera escuálida y macilenta atendía torpemente las órdenes despóticas del doctor, quien en un momento de sus sibilinas operaciones hizo como si se asomara al fondo de mis ojos y me preguntó:

—¿Han disparado un cañón o algo así cerca de usted?

Yo, aturdido como estaba con aquel enredijo de cables y ventosas, negué con la cabeza.

—No es que tenga rotos los tímpanos, es que aquí aparece —me señaló la pantalla de un ordenador— como una sombra acústica en las bifurcaciones de la carótida interna.

—¿Es grave eso? —me atreví a musitar.

—Si fuese usted un viejo le diría que según y cómo, o sea, que a un viejo con arteriosclerosis puede o no puede afectarle todo eso. Pero a su edad... —se interrumpió un segundo, su respiración caliente en mi nuca—. A su edad esas distorsiones auditivas son sumamente raras. A ver si me entiende, es como si la barrera del sonido la tuviese usted colocada en un sitio equivocado −volvió a observarme con mucho detenimiento−. Un caso muy curioso, me gusta mucho.

Yo le pedí con la mirada mayores aclaraciones, pero ya él debía de estar pensando en otra cosa. Seguía atento a la colocación de las ventosas y a la lectura de las pantallas de los ordenadores, sin dejar de amonestar de vez en cuando a la enfermera, que parecía incapaz de retener la llantina por mucho más tiempo. De pronto, vi que el doctor empezaba a gatear por el suelo, metiéndose incluso debajo de la camilla, como si rastreara la pista de algún valioso dato que se le hubiese perdido por allí. La enfermera lo miraba hacer, un poco con la actitud de la sirvienta que, después de haber causado un serio desperfecto, aguarda el airado veredicto del amo. Al fin volví a ver la cabeza del doctor apareciendo por detrás de uno de aquellos aparatos. Me dedicó una mueca extemporánea.

−Ya puede levantarse −dijo−. A ésta −señaló a la muchacha con un vaivén del pulgar− le dan miedo los enchufes, no desenchufa nunca.

Yo me levanté y ya iba a ponerme la chaqueta cuando el doctor me interceptó el paso de una manera bastante desaprensiva, como si se acordase de alguna inconveniencia en que yo había incurrido y se dispusiese a pedirme cuentas. Se quedó examinando mi cara desde una proximidad impúdica, parecía querer descubrir allí algo de lo que yo me había callado.

−Dígame, ¿usted fuma? −me preguntó.

−Un poco −fingí algún atasco en la manga de la chaqueta para desviarme.

−¿Cuánto es un poco?

−Como media cajetilla al día, algo más.

−Eso es mucho. No le conviene producir más humo del que ya tiene dentro de la cabeza −juntó las palmas de las manos por delante de la cara y les imprimió un balanceo judicial–. No cometa errores.

–¿Perdón?

–Es una forma de hablar –emitió una risita que tampoco encajaba bien en ese momento–. Los sonidos y las imágenes los tenemos todos archivados aquí –apuntó a distintas zonas de su cabeza–. Hay quien los guarda por su orden y quien no puede hacer otra cosa que amontonarlos a la buena de Dios. Usted es de estos últimos. ¿Se da cuenta? Lo del humo lo decía en sentido figurado.

Yo no acababa de entender.

–No entiendo mucho –dije.

–¿Saco la copia? –intervino la enfermera con un hilo de voz.

El doctor se limitó a azotar el aire con la mano. Debía de ser su forma de mandarla callar.

–En un par de días le mando el informe a su médico –dijo–. No tiene por qué preocuparse.

Asentí sin ningún convencimiento.

–Alguna avería hay por ahí –prosiguió–, pero lo más curioso es ese desorden en las respuestas ecográficas –entornó los ojillos con cierta postiza circunspección–. Pero eso normalmente se puede arreglar con tratamientos conservadores. Llámeme.

El doctor se sacó sucesivamente del bolsillo de la bata el envase de un medicamento, una especie de acerico, la funda de unas gafas, una pequeña armónica y un pañuelo que removió un poco en el aire como si de un tímido conato de despedida se tratara. Y así finalizó la visita. La enfermera me acompañó hasta la puerta, precediéndome con la actitud de la pusilánime a quien han encomendado una arriesgada misión. Al final del pasillo, me crucé con una estatua que no había visto antes: la de un monaguillo de tamaño natural provisto de cepo limosnero. La enfermera me entregó un sobre sin mirarme, una mano escarbando por el bolsillo de su bata.

—Son cuarenta mil —dijo.

Yo ya lo sabía y llevaba preparado el dinero. Se lo entregué con una especie de incierto disimulo, contagiado sin duda por la conducta titubeante de la enfermera y el ademán petitorio del monaguillo.

La exploración había durado casi una hora y media y salí de allí, más que fatigado, desmoralizado. Tenía la impresión de que estaba cerca de encontrar una pista, pero que tampoco esa pista iba a conducirme a ninguna meta satisfactoria. El neurólogo, una vez estudiados todos los análisis prescritos, hizo mucho hincapié, aparte de en otros aspectos directamente relacionados con la irrigación sanguínea del cerebro, en el trasfondo psicopatológico de mis dolencias. El tratamiento que finalmente me decretó era bastante llevadero: una dieta rica en vitaminas, una vida nada ajetreada, una gimnasia especial y una severa medicación con antiagregantes plaquetarios, tranquilizantes y vasodilatadores. Eso fue todo.

Entre una cosa y otra, estuve más de un mes sin aparecer por la serrería y sin ánimo, como ya dije, de escribir nada. Mi madre insistió de muchos modos en que me fuese otra vez a vivir con ella, por lo menos hasta que me encontrase mejor, y yo acabé cediendo incluso de muy buen grado. Leí bastante en esos días (sobre todo libros de historia antigua y aventuras náuticas) y hasta acompañé a tío Leonardo a alguna de sus cacerías marismeñas. En cierto modo, también volví a dejarme tentar por mis viejas aficiones ornitológicas, yéndome al Coto o a la Algaida de vez en cuando, lo que me servía de mucho entretenimiento. Lo cierto es que, a poco de iniciar la medicación del neurólogo, me he ido reconociendo como más distante cada vez del que hasta hace poco había sido. Todavía no acabo de explicármelo, pero es así. En estos cuatro meses largos transcurridos desde el turbio episodio de la terraza, todo se ha ido acompasando a un restablecimiento general que ya consideraba impensable. El único reconcomio emotivo que me sigue mortificando con no escasa frecuencia es el del convencimiento de que esa curación también me ha anulado la curiosidad por conocerme mejor a mí mismo.

Me encontré a Consuelo la Siria en un concurso de pájaros cantores silvestres, que era donde menos me habría imaginado que pudiésemos estar ninguno de los dos. Tanto es así, que casi pensé que Consuelo era otra persona dotada de una idéntica capacidad para las locuacidades libidinosas. Yo no la había vuelto a ver desde el día en que se casó con Apolonio y el hecho de que anduviese por allí ejercitándose en las mismas tácticas incitativas de que solía valerse tiempo atrás, me produjo una discordante mezcla de excitación y prevención. El concurso lo habían organizado unos amigos de Jeremías y a mí me interesó desde un principio saber en qué consistía aquel festival. Se celebraba en una venta de la carretera del Puerto y podían presentarse tres clases de pájaros: jilgueros, pardillos y verderones, a más de mixtos de esas tres plumas. Y fue en el momento de actuar un pardillo de trino escandaloso cuando descubrí a Consuelo en compañía de un joven cuya pinta remitía directamente a la de un labriego disfrazado de capitán de yate. Yo preferí pasar inadvertido y me desvié hacia la otra parte de la venta, por donde estaba la barra. Supuse que ni a ella le agradaría encontrarse conmigo ni a mí iba a dejar de inquietarme ese encuentro, pero al final fue ella quien se acercó hasta donde yo estaba, el paso breve ceñido a la angostura de la falda, las caderas cimbreando con una vehemencia que parecía obedecer a un impulso autónomo, como si ese balanceo estuviese movilizado por un

238

resorte ajeno a cualquier premeditada audacia carnal. El falso capitán de yate llevaba del brazo a Consuelo con la elocuente ufanía de quien ha alcanzado el puesto de jefe de escolta en virtud de sus muchos primores en el vestir.

–¿Has traído algún pájaro? –me preguntó ella a guisa de saludo.

–Me alegro de verte –contesté.

–Te presento a Julián –dijo Consuelo–. Un amigo.

El llamado Julián tenía manos de cordelero, mirada de beocio y esa clase de arrogancia física propia de los que no tienen más que eso.

–Sólo admiten tres plumas por cada concursante –tartajeó Julián–. Tengo ahí tres jilgueros, los he criado yo.

–Ya verás cuando los oigas –dijo Consuelo.

–Tres jilgueros tipo cornetín –reiteró Julián, mojándose el índice en la lengua y pasándoselo por el bigotillo–. Son de la parte de Lebrija.

–Ya –dije yo.

–En Lebrija los pájaros comen cagarruta de cabra –dijo Julián–. Eso les aclara la voz.

Encontraba y evitaba de continuo los ojos de Consuelo, una intermitencia azarosa, un recelo interceptado por una naturalidad que en ningún momento acababa de estabilizarse. Esa atracción intensificada por muchas quebradizas formas de rechazo. Por la puerta del fondo se entreveían unos paredones de color gris, de un gris triste y ferroviario, parecido al que deja el crepúsculo en una estación de la que acaba de salir un tren. Y esa imagen le agregó un nuevo malestar a aquel encuentro indeseado.

–Ve a enterarte de cuándo te toca –le pidió estrictamente Consuelo a Julián.

–Calma –dijo éste–. Hay tiempo.

–Ahora –decretó Consuelo.

Julián se empinó sin mucho aplomo como para atisbar el horizonte y se alejó a paso lento, una mano en el bolsillo de la chaqueta azul marino, el pulgar por fuera. Consuelo permaneció observándolo hasta que desapareció. Luego se volvió hacia mí, apoyándose lánguidamente en el reborde del mostrador mientras se enredaba entre los dedos un collar de cuentas esmaltadas.

–Te extrañará verme aquí –dijo.

–No, ¿por qué? –repuse–. ¿Quieres tomar algo?

–Así me distraigo un poco –negó con la cabeza y fijó la vista en el collar, como dándose tiempo para elegir una disculpa–. Apolonio está todo el día en el taller.

Y fue como si esa sola referencia hubiese interpuesto entre nosotros una sombra de clandestinidad que tampoco tenía ninguna justificación y que acrecentó mi desagrado. Consuelo entornó los ojos con una dejadez voluptuosa en la que también apuntaba una cierta decepción.

–Estoy asustada –dijo como si tratara de asegurarme que no era muy difícil que dejara de estarlo.

–¿Qué pasa? –pregunté con cierto apremio timorato.

–Nada –repuso ella–. A Apolonio y a mí nos va muy bien.

Yo me quedé esperando alguna otra aclaración, tal vez un poco amilanado por la opulencia irrestricta de su cuerpo, mientras ella parecía esforzarse por componer un gesto de desvalida que de ninguna manera se compadecía con la firmeza de su prestancia.

–Mi padre no se conforma –dijo.

Rememoré entonces algún retazo de las obscenas relaciones del padre con las muñecas muertas.

–No nos deja en paz –prosiguió ella–. Anda por ahí diciendo que Apolonio me ha secuestrado y que ya se encargará él de vengarse.

–¿Y qué hace Apolonio?

–Trabajar todo el día –se acercó un poco más, ahora

con aparente inocencia–. Os vais a hacer socios, ¿no?

–Habrá hablado con tu padre, me imagino.

–Ya lo conoces –se sopló un prieto mechón de pelo para quitárselo de delante–, su taller, sus copas, su cama.

Pronunció la palabra cama con la voz embozada y negligente de la encamada. Dos verderones empezaron a evolucionar alocadamente entre los farolillos y guirnaldas que adornaban el techo. Y en esas volvió a aparecer el falso capitán de yate, al tiempo que un guirigay inusitado llegaba de la parte de atrás de la venta, por donde se celebraba el concurso de pájaros cantores. Parecía más bien una mezcla de trinos, aleteos y griterías sin ninguna manifiesta relación con lo que allí pudiera estar normalmente ocurriendo. Yo me alerté al principio, más que nada porque enseguida sospeché (después de tanto tiempo) que a lo mejor se trataba de alguna irregular captación acústica, pero Julián me sacó de dudas.

–Hay una pelea –dijo, y apuntó con un índice sarmentoso a Consuelo–. Mejor te vas.

–¿Una pelea? –pregunté mientras vislumbraba la imagen de Jesús Verdina en algún sombrío confín de la memoria.

–Me iré cuando me parezca –repuso Consuelo–, ¿está claro?

–Un tío borracho que estaba abriendo las jaulas –optó por explicarme Julián–. Si llega a abrir la mía, no es que me hubiese molestado discutiendo, es que le encajo la herramienta en semejante sitio –se palpó por detrás de la cintura.

–Qué bien –dijo Consuelo.

Comprendí que la diversión había terminado y que ni tenía ninguna gana de andar de plática con aquel falso capitán de yate ni de presenciar más de cerca el altercado.

–Yo sí me voy –dije.

–No pasa nada, colega –cortó Julián–. Ahora nos tomamos una copa.

–No, gracias, me voy –le puse una mano en el brazo a Consuelo–. Adiós.

–Espera –dijo ella–. ¿Puedes llevarme?

La pregunta fue casi tan apremiante como mi respuesta.

–Claro –dije.

–Pero ¿qué está pasando aquí? –intervino Julián–. No irás a abrirte sin haber oído a mis pájaros.

–¿Y tú por qué no vas vestido de pajarero? –dije yo.

Julián se quedó un momento callado, se atusó otra vez el bigotillo y finalmente se dirigió a Consuelo.

–Muy gracioso este amigo tuyo –concluyó–. Me cae bien, díselo.

–Mierda –masculló Consuelo.

–Hazle caso –le dije yo a Julián, alentado por un repentino amago de excitación que se parecía inopinadamente a los celos–. Vete a la mierda.

Pero no hubo más, pues un hombre casi harapiento y de hermosa cabeza morisca cruzó entonces por delante de nosotros en persecución de uno de los verderones que seguían revoloteando por allí. Cuando el pájaro, después de arremeter contra un tiesto de margaritas artificiales, se posó en el mostrador muy cerca de donde estaba el hombre, éste dio un brusco respingo y consiguió atraparlo. El lance duró sólo unos segundos, pero provocó un ligero encontronazo del perseguidor con Julián. La inlavable afrenta se produjo a renglón seguido, porque un vaso que contenía un espumoso líquido bermejo se derramó sobre el impoluto pantalón blanco del falso capitán de yate, quien se revolvió como mordido por la víbora y se enzarzó con el hombre. Pero el hombre, atento al verderón guarecido entre sus manos, no parecía dispuesto ni a escuchar las maldiciones furiosas de Julián ni a pedirle ninguna clase de disculpas. Acudieron entonces otros parroquianos que por allí andaban y era como si un nuevo alboroto se ensamblara al que aún no se había extinguido del todo en la parte de atrás de la venta. Y ese fue el momento adecuado para que Consuelo y yo, sin ningún previo acuerdo y sin demasiados disimulos, nos desplazáramos hacia la puerta.

–Lo siento –fue lo único que ella dijo.

Yo había dejado el coche en un rellano de por allí cerca y, en tanto que nos acercábamos, me iba sintiendo no ya incomodado por el desenlace de aquella enfadosa situación, sino aturdido por la misma escena que yo estaba protagonizando en ese mismo momento y en la que me adjudiqué de improviso el papel de cómplice. Era como si acabara de salir de una cita furtiva con Consuelo y la condujese ahora a hurtadillas hasta ese lugar infiel donde el remordimiento acaba macerándose en la rutina o en otras soportables porciones de infelicidad. Pensé en Apolonio como si fuese un hombre acobardado por unos designios eróticos que no se correspondían para nada con su placidez laboral de calafate. Lo veía en la playa, junto a la tablazón con que empezaba a forrar los baos y cuadernas de un juanelo, acosado de pronto por todas las muñecas muertas que había ido arrastrando el padre de Consuelo hasta las inmediaciones de su vida, implicándo-lo así en un fraude emotivo donde también cabían sus propias carencias sentimentales y los desperfectos de su bondad. Luego, conforme nos alejábamos de la venta, todo empezó otra vez a parecerse demasiado al hastío.

La claridad era aún bastante y un silencio con algún componente rencoroso nos acompañó hasta el Palmar, ya a la entrada de Sanlúcar. Sólo entonces se volvió Consuelo hacia mí y me dijo:

–¿Quieres venir a casa? Ya estará allí Apolonio.

–Otro día –me excusé–. Tengo que hacer.

–Acércame entonces a la Puerta de Jerez, ¿te importa?

Cuando se bajó del coche, dejó allí dentro algo parecido a una emanación sexual que actuó poderosamente como acicate de un despego, una repulsa que tal vez encubriera alguna variante vengativa de la amistad.

Marcela me trajo a la serrería un viejo trozo de madera de calambar o calambac. Yo ya había oído hablar de ese árbol magnífico oriundo de no sé qué recóndito paraje de la India, el también llamado palo de áloe usado a veces para alguna sacrílega labor de taracea. Porque el calambar pertenece a Dios y todo aquel que lo tala o lo labra sin permiso de Dios está inapelablemente condenado a la desdicha y la decrepitud. Pasa un poco como con la araucaria, no con la hermosa familia de coníferas que Montpensier se empeñó en aclimatar tan meritoriamente en las arenosas tierras de Sanlúcar, sino con la que aún subsiste en el Chile austral, empleada por algunas tribus aborígenes como vehículo para comunicarse con sus divinidades protectoras. Hay una llamativa coincidencia: cada peldaño de ramas de estos dos árboles sagrados (creo que también ocurre lo mismo con la ceiba africana) representa un ascenso místico hacia la cumbre de las revelaciones. Tengo entendido que muchos de los que andan ahora devastando esos bosques fastuosos de calambares y araucarias, han sufrido muy diversas y fatídicas clases de infortunios, todos ellos atribuibles a la ira divina.

El calambar tiene un perfume inolvidable, una especie de mixtura de sándalo y carroña, a lo mejor a lo que más huele es a pira funeraria. Es un olor que persevera aun en los árboles que se empiezan a fosilizar. Marcela me aseguró que ese trozo de madera, que ella había encontrado en el museo doméstico del padre (¿provendría de un ajuar traído hasta Alcaduz por algún poderoso navegante fenicio?), reunía todas las condiciones para hacer las veces de talismán. No me parece ninguna mala idea. Anduve desmontándole en parte la costra de arenisca con un escarpelo, hasta que apareció el color natural de la madera, un color parecido al de la piel de gamuza. Tenía una veta muy limpia y espaciada, embutida a todo lo largo y, aparte del gusto táctil, me atrajo mucho su infrecuente densidad, pues cuando lo eché en el agua de un barreño se fue al fondo con más gravidez que cualquier otra madera anegadiza, y me parece que la humedad no lo perturbó en absoluto, antes bien le sacó a flote su más secreto perfume.

Reconozco que al principio no dejó de inquietarme un poco la posesión de esa muestra de calambar, no tanto por su enigmática procedencia como porque me devolvía sinuosamente a otras desazonantes experiencias relacionadas con maderas de parecido linaje. Me acordé sobre todo de aquel voluble tarugo de palo cajá asociado a mis primeras perturbaciones sensitivas y de aquella otra venerable tablita de baobab que compareció más de una vez, agigantada hasta el espanto, en alguno de mis tormentosos sueños de entonces. Pero ahora no ocurrió nada distinto a lo razonable. Nunca me ocurría ya nada que no estuviese directamente conectado con la más rutinaria normalización de mi salud. A veces, incluso he llegado a suponer que todo aquel maremagno de anomalías y desajustes premonitorios, no eran sino simulacros volitivos o, más bien, inconscientes falsificaciones de la realidad tramitadas por mi propio estado de sobreexcitación.

Esa muestra de calambar la tengo ahora sobre mi mesa y, más que de pisapapeles, suele servirme para cumplir una ilusoria función de sahumerio.

Ya quería amanecer cuando un vecino de la librería de don Maxi oyó un disparo. Por supuesto que yo no había oído nada. Fue ese madrugador vecino –que resultó ser un viejo excombatiente– el único que escuchó aquel retumbo por la calle desierta, asociándolo sin más a un disparo de pistola. De modo que avisó a la policía, no tardando en acudir un coche patrulla con dos agentes de uniforme y otro de paisano, quienes después de sopesar con fílmica solvencia tan dudosas alarmas, no encontraron justificado enredarse en mayores pesquisas. El vecino insistió en que no tenía la menor duda sobre el origen del estampido y que mejor buscaban al autor o a la víctima en aquella misma casa. Pero ni aun así se procedió entonces a despachar ninguna diligencia. Entrada ya la mañana, sin embargo, y una vez comprobado que, contra todos los pronósticos, la librería de don Maxi permanecía cerrada, el porfiado vecino llamó de nuevo a la policía. Y los agentes volvieron a comparecer en el lugar de los hechos, si bien con una demora más preceptiva. Estuvieron efectuando algunas comprobaciones y, tras muchas otras consultas y titubeos, decidieron al fin descerrajar la puerta de la librería. De lo que ocurrió a partir de entonces ya nos enteramos Apolonio y yo directamente.

En efecto, a eso de las cuatro telefonearon al aserradero para que me personara con la mayor urgencia en la comisaría. No me dijeron para qué, pero yo tuve la inesperada sospecha de que muy bien podía estar relacionado con Marcela y Jesús Verdina. Cuando llegué a la comisaría, ya estaba allí Apolonio. No pensé entonces en nada concreto, me lo impedía aquella sofocante extrañeza de la situación. Me hicieron pasar a un despacho angosto,

246

formado por mamparas de contrachapado y casi enteramente invadido por una mesa castellana muy renegrida,
como recién untada de aceites fétidos. Detrás de esa mesa
había dos hombres, uno de ellos sentado y el otro de pie.
El que estaba sentado parecía querer disimular su extrema palidez con una barba muy tupida y oscura; el otro
disponía de una nuez de doble prominencia, como tensa-
da por un cuerpo alojado en la laringe, y era de carnes
sebosas y aspecto plácido. Frente a ellos, sentado junto a
la mesa, estaba Apolonio, quien apenas me dedicó una
mirada medrosa.

–Siéntese –me dijo el hombre de la nuez duplicada.

Yo me senté con el ademán de quien aguarda ser
acusado de algo que ignora, pero que supone verosímil.

–Estábamos esperándolo –intervino el otro hombre–.
Voy a ser breve, ya le he comunicado aquí –señaló a
Apolonio con la cabeza– que acaba de encontrarse el
cadáver –consultó un papel y deletreó torpemente el
nombre – de don Máximo Aiguablava en el comercio de
su propiedad.

Miré a Apolonio como tratando de corroborar lo que
oía, pero él no me miró, estaba con los ojos fijos en el
suelo.

–Según todos los indicios –prosiguió el hombre–, ese
don Máximo se ha suicidado, disparándose un tiro en la
cabeza. Ya se ha trasladado el cadáver al depósito, estamos esperando el informe del forense.

–¿Suicidado...? –empecé a susurrar, más incrédulo
que atónito.

–El caso es –cortó el hombre de la nuez duplicada–
que el interfecto ha dejado una carta dirigida a ustedes
dos y a un tal Juan Claudio Vallón, en paradero desconocido. Se la voy a leer –lo que hizo muy despacio y con
una voz asmática y farragosa–: Ayer cumplí setenta y
nueve años y ya es tiempo de que largue amarras. Nadie

es culpable de esta decisión, yo soy el único culpable, se me han acabado las vacunas contra tanta porquería. Ni siquiera me hace ya efecto la piedra viborera. Además que la miocarditis no me daba ya más que para un par de meses como mucho. Lo único que lamento es despedirme de una manera tan fastidiosa. Sólo les pido a ustedes tres, y no sólo por amistad, un favor. No tengo familia, si acaso algún pariente lejano por Gerona, tampoco tengo deudas, así que mi último deseo es que el importe de la liquidación o el traspaso de la librería se destine a la lucha contra los incendios forestales y los traficantes de la madera chamuscada. Gracias por todo y perdón por la tabarra.

La lectura de esa funeral misiva de don Maxi dejó en el despacho como el rastro intempestivo de una desesperanza, una tribulación emplazada en un sitio que no era el que buenamente le correspondía. Ni Apolonio ni yo dijimos nada.

–¿Saben ustedes dónde podríamos localizar a este Juan Claudio Vallón? –preguntó el pálido.

Yo ignoraba de quién podía tratarse.

–Me suena –dijo Apolonio–, no era de por aquí.

–¿Eso es todo? –dijo el pálido.

–Don Maxi, don Máximo –añadió Apolonio–, me habló de él algunas veces, ahora recuerdo. Un republicano que vivía en Jerez –parecía faltarle el resuello–. Más no puedo decirle.

–¿Republicano? –inquirió el de la nuez duplicada.

–De cuando la guerra –dijo Apolonio–, eso creo.

–Ya –dijo el otro, cuya palidez había ido revirando hacia el verde malayo–. A lo mejor hay algo más en todo este asunto, o sea, cualquier otra cosa que debamos saber. ¿Alguna idea?

Apolonio y yo compusimos un simultáneo gesto de no tener ninguna.

—Aparte de que estaba muy enfermo —insistió el pálido, tras observar fugazmente al otro hombre—, ¿no tendría así algún problema?

—Vivía encerrado en su mundo —aventuré.

El pálido se quedó un momento pensativo, arrastró la silla hacia atrás y sacó un revólver de una bolsa negra de plástico que estaba a un lado de la mesa.

—¿Alguno de ustedes lo había visto antes? —dijo.

Tampoco teníamos ninguna idea al respecto ni Apolonio ni yo.

—Bien —concluyó el hombre de la nuez duplicada—. Ya les avisaremos para que recojan la carta y por si hay que cumplir alguna otra formalidad —parpadeó como si lo incomodara ese emplazamiento—. Las pertenencias del difunto están en la librería. Vivía allí, ¿no?

—Dormía en un cuarto de la trastienda —dijo Apolonio.

Y ahí terminó la conversación. El de la nuez duplicada nos acompañó por un pasillo que llevaba hasta la puerta de la calle. Se le oía jadear a cada paso y tenía la expresión del descontento con su suerte. Sólo dijo al despedirse:

—Pobre hombre.

Apolonio y yo anduvimos un poco a la deriva, entre abrumados y aturdidos, y luego nos acercamos sin ningún previo acuerdo hasta la librería de don Maxi. La calle estaba como solía estar a aquellas horas de la tarde. Había una luz recrudecida por la cal y un revoloteo húmedo de miasmas playeras. Unas cuantas personas aparecían reunidas ante la librería. Apolonio se acercó y yo tras él, unos pasos premiosos y amilanados, un mudo intercambio de recelos y destemplanzas. El cierre metálico de la puerta estaba violentado y precintado y por una abertura de la cortina del escaparate se entreveía borrosamente una balda no del todo llena de libros y el fondo mortecino de la soledad.

–Ya estaba muerto cuando escribió la carta –murmuré.

–Me gustaría hablar con ese vecino que escuchó el disparo –dijo Apolonio.

Yo asentí con la cabeza y, tras preguntar a no sé quién, subimos al primer piso de la casa. Llamamos a una puerta medio desvencijada y nos abrió un vejete en camiseta, de ojos esquivos y boca con más encías que dientes. Tenía un rastro de legañas resecas en las comisuras de los párpados. Lo saludamos con cierta prevención y el vejete no nos invitó a pasar, sino que salió al descansillo de la escalera, tironeando de la puerta hasta dejarla entornada.

–Ustedes dirán –dijo.

–Éramos amigos de don Maxi –explicó Apolonio, tratando de ser lo más benevolente posible–. Usted fue quien oyó el disparo, ¿no es eso?

–No se lo creían –repuso el vejete–. Como si yo no supiese distinguir un disparo del testarazo de un maricón.

–¿Qué pasó? –dijo Apolonio.

–Estuve un año y cuatro meses pegando tiros por la parte de Valencia y antes ya había andado con Castejón en lo de Badajoz. De modo que yo, de tiros, me las sé todas –se pasó la lengua por los labios escoriados–. Los guardias de hoy en día sólo entienden de triquitraques.

–¿Usted lo vio, a don Máximo? –pregunté.

–Yo no era de su trato –dijo–, nos cruzábamos por ahí, buenos días, buenas tardes, él por su acera y yo por la mía.

Sonó por dos veces la sirena de un barco, tal vez avisando a algún riachero que faenaba por el canal, y esa resonancia melancólica me traspasó una pasajera animación.

–¿Lo vio usted cuando lo encontraron? –reiteré.

–Si no llega a ser por mí, todavía estaría ahí lleno de moscas –repuso el vejete con abyecta ufanía–. A mí me

250

dijeron que entrara de testigo. El hombre estaba arrumbado sobre la mesa, con un agujero de este porte en la frente –hizo un círculo con el índice y el pulgar– y el revólver en la mano. Era una pieza que ya debe estar fuera de la circulación, calibre cuarenta y cinco, seguro.

–¿No había por allí alguna otra cosa que le llamara la atención? –preguntó Apolonio.

–¿Le parece poco? –dijo el vejete–. Menudo estropeo, toparse de buenas a primeras con un hombre que se ha pegado un tiro –emitió una risita soez–. Ya me había acostumbrado a no ver muertos de esa catadura.

Yo bajé un peldaño de la escalera, como insinuando una retirada. El tono de la voz del vejete, sus impudicias y trapacerías, me habían ido acrecentando una manifiesta intolerancia. Apolonio también parecía correlativamente disgustado, de modo que nos despedimos sin más, dejando a aquel hombre execrable enzarzado en no sé qué disquisiciones sobre las armas de fuego y los despilfarros de su uso. Ya bajábamos cuando Apolonio se asomó por el hueco de la escalera y miró hacia el vejete.

–Oiga –llamó.

No hubo respuesta.

–¿A usted le gustaba fusilar? –añadió Apolonio.

Ahora sí se oyó una exclamación ininteligible seguida de un portazo, así que salimos a la calle. Aún permanecía ante la puerta de la librería un reducido cerco de curiosos, entre ellos una mujer de mediana edad, pudibunda y cariacontecida, que yo recordaba haber visto alguna vez por allí. Parecía querer acercarse, un anhelo triste en la mirada, pero no llegó a hacerlo. Creo que fue en ese preciso instante cuando Apolonio y yo convinimos en que lo mejor que podíamos hacer era irnos al *Talismán* a tomar una copa. Ninguno de los dos teníamos ganas de separarnos sin más, esa despiadada memoria de don Maxi actuando como un nudo que nos mantenía infelices y juntos. A mí, por lo menos, me resultaba de lo más importuna la idea de volver a la serrería y me imagino que a Apolonio tampoco le apetecía para nada irse a trabajar. Ni siquiera se nos ocurrió entonces presentarnos en el depósito de cadáveres, refrenados tal vez por el temor de que llegásemos antes de que terminaran la autopsia o porque verdaderamente queríamos demorar ese trance hasta que ya no fuera posible evitarlo. Aparte de que también me retraía entonces la evocación de aquella otra lúgubre visita al depósito cuando murió el botero Juan Orozco. De modo que anduvimos de aquí para allá hasta ya bien entrada la noche, bebiendo primeramente oloroso y luego manzanilla con notable aceleración.

Era ya bastante tarde cuando decidimos acercarnos en el coche a una especie de baldío mal que bien acondicionado como bar nocturno. Estaba cerca del camino de Montijo y consistía en un rellano ajardinado, con suelo de albero, veredas de gravilla y dos cabañas irregulares construidas con troncos ensamblados y comunicadas entre sí por una pérgola de parra virgen. En el jardincillo había unas pocas mesas provistas de sombrillas de pajabrava y sólo dos de ellas estaban ocupadas cuando llegamos. Una de las cabañas hacía las veces de bar y la otra de pequeño salón. Apolonio tenía ya muy mermadas sus reservas de equilibrio y optó por sentarse en un taburete de la barra. Yo me situé a su lado no sin alguna vacilación y pedí, según habíamos acordado, la última media botella de aquella madrugada. Y fue entonces cuando entraron quienes parecían ser dos muchachas con aspecto de nómadas y resultaron no serlo más que aparentemente. Se situaron cerca de nosotros y el camarero les sirvió sin que lo pidieran dos limonadas con ron. Una de ellas lucía una larga melena a mechas castañas y albinas y era cenceña de cuerpo, angulosa de cara y algo cejijunta; la otra tenía el cuello largo, los ojos grandes y ese perfil aniñadamente desvaído de las rubias. Iban muy pintadas y compuestas, parecían dos actrices secundarias que acabaran de acicalarse en el camerino para representar una comedia de figurón. Yo las observaba desde una brumosa periferia visual, tratando de descubrir qué clase de concordancias y desajustes había en esos modales extremosos, esos visajes, esos afeites. Apolonio me puso una mano en el hombro y algo iba a contarme cuando se oyó a la cejijunta diciéndonos con una voz grave y melosa:

–No seréis de la brigada antivicio o algo así.

Apolonio se volvió hacia ella con una imprevista locuacidad.

–Caliente –dijo en un susurro–. Somos sacerdotes.

–Qué casualidad –repuso la del perfil desvaído, mordiéndose la cutícula del meñique–, aquí nosotras nos hemos salido de monjas.

–Monja arrepentida, culo al aire –balbuceó Apolonio.

Vi entonces el brazo musculado de la cejijunta, la estela de energía que desplazaba ese brazo, un hormigueo de vellos pajizos centelleando bajo aquella luz precaria. Y vi la cara de la otra, unos sombreados ojos ambarinos, unos labios brillantes y entreabiertos, la golosa palpitación que le distendía las aletas de la nariz. Me demoraba gustosamente en esa defectuosa contemplación cuando Apolonio se fue inclinando sobre el taburete y se me vino encima con el gesto del que resbala al borde de un cenagal. Yo lo sostuve de mala manera y él repetía con ahínco titubeante:

–Hay que impedir que le hagan la autopsia, lo van a destrozar más todavía...

–¿Quieres hacerme caso? –lo interrumpí sin saber muy bien a qué tenía que hacerme caso.

Un joven de ingenuo rostro prerrafaelista y esmerada profusión de harapos se asomó a la puerta de la cabaña, examinando fugazmente aquellos alrededores. Portaba un incensario tomado de orín que hizo bascular episcopalmente varias veces, apuntando hacia nosotros, y del que salió un humillo azulenco. Nadie le prestó mayor atención a ese emisario de no se sabía qué litúrgicas veleidades. Una fragancia parecida a la alhucema (el omnipresente olor de mi madre) se filtró por la humedad salobre del local. Apolonio dio unos pasos en dirección al joven, pero se volvió enseguida, tanteando el aire con esa indecisión del ciego que, después de atravesar un espacio vacío, busca alguna táctil identificación de los enseres que lo rodean.

–Está regular, tu amigo –comentó la cejijunta–. ¿Por qué no se toma un café?

–No si yo puedo evitarlo –dije.

La del perfil desvaído se acercó a Apolonio y le puso una mano en la frente.

–Tiene el sudor frío –dictaminó con un deje manso y cantarín de ursulina recién destinada a un orfanato.

Apolonio le cogió la mano y la miró atentamente, como si se tratase de un objeto sin ninguna conexión corporal.

–¿De quién es esta cataplasma? –preguntó incluso con una despabilada ansiedad–. Me alivia mucho.

La del perfil desvaído se soltó suavemente y se volvió al lado de la cejijunta. Apolonio tenía los ojos enrojecidos y una gota perlina le rebosaba del lagrimal. Apenas consiguió articular la petición de otra media botella. Yo le hice señas al camarero para que no la trajera, al tiempo que le pagaba la anterior. La verdad es que tampoco me sentía ya con ánimo para seguir bebiendo, y menos si se tenía en cuenta que no habíamos conseguido realmente beneficiarnos con ninguna clase de despreocupación. Una oleada ácida de hastío me subía por el pecho arriba, embarullándome la conciencia y descomponiendo los entramados de la realidad.

—Nos vamos a ir —dije.

—Ven, acércate —le pidió Apolonio a la del perfil desvaído—. ¿Tú qué quieres ser cuando seas mayor?

—La novia de Reverte —contestó ella muy deprisa y sin acercarse—, o sea, Enriqueta Mendoza, que es como me llamo.

Sonó un discreto estrépito por la parte del jardincillo y fue como si me hubieran despertado de un manotazo. Permanecí en suspenso, creyendo que lo que había escuchado era el preaviso sensorial de ese ruido, pero vi al camarero asomarse a la puerta mientras exclamaba:

—Ya están esos rompiéndome el negocio, maldita sea.

—Nos vamos —repetí.

Apolonio no dijo nada. Bebió un poco de su copa, le sobrevino un hipo raudo y pareció devolver otra vez a la copa lo que había bebido. Luego empezó a balancear la cabeza como en busca de un perdido asidero y se dejó conducir hasta la salida.

—Ve con cuidado —me recomendó la cejijunta.

Yo asentí con un gesto afable y los dos travestidos me dedicaron simultáneamente un muy parecido mohín teatral.

—Mensaje recibido —dije—. Hasta la vista.

Había dejado el coche en un solar aledaño y no lo localicé enseguida, me desorientaba la imagen de la del perfil desvaído interponiéndose en mi conciencia con un pronunciamiento vulnerable. Todavía estaba oscuro por la parte del mar y llegaba de algún repliegue de la noche un olor negro y caliente a yerba fermentada y a nitrato. Apolonio subió al coche sin demasiada dificultad y yo hice lo propio por la otra puerta, respirando pausadamente y concentrándome en lo que tenía que hacer. Conduje muy despacio por el camino de la Jara, las angosturas de las lindes aguzándome el instinto de conservación.

–Avante claro –me mandó decir el recuerdo de algún marinero.

–Tienes un socio de mierda –fue lo único que dijo Apolonio, imprimiéndole a su cuerpo una oscilación penosa, como si llevara el compás de alguna incoherente melodía.

Cuando entramos en Sanlúcar, ya estaba clareando a ras de la arboleda del palacio de Orleáns.

Tengo el sueño lleno de habitaciones escritas. Recorro esas habitaciones, trato de escribir las palabras del sueño, pero no logro reconocerlas, se enmarañan, se desarticulan, son palabras que quieren decir algo sin llegar nunca a decirlo. Eso es lo que ahora me suele ocurrir, la única contrariedad en la cada vez más disuasoria evidencia de mi curación, un lastre intermitente, un terco resabio de todo aquel calamitoso tropel de irregularidades. Ya han pasado, en efecto, más de cinco meses desde mi última anormalidad sensitiva y nada, en todo ese tiempo, me ha deparado la menor presunción de una recaída. Hasta los trastornos propios de la isquemia cerebral han desaparecido aun después de interrumpir la medicación, o sólo los recuerdo como algo remoto que me ocurrió una vez y cuyos vestigios han terminado por arrumbarse en un opaco distrito del pasado.

Los desarreglos del sueño y los insomnios extenuantes sí me incomodan con bastante asiduidad, aunque tampoco han llegado a la condición de incurables. Suelo remediarlos con terapias muy benévolas: paseos por el Coto o por la playa, dosis más bien copiosas de manzanilla o de oloroso, repasos de informes navales relacionados con el taller de Apolonio. A veces, he llegado a la convicción de que todos esos desvelos agotadores y todas esas palabras escritas en el sueño –nada alarmantes, insisto– se han generado a partir de mis hábitos de lector o, para ser más precisos, de mis crecientes aficiones literarias. El hecho de haber emprendido no hace mucho la martirizante tarea de revisar afanosamente todo lo que he venido escribiendo, así parece corroborarlo. Hasta he llegado a corregir los pasajes más deslabazados y farragosos del texto, suprimiendo torpezas y reiteraciones expositivas y dándome cuenta, además, que ni siquiera aproveché con una mínima pericia el recurso de la prolepsis en mi manera de resolver la continuidad de esta historia. Qué estupidez. La verdad es que tampoco importa mucho. A lo mejor todo eso tiene algo que ver con un febril comentario del Lobo Larsen que leí hace tiempo y que ha acabado por convertirse en una conclusión maniática: «Mi error fue abrir un día un libro.»

El otoño es aquí muy tornadizo y han bastado tres días de lluvia mansa para que rebosen los husillos y se embalsen las aguas en las calles. El otro día, a la hora matutina de la pleamar, se produjo un serio conato de inundación, pues las cloacas vierten en el río y a veces el ímpetu de subida de las mareas vivas puede más que el de bajada de los desagües. Ese caudal busca entonces la salida por las bocas del alcantarillado, que escupen en vez de tragar. Pero la alarma no pasó a mayores, apenas un encharcamiento en las calles de cotas más bajas y algún zaguán medio anegado. Recuerdo otros simulacros lacustres mucho más vistosos.

Yo había ido a cenar a casa de mi madre (a nuestra casa, quiero decir) y a esa hora la lluvia ya había ido amainando o llevaba trazas de desaparecer, abriéndose algunos claros entre las nubes cárdenas. Pero una humedad interminable, una humedad que parecía provenir de la transformación en esponjas de las piedras, penetraba todo lo que tuviese algún resquicio penetrable. Era otra lluvia invisible, asperjada por el tenaz viento de poniente y depositada en cada poro de la piel. De modo que llegué a casa medio chorreando y con un frío líquido metido por todo el cuerpo. Ya hacía más de una semana que no veía a mi madre y, aparte del gusto de estar con ella, quería pedirle a tío Leonardo que se encargara de cumplir la voluntad testamentaria de don Maxi. Ni Apolonio ni yo sabíamos cómo resolver aquel complicado asunto que los dos queríamos que se respetara por encima de todo. Tío Leonardo aceptó de grado esa encomienda y me aseguró, no sé si con ficticia o sincera efusividad, que ya encontraría él la manera de tramitarlo. Luego estuvimos hablando de muchas cosas domésticas y divagatorias, hasta que se sacó a colación lo que mi madre y tío Leonardo llamaron mi futuro profesional.

Mi madre me repitió una y otra vez que estaba muy desmejorado y que a ver si me iba a enfermar de nuevo con lo poco que dormía y lo mucho que trabajaba. Lo del insomnio ya lo había comentado yo con ella anteriormente y no sé en qué falsas suposiciones se basaba para hablar de mis excesos laborales. Bastó una breve tregua en esa argumentación, para que tío Leonardo me plantease, en nombre de mi madre y en el suyo propio, lo que habían decidido entre los dos. Y lo que habían decidido no era sino un agasajo de veras sorprendente: que no fuera más que por las tardes a la serrería, pudiendo dedicarme así con más tiempo a escribir sobre pájaros o sobre lo que se me antojase.

—No —dije con la abochornada presunción de que esa deferencia muy bien podía estar motivada por mis exiguas devociones empresariales—. No me parece justo.

—Es sólo una temporada —dijo mi madre—. Paseas un

poco y luego te pones a escribir —me cogió la mano por encima de la mesa–, lo que a ti te gusta. Y además te va a venir muy bien para el insomnio.

–Siempre estás con tus pájaros, ¿no es eso? –añadió tío Leonardo–. Pues lo único que pretendemos tu madre y yo es facilitarte las cosas. Ya se encargará Jeremías de echarte una mano por las mañanas. Allí todo va bien, tú lo sabes.

–Te lo agradezco –reiteré–, pero no me convence –usé la servilleta para embozar un poco mis palabras–. Aparte de que tampoco voy a dedicarme a escribir. Tengo otros planes.

–Como quieras –concluyó mi madre–. Pensé que era una buena idea.

Quizá lo fuese, pero no quería aceptar sin alguna resistencia ese privilegio que tenía algo de tutela excesiva o de simple artimaña para eximirme en parte de un trabajo que tampoco resultaba imprescindible. Se interpuso entonces entre los tres un silencio gravoso, sólo interrumpido cuando mi madre propuso que tomásemos café o una copa en la otra sala. Yo no tomaba nunca café, tampoco ningún licor, a no ser en casos extremos, así que me amparé en esa excusa para vagar un poco por la casa. Supuse que a lo mejor tío Leonardo tendría que ir a alguna reunión de su peña de cazadores (era sábado) y podíamos quedarnos solos mi madre y yo, pero no ocurrió nada de eso. Los oía hablar sin ninguna prisa desde el pasillo a propósito de las inclemencias del tiempo y las defectuosas conducciones locales de las aguas llovedizas.

Entré en la que había sido mi habitación de perseverante hijo único y de enfermo periódico, subí al trastero, me asomé a la alcoba de mi madre, recorrí esa casi desusada zona de la casa que era también el alojamiento de buena parte de mi memoria. Era un morboso trayecto del que en ningún caso podía estar suprimido el acuciante inventario de muchas aflicciones y felicidades. Esas pistas sutiles, esos bosquejos del pasado, la mesa extensible de ébano con una de las garras de la base partida, los dos sillones frailunos tapizados de damasco, el San José tallado en azabache, la arquilla recubierta de cuero gofrado, el entredós de caoba al que le faltaba el tirante de un cajón, el pebetero de esmalte y plata cincelada... Allí seguían perseverando, intactos y emocionantes, los residuos de muchas horas de convivencia venturosa, solos mi madre y yo, sin la a veces amable, a veces indeseada, a veces servicial presencia de tío Leonardo, solos mi madre y yo, compartiendo lo que había constituido un irrenunciable pacto amatorio, el soberbio parapeto frente a cualquier acechanza venida del exterior para menoscabar aquella armoniosa forma de estar juntos. Notaba una vez más el efluvio de toda esa vehemencia aminorada por el tiempo, el diseño presuroso de lo que se había desmantelado sin que verdaderamente llegara a estarlo más que a través de algunas ausencias, algunas depresiones, algunas deslealtades.

Cuando volví a la sala, mi madre se empeñó en que me quedara a dormir, alegando que ya era tarde y que la noche estaba de lo más desapacible. Pero ni era muy tarde ni parecía que iba a volver a llover, de manera que me despedí, después de alabar los primores de la cena (esas pechugas de ánsar que tanto me gustaban) y de prometer seriamente que no renunciaría sin pensarlo más despacio a mis vacaciones matinales en la serrería.

Unas pocas nubes veloces corrían hacia tierra adentro y el mismo olor del aire hacía prever que también la lluvia se estaba desplazando en esa dirección. La humedad, no obstante, continuaba llegando de algún empedernido manadero de la noche, pero ahora se había concretado en una neblina de mudable intensidad, más espesa a ras del suelo que a la altura de las azoteas, unas fumarolas grisáceas enroscándose entre las paredes. Me desvié hacia el Cabildo, con sus pocas luces aplastadas contra los borrones del aire, y luego rectifiqué el rumbo y seguí directamente hacia Cerro Falón. Me distraía recordando alguna historia de navegantes perdidos en las trampas de la bruma, las campanadas monocordes repicando en la mar como toques de ánimas, los bultos amarillos de las capas aguaderas de la tripulación, y ese barco fantasma que solía encallar en los arrecifes de Salmedina, el trapo desbaratado por los vientos horribles que llegaban de un mundo antiguo, la arboladura astillada y el casco abierto por las embestidas de los escualos oceánicos. Me amedrentaba desde niño la veracidad con que la gente de Bajo de Guía hablaba de las apariciones en noches tempestuosas de ese barco —llamado *El caballero*— que venía capeando un temporal desde el siglo XVII. Había en casa una pintura de naufragio muy expresiva que siempre estuvo ligada a esa historia fantasmal y a mis primeras nociones del miedo. Era una alborotada reproducción del momento en que una ola gigantesca había hecho zozobrar a un velero de dos palos. Se veía hervir la espuma entre las fosas del agua y los restos del barco, a los que se aferraban unos cuantos marineros tratando de darle una última moratoria a la tragazón de la mar. Uno de esos marineros llegaba hasta el primer plano del cuadro con un goyesco y espantoso gesto de desesperación. Y ese gesto, ese horror terminal del náufrago lo traspasaba yo invariablemente al barco fantasma varado en Salmedina o derivando entre la niebla y sin nadie a bordo por la punta de Malandar.

Decía Simón —el riachero amigo de tío Leonardo— que cuando empiezan los fríos invernizos, la mar hace recuento de sus cadáveres y, si le falta alguno, se lo cobra con la peor saña posible. Una vez, en la época en que él salía al arrastre, se le cruzaron por delante dos malos augurios: el de un pescador que decidió ahorcar a un bonito mediano que se había enganchado en el curricán, camino del caladero, y el de un viento del carajo que estaba esperándolos por las marcas de Torre Zalabar. Y ocurrió lo que tenía que ocurrir. Cuando ya tenían a punto el cabrestante para jalar del aparejo, que llevaba arrastrando casi tres horas a unas cuarenta brazas, se paró el motor del barco. Nadie que no sea un judas apaga el motor de un barco mientras se está en la mar, aunque no se vaya, como era el caso, a ningún sitio. Al parecer se había parado solo, así que todo estaba descabalándose de mala manera. En efecto, al embarcar el último tramo de la red, que venía regular de cargada, apareció un trapo grande con aspecto de ser algo más que un trapo: era un cadáver descompuesto que tenía comidos los ojos y buena parte del bajo vientre. Todos supieron sin necesidad de comprobarlo que se trataba de un marinero a quien se llevó un golpe de mar no hacía mucho mientras faenaban. Simón repetía que la culpa de todo eso la tenía *El caballero*, y que tanto aquel ventarrón imprevisto, como la sangre barrosa del bonito ahorcado y la extraña parada del motor, no eran sino avisos que enviaba el barco fantasma para dar a conocer que la mar se había embolsado su primera cuota del invierno y que, para que no se olvidara, devolvía los despojos de aquel ahogado.

No sé si recordé entonces todo eso o supongo ahora que lo recordé. Mi itinerario callejero no daba ciertamente para tanto. De lo que sí estoy seguro es de que iba bastante abstraído cuando doblé la esquina de la calle de Santa Ana y distinguí a la puerta de una discoteca dos figuras todavía un poco emborronadas por la niebla. Seguí adelante hasta que medio pude asimilar la muy peregrina idea de que esas dos figuras se estaban pareciendo demasiado a Emeterio Bidón y Jesús Verdina. Por supuesto que pensé que muy bien podía tratarse de una vidriosa simulación de la bruma, aunque tampoco estaba seguro, con lo que mi primer impulso fue dar media vuelta y apresurarme por otra bocacalle para salir a Cerro Falón. Pero esos dos individuos ya me habían reconocido y permanecían inmóviles esperando que yo me acercara, de modo que no resultaba ni airosa ni aconsejable ninguna escapatoria. Sólo me separaban unos pocos pasos de ellos cuando oí la voz irreconocible por olvidada de Jesús Verdina.

–Menuda sorpresa –dijo–. El mismísimo Robín de los Bosques en persona.

Emeterio Bidón se adelantó y me alargó la mano.

–Me alegro de verlo bueno –fue su protocolario saludo.

–¿Os conocéis? –quiso saber Jesús Verdina.

Se abrió la puerta de la discoteca y salieron tres muchachos descoloridos y vociferantes, uniformados por igual de pajarracos nocturnos. También salió con ellos, como inyectado desde la espesa penumbra del local, un vaho repulsivo que vulneró la neutra mansedumbre de la niebla.

–Lo siento –repuse–, ya me iba para casa.

–Me tiene muy olvidado –dijo Emeterio Bidón.

Yo no conseguía entender ni remotamente qué hacían allí aquellos dos personajes que nunca había visto juntos y cuya ambigua relación ni siquiera podía imaginar.

–Siempre ando de cabeza.

–No creas que he venido a Sanlúcar por Marcela –dijo el pinchadiscos Jesús Verdina, inclinándose hacia mí y hablando por la comisura de la boca–. Eso es agua pasada, caput.

–Ya –dije, recordando sin demasiada precisión las alevosías de aquel amante enfurecido.

–Tengo noticias frescas –dijo Emeterio Bidón–. Pero no es éste el momento.

Nunca era ya el momento. Abominaba de cualesquiera de esas disparatadas informaciones que estaban ya resueltamente sumergidas en el fondo de mi memoria y que, apenas afloraban, me producían una indefinible sensación de culpabilidad y pesadumbre. Deseaba a toda costa escapar de esos dos sujetos que sólo podían suministrarme un creciente malestar, el retorno a aquellas ofuscaciones imaginativas que cada vez me parecían más distantes y engañosas. Pero algo me retenía allí, no sé si el deseo de averiguar en qué sucios manejos andaban metidos o alguna inercia malsana. Y dijo Emeterio Bidón, leyéndome adecuadamente el pensamiento:

–Aquí el amigo y yo somos expertos en acústica de discotecas –hizo una pausa, como esperando que yo manifestase mi particular estima por esa especialidad–. Trabajamos juntos.

–Hemos estado ahí dentro, estudiando lo que se puede hacer –dijo Jesús Verdina, apuntando con el pulgar para ese cubil donde yo no había entrado nunca–. Una maldita caja de tambor, eso es lo que es.

–También –aventuré mientras sentía el retumbo del tambor propalándose por las losas de la acera–. Lo siento, tengo que irme...

–Espera, te digo –reiteró Jesús Verdina–. Habrá que celebrar este encuentro –introdujo en su voz un atisbo de insidia, como si realmente hubiese sido el violador de Marcela–, lástima que ya no podamos avisar a quien tú sabes.

Era el mejor momento para una despedida contundente, pero fue Emeterio Bidón quien lo hizo por mí.

–Otro día –dijo–, no hay que forcejear con el tiempo. Yo también me tengo que ir, acaban de llamarme.

Emeterio Bidón le hurtó el cuerpo a su socio, me

observó taimadamente y puso la cara del cómplice que, aun sin haber recibido instrucciones sobre su forma de actuar, cree llegado el momento de recurrir a alguna improvisada estratagema comunicativa. Pero yo ya me había despedido sin más rodeos, notando conforme me alejaba esa alarma persecutoria que no dependía ya de ningún presunto descalabro imaginativo, sino de las fullerías de aquellos dos indeseables compinches.

Cuando llegué a casa, no sabía muy bien si ese encuentro malhadado iba a acentuar las acometidas de mi insomnio o a servirme por el contrario de somnífero. Pero me he quedado escribiendo hasta tarde y aún no he podido comprobarlo.

Opté finalmente por aceptar la descansada vida de no ir a la serrería por las mañanas. La verdad es que tampoco lo pensé mucho, creo que ya lo tenía decidido en mi fuero interno desde que me lo propusieron mi madre y tío Leonardo. Sin duda que semejante sinecura me ha supuesto dos dádivas impagables: combatir el insomnio por el sistema de dormir cuando estaba casi seguro de que podría hacerlo –aproximadamente entre las cuatro y las diez de la mañana– y disponer de mi tiempo con sobrada generosidad. Al principio, sin embargo, me sentía un tanto en desacuerdo conmigo mismo, como si estuviera remordiéndome la infracción de una norma respetable, más por lo que esa medida liberadora tenía de solución abusiva que por los requerimientos de un ocio que a veces adoptaba la forma de un desacato que no sabía cómo resolver. Pero también me he ido acostumbrando a imponerme cada día obligaciones indulgentes y provechosas, tales como ir a la biblioteca pública con regular frecuencia, sobre todo para consultar libros de arquitectura naval (que luego comentaba con Apolonio); leer metódicamente en casa el centenar de volúmenes que no dudé en adquirir cuando la liquidación de la librería de don Maxi, y acercarme alguna que otra vez a Doñana, aunque el tiempo no fuera razonablemente benigno ni me interesase ver ningún pájaro. Con todo eso, y alguna que otra descubierta por las zonas urbanas de mi predilección, tenía más que bien empleado el tiempo hasta las cuatro, que es la hora en que aparezco por la serrería.

Estos nuevos hábitos cotidianos han ido también distanciándome de otras precedentes aficiones. No es que las haya abandonado del todo (a la vista está), pero sí las considero cada vez menos satisfactorias. Me refiero en especial al hecho de escribir, cosa que yo mismo me había impuesto como una especie de periódica medicación sedativa y cuyo ejercicio he ido espaciando cada vez más a medida que corre el tiempo. Entre una de esas prescripciones y otra, suelen pasar ya comúnmente varias semanas. Y es muy posible que un día no sienta ninguna necesidad de seguir contando todas estas secundarias bifurcaciones de mi memoria. Supongo que tampoco iba a causarme ningún pesar.

La otra mañana subí hasta el parque del antiguo palacio de Orleáns a pasear un poco. Siempre me ha atraído de una manera incluso irresistible ese auténtico jardín botánico poblado de espléndidos ejemplares de árboles, algunos de ellos de un palmario exotismo: el laurel de Indias, el drago, el cocotero, el azahar de la China, el ombú, el ficus del caucho... Según me explicó Marcela, lo mandó diseñar el duque de Montpensier y prefirió, afortunadamente, un estilo muy distinto al de esos consabidos jardines franceses tan geométricos y artificiosos, solamente aptos para escenificar melindres de damiselas y petimetres. Aquí, en cambio, todo se ajusta a la propia espontaneidad irregular de la naturaleza, todo está favorecido también por el libre ritmo de los ornamentos vegetales. Desde una de sus terrazas se domina la desembocadura del río, entre el surgidero de Bonanza y las pinedas litorales del Coto, lo cual es otra suplementaria y amena recompensa. Y fue al bajar por la musgosa escalera de esa terraza cuando descubrí a Elvira estacionada al fondo de un sendero medio taponado de acantos y rodeada de un grupo de niñas, ya casi adolescentes, algunas de ellas con la actitud de esas alumnas sumamente aplicadas que, tras un paulatino proceso de veneración, terminan por asignarle a la maestra unas equívocas atribuciones de heroína. También había una monja alta y escurrida con pinta de martirizada por la abstinencia. Yo sabía que Elvira estaba terminando entonces algo parecido a unos cursos de floricultura en un taller municipal, pero eso tampoco tenía mucho que ver con que anduviera por allí.

Ella permanecía muy circunspecta junto al parterre, su vestido cremoso vaciado contra el telón verdinegro de la fronda. Señalaba con un diligente ademán pedagógico hacia un arbusto de hojas como barnizadas y pequeños frutos carmesíes, y yo contemplaba su mano aproximándose a esos frutos, no tocándolos, no demorándose sino un instante en la señalización de alguna peculiaridad botánica, el brazo todavía extendido haciendo menos cóncava su axila y más tensa la suave curvatura del pecho. Y entonces, por primera vez desde que la conocía, sentí una retrospectiva aversión por sus enredos amatorios, como si lo que habíamos perpetrado juntos más de una vez no fuese sino una falacia, una superchería obediente al perverso mandato de unas vidas insatisfechas. Me veía con ella y con Marcela arrostrando ese confuso litigio carnal cuyo sentido último lo mismo podía obedecer a un subrepticio y nada estable gusto por las transgresiones eróticas que a un tortuoso excedente de sexualidad.

Me acerqué por el sendero hasta donde estaba Elvira y ella me vio antes de que yo llegara. Se quedó un momento absorta y luego salió corriendo a mi encuentro.

—Ven —dijo, cogiéndome de la mano.

El grupo de adolescentes había perdido su condición de corro estático y empezaba a disgregarse por allí cerca. Elvira me condujo hasta donde estaban dos de esas jovencitas, las mismas que observaban atentamente las leñosas ramificaciones del tronco de un drago.

—Ésta es Julita y ésta Remedios —dijo Elvira, sin que ninguna de ellas hiciese otra cosa que sonreír y mirar a ningún sitio.

Yo les dediqué un gesto afable. Eran dos adolescentes de muy parecido aspecto, con ese aire de atónitas ruborizadas que exhiben las que han crecido muy deprisa y como a ratos perdidos.

—Sangre de drago —le susurró una de ellas a la otra, poniendo el dedo sobre la linfa rojiza que exudaba una incisión del tronco del árbol.

—Quieren ser floricultoras —me dijo Elvira—. Acuérdate de ellas cuando se te ocurra tener un jardín.

—Lo estoy pensando —repuse.

—No te lo pienses mucho —dijo ella—. El único jardín que no resulta es el que se hace de viejo. Ven.

Y me llevó otra vez de la mano hacia la otra parte del sendero.

—Siempre hay dos amiguitas del mismo colegio que quieren ser floricultoras —dijo con la voz velada—. Éstas son de las teresianas de Jerez, han venido de excursión.

—¿Y tú qué tienes que ver con todo eso? —pregunté.

—Hago de guía cuando viene algún colegio a ver los jardines —levantó un índice con una módica afectación—. La monja es un palitroque de mucho cuidado.

Se oía un moderado ajetreo de risas y, entre ellas, lo que parecía ser el canto inverosímil del ruiseñor.

–¿Nos vamos a tomar algo? –propuse.

–No hasta la una –dijo ella–. Mi turno.

–Te espero ahí entonces –agregué–, en lo de Angulo.

Elvira dijo que sí con la cabeza, se besó los dedos y ensayó unos desenvueltos pasos de baile.

–Avisa a Marcela –dijo mientras se alejaba.

Yo no contesté. La veía llegar hasta donde estaban las dos adolescentes con vocación de jardineras y, justo en ese momento, acudió otra vez a mi memoria el escorzo de un cuerpo desnudo, un jadeo obsceno, una espesa mixtura de sudores y salivas, que me inculcó sin ninguna duda el convencimiento de que no iba a avisar a Marcela. Quizá es que había demasiada luz.

Me fui a un viejo bodegón de por allí cerca, donde tenían un oloroso de lo más aceptable. Dos estorninos, confundidos probablemente de acudidero a causa de las mudables pistas de la brisa, exploraban con ahínco desconcertado las azoteas de la puerta de Jerez. El bodegón de Angulo era espacioso, blanco y abovedado, con suelo de ladrillo pintón y techumbre de artesones. Detrás del mostrador –lo único que desmerecía en aquella noble estancia– había una bota de oloroso viejo, muy bien criado y conservado. Angulo tenía toda la apariencia de no poder dedicarse a otra cosa que a tabernero; colorado, orondo y parlanchín, nunca había dejado de ser exactamente igual al que yo recordaba de mis primeras andanzas de niño por aquellas vecindades. Tenía un bulto en el cuello, una mirada de cazador nocturno y una incontenible capacidad para encolerizarse si alguien, quienquiera que fuese, se permitía poner en duda la excelencia de sus vinos.

Cuando yo entré, un hombre ya mayor y otros dos bastante jóvenes bebían silenciosamente en un extremo del mostrador. Nos observamos un instante como reconociéndonos y yo me dispuse a pedir mi primera copa matinal de oloroso. Lo mismo habría hecho −si aún viviese− aquel dechado de bebedores y hombres de mar al que todos llamaban el viejo Leiston, un inglés cortés y ceremonioso, maltratado hasta la muerte por gentes indignas, que siempre me había merecido un respeto muy especial y del que solía acordarme en según qué circunstancias. Él entraría ahora en el bodegón intentando que la inestabilidad no mermara su compostura, se acercaría hasta donde estaba Angulo, fijaría en él sus claros ojos inyectados de una veladura rojiza y, después de saludarlo con elegante parsimonia y de hablarle de algún enigma de Doñana que no acababa de resolver, le pediría no una copa sino media botella de oloroso.

−Una copa de oloroso −pedí yo.

Angulo puso cara de beneplácito y me llenó la copa, el chorrito cayendo desde la espita del barril con un gorgoteo profundo y consolador. Una espumilla blonda se fue diluyendo casi al mismo tiempo en que yo olía el vino. Bebí un sorbito y luego recordé que uno de los jóvenes que estaba al otro lado del mostrador era el mismo que quiso vendernos una maqueta de barco un día en que andaba yo por ahí con Marcela y Elvira. Él estaba observándome con atención minuciosa y yo procuraba eludir esa vigilancia, hasta que se acercó acompañado del hombre ya maduro.

−¿Conoces al capitán? −me preguntó sin más rodeos, cogiendo perentoriamente del brazo a quien iba con él−. Tienes que conocerlo.

Yo elegí la expresión del que está dispuesto a rectificar cualquier ignorancia y le tendí la mano al que no sabía qué clase de capitán podía ser. Por lo que advertí a primera vista, se trataba de un hombre seguramente más avejentado que viejo, desgarbado y pulcro, y usaba una sotabarba amarillenta, un jipijapa algo tosco y un bastón con puño de cabeza de lebrel. Cuando observó mi mano tendida, la cogió con las dos suyas y me la retuvo entre recias sacudidas por más tiempo del habitual.

—Es un placer —sustituyó el apretón de manos por una castrense reverencia—. Las personas decentes siempre se encuentran en sitios decentes.

—¿Cómo está usted? —dije, eludiendo mal que bien aquel rimero de prosopopeyas.

—Ya no me dedico a colocar las maquetas de mi padre —dijo el que las vendía—, eso ya no necesita propaganda —oteó sus alrededores—. Ahora tengo mi negocio, apunta.

—Estuve en su casa hace algún tiempo —dije—, me llevé un bergantín.

—Lo sé —repuso el hijo del maquetista—. Háblame de tú.

—No corta el mar sino vuela —dijo el llamado capitán— un velero bergantín.

El otro muchacho, que había permanecido hasta entonces en el extremo opuesto del mostrador, se acercó sin decir nada. Parecían faltarle los párpados inferiores de los ojos y su perfil tenía un extraordinario parecido con el de una libélula.

—¿Me aceptan ustedes una copa? —propuse.

—Es un placer —reiteró el capitán.

Yo le hice una seña a Angulo y le pedí maquinalmente media botella de oloroso.

—El capitán sólo bebe manzanilla pasada —dijo el que vendía maquetas.

Yo rectifiqué el pedido y Angulo nos trajo media botella de manzanilla pasada y otra copa de oloroso para mí. El capitán se sirvió un vaso incluso con precipitación, lo hizo oscilar a manera de brindis a la altura de su cara, se lo bebió de un solo trago y dijo:

—He navegado por los nueve mares y se me ha quedado un vicio seco en la garganta.

No era ninguna ocurrencia humorística, pues ni siquiera modificó el rictus severo de su cara.

—Comprendo —mentí.

—Sobre todo desde que iba de segundo en un maderero por ese infierno de la Martinica —prosiguió el capitán—. Hacía un calor de mil pares de cojones y me afectó a la tragadera, la tengo requemada —se apretó el cuello con tanto ímpetu que le provocó una tos perruna antes de añadir—: Sólo se me alivia echándole manzanilla pasada.

—¿Te gusta volar? —cortó, bajando la voz, el que vendía maquetas.

—Según —dije con más precaución que franqueza—. Depende.

—Deslenguado de día, galeote de noche —sentenció el capitán.

Sonó por detrás de las botas lo que podía ser el chirrido monocorde de la polea de un pozo. Pero allí no había desde luego ningún pozo.

—Aquí donde lo ve —dijo el que vendía maquetas, señalando con un sutil desvío de los ojos al capitán—, también se coloca un día con otro.

—No dispongo de esa información —dijo el capitán.

Entraron dos hombres con trazas de comerciantes, quizá fuesen tenderos o ferreteros, algo así. Pidieron cerveza, cosa que no podía ser del agrado de Angulo, y se quedaron hablando con él.

—No te fíes de esos —me susurró sibilinamente el muchacho del perfil de libélula, esforzándose quizá por darme a entender que no era tan huraño como aparentaba.

—Tú ya te estás callando hasta nueva orden —decretó el que vendía maquetas—. ¿Enterado?

El muchacho no sólo se calló sino que se fue hacia la puerta, emitió una especie de reclamo de mirlo en celo y desapareció sin más circunloquios. Llevaba en la cara el ceño hierático de quien no hace preguntas porque tampoco espera ninguna respuesta.

–Hay que meterle caña de cuando en cuando –me aclaró el que vendía maquetas–. Enseguida vuelve, ya verás, es un perdedor.

–Usted se estará preguntando –interrumpió el capitán, después de inclinarse un poco hacia mí y de rascarse por debajo del jipijapa–, que qué hago yo en tierra firme.

–¿Estaba embarcado? –inquirí sin demasiada atención.

–Los tres nos hemos visto en alta mar –dijo el que vendía maquetas–, ¿o es que no te lo recordé aquel día?

El capitán se había bebido prácticamente él solo la media botella y yo me resistía a pedir otra. Empezaba a perderme, si es que no lo estaba ya, por aquel voluble circuito de argumentaciones cuya progresión no parecía conducir a ninguna meta razonable. Uno de los presuntos comerciantes se cagaba a la sazón en los muertos de un mayorista que lo traía a mal traer con los suministros.

–Pues llevo catorce meses en tierra firme –continuó el capitán–, no por nada especial sino porque me dio la ventolera –trazó con el bastón un arco que parecía abarcar medio mundo–. Y aquí me tiene, hecho un ciudadano de a pie, o sea, un tentetieso.

–Lo mismo digo –dije yo con manifiesta torpeza–. Y ahora me va a perdonar, tengo que irme.

–Si necesitas algo –dijo el que vendía maquetas en un repente confidencial–, ya sabes dónde me tienes. Te lo recomiendo.

Yo puse un gesto ambiguo y llamé a Angulo para pagarle lo que habíamos bebido. Luego levanté apresuradamente una mano en son de despedida y salí a la calle. Era la una menos diez y Elvira no tardaría en llegar. Pero tampoco me apetecía en absoluto quedarme allí a esperarla, teniendo en cuenta sobre todo que eso me obligaría a seguir compartiendo hasta entonces los devaneos de aquella reunión. De manera que me fui otra vez hacia el palacio de Orleáns pensando que nos cruzaríamos por el camino. El cielo estaba muy limpio y el templado viento sureño traía un regusto apetitoso a tierras de albariza. Cuando llegué al portón de los jardines del palacio, me dijo uno de los guardas que allí ya no había nadie, lo cual −contra todos los pronósticos− no me produjo ninguna contrariedad. Me sentía en un estado de tan infrecuente y remunerativo sosiego, que tampoco me importó para nada no ver entonces a Elvira.

A media tarde, cuando calculé que tío Leonardo podía estar en disposición de escucharme sin mayores apremios, lo fui a ver a su despacho. Era más o menos la hora en que atravesaba él por un esporádico paréntesis de inactividad o por algún discreto sucedáneo de siesta, que nunca sobrepasaba los quince o veinte minutos. Esta vez no estaba dormitando, sino simplemente abstraído. Lo vi a través de la puerta entornada y me quedé un momento indeciso antes de entrar. Permanecía él plácidamente apoyado en un reborde lateral de su mesa, observando con suma desatención un trozo de paloduz ya estropajoso que chupó un poco más antes de echarlo en la papelera. Ya lo había sorprendido alguna otra vez dedicado a esa inocua rareza de chupador de paloduz, que jamás había practicado en público, de modo que esperé a que terminara con tan furtiva operación para no violentarlo. Pero algo debió de maliciarse, porque lo primero que hizo al verme fue buscar otra vez en la papelera el trozo de paloduz.

−¿Sabes qué es esta porquería? −dijo, mostrándomela

entre dos dedos–. Pues un balsámico de lo más recomendable para los bronquios.

–Ya –repuse, sabiendo que él no padecía de eso.

–No creas que ando por ahí jugando al escondite con el paloduz –volvió a tirarlo mientras se sentaba en su sillón–. ¿Querías algo?

–Una consulta.

–¿Tú qué dirías que es esto? –me preguntó, recogiendo de encima de su mesa lo que parecía ser una horqueta de abeto con las agujas punteadas de marrón–. Fíjate bien.

–Una horqueta de abeto –dije.

–Casi –corrigió–, de pinsapo.

Me entregó la horqueta como si fuese un objeto digno de la mayor consideración. Tampoco pensé que no lo fuese. Tenía unas esponjosas agrupaciones de líquenes blanquiverdes repartidas por toda la superficie. Volví a dejarla sobre la mesa pensando en lo complicado que podía resultar que tío Leonardo se ciñese a una conversación monotemática.

–¿Estás bien? –me preguntó.

–Sí –aspiré una bocanada de aire que no me llegó todo lo hondo que pretendía–. Quería consultarte sobre un asunto que tengo medio planeado.

–La trajo el comisionista gordo de Grazalema –dijo.

–¿Cómo?

–Esta rama, para que viese cómo están trabajando por allí las colonias de musgos y esa maldita plaga de insectos.

–Lo que me gustaría saber es si puedo disponer de una parte del capital que me corresponde –expliqué de corrido, antes de que se introdujera en nuestro diálogo otro desvío argumental.

Tío Leonardo juntó las manos por delante de la cara y las hizo oscilar una y otra vez. Se oía el chirrido de la abrazadera trepanando el grueso de los muros.

–Vamos a ver si yo me entero –dijo, como si se lo impidiese el ruido de esa sierra.

–He pensado formar una sociedad con Apolonio, ya lo conoces, para enfocar mejor su negocio de carpintero de ribera.

–La primera noticia.

–Hablé con mamá y ella estaba de acuerdo –tragué dificultosamente saliva–. Lo único que me dijo es que tenía que consultarlo contigo.

–La primera noticia –repitió tío Leonardo–. ¿Y qué es lo que pasa, que quieres borrarte de esta empresa?

–No es eso, sólo que me gustaría aportar algún dinero para que Apolonio ampliara su taller. Un grada en condiciones y, con el tiempo, un dique seco.

Tío Leonardo se quedó un momento cabizbajo, los ojos ensombrecidos bajo aquella opacidad de clínica que le bajaba hasta la cara desde el tubo de neón, era como si intentase perfilar fatigosamente un recuerdo que no acababa de definirse. Me embargó de pronto la sensación de que todo lo que yo proyectaba era lo más parecido que había a una deslealtad. Y eso me apenó hasta casi inculcarme un fugaz arrepentimiento.

–Lo que son las cosas –concluyó tío Leonardo–. El otro día estuve viendo una barca de quilla plana que nos podría venir muy bien.

–¿Qué te parece mi idea?

–Tú ya eres mayor, hijo –repuso con desusada precisión–, y sabes muy bien lo que haces. No voy a ser yo quien te lo quite de la cabeza.

–No es ningún capricho –recalqué–. Yo creo que es un buen asunto.

–Puede, no sé.

Llamaron entonces a la puerta y, a renglón seguido, entró Jeremías en funciones de dueño de la situación.

–Ya han cazado al que trajinaba en la sierra con la

madera quemada –declaró policialmente–. Un pez gordo.

–Luego hablamos –dijo tío Leonardo.

Jeremías nos observó con la suspicacia del que ha sido caprichosamente desautorizado para ejercer de distribuidor incorruptible de la justicia. Se encogió de hombros, tosió como sin ganas y volvió a salir, cerrando la puerta con una lentitud un poco reticente.

–Es sobre lo que dejó dicho tu amigo el librero, don Máximo –dijo tío Leonardo–. Estoy en ello.

–Gracias.

–Por cierto, ¿te has enterado que le pegaron fuego al monte de Alcaduz? –entrechocó los puños–. Hijos de mala madre.

Yo noté un centelleo por dentro de la cabeza, como si se iluminaran de repente en mi memoria las imágenes confundidas de ese pinar y del bosque en llamas del sueño. Tío Leonardo debió de suponer que mi expresión era la del sordo que presencia una disputa.

–Por donde arrendábamos la tala hace ya años –aclaró–, ¿no te acuerdas?

–Sí.

Se tomó otro respiro.

–Pues tendré que hacer números –prosiguió–. Y deja que yo me entere antes de cómo va ese negocio –rascó con la uña la manga de su chaqueta–, para que vayas sobre seguro, a ver si me entiendes.

–No te parece mal, ¿verdad? –dije.

–Voy a enterarme –se levantó y me palmeó la espalda con su habitual énfasis afectivo–, lo único que quiero es que no te equivoques.

–De acuerdo.

Pasé un poco intranquilo el resto de la tarde, como si hubiese tomado una determinación demasiado arriesgada o demasiado impulsiva. No es que tuviese mis dudas sobre todo ese proyecto que habíamos discutido concienzudamente Apolonio y yo, calculando al máximo los costes y beneficios de la grada y el dique seco, pero se me había acentuado la impresión de no estar comportándome bien, algo parecido a ese malestar que perdura después de haber recurrido a alguna maledicencia para herrir a alguien. Incluso llegué a suponer que estaba a punto de conculcar un pacto tácitamente sellado con mi madre desde mucho antes de que ella también lo quebrantara casándose con tío Leonardo. Pero la verdad era que, en último extremo, nada de eso mermaba mis entusiasmos por lo que Apolonio y yo planeábamos acometer y más me atraía: esa racionalización de un trabajo que hasta entonces se había reducido a seguir las prácticas inamovibles de un oficio aprendido de padres a hijos, y que ahora se podría actualizar con la construcción de otros modelos de embarcaciones a partir de planos y gálibos ya convenidos, algo que jamás había sido utilizado por los viejos carpinteros de ribera. Eso es lo que verdaderamente me interesaba, sobre todo desde que también me aficioné a leer –primero por simple curiosidad y luego con ínfulas de experto– todo lo que sobre arquitectura naval caía en mis manos.

Cuando salí de la serrería ya era noche cerrada. No me tentaba mucho la idea de acercarme al *Talismán*, pero tampoco lo descarté. Así que me fui para el Barrio Bajo dando un rodeo por la llamada cuesta de los Perros, unas escalinatas que descienden suavemente entre tapiales de jardines y cochambres diversas. Nunca se sabía lo que podía acontecer por aquellos alrededores. Me crucé con un hombre que iba enfrascado en un soliloquio de mucha animación, cambiando de voz según fuera él o un presunto interlocutor quien hablaba. Ni siquiera se dignó mirarme. Un poco más abajo, había dos muchachos con pinta de polizones recién sorprendidos ocultos en la sentina; estaban muy quietos junto a dos grandes bolsas de plástico por las que asomaban cartones de embalar y recortes de gomaespuma y que parecían haber dejado adrede en mitad de la escalinata para interceptarme el paso. Yo no me alarmé al principio o, mejor dicho, empecé a alarmarme cuando uno de los muchachos, que se tocaba con una mugrienta gorra de marinero griego, me dijo con la voz del afásico en vías de recuperación:

—Hola. Se hacen mecheros de yesca por encargo.

—Muévete —le ordenó el otro.

Y siguieron su camino sin más. Ya casi al final de la cuesta descubrí a la vieja puta Gabriela Vinagre envuelta en ese pañolón del color y el olor de la borra rancia que nunca se había quitado de encima, un alhelí clavado verticalmente en su pelo ceniciento. Tenía la catadura de una premuerta inmóvil, pero en realidad estaba restregando pausadamente su espalda contra un zócalo de piedra ostionera.

—Dame un rubio, picha —fue su inveterado saludo—. Encantada de verte.

No parecía estarlo. Le di un cigarrillo negro, que ella guardó en las profundidades de su bata después de olfatearlo con ruidosa minuciosidad.

—Tengo ahí una niña fresquita —susurró—. Una cosa especial, ¿te la preparo?

Yo la observé con una mezcla de conmiseración y repulsión. Me preguntaba que cómo podía seguir no ya en activo sino viva esa anciana decrépita que había acabado por convertirse en el andrajoso fantasma de ella misma. También olía a la suciedad inmemorial de ese fantasma.

—Mañana —dije, dándole algunas monedas que ella mantuvo apretadas en su puño.

—Te estoy hablando de una cosa que no se la regalo así

como así al primero que pasa −dijo ella−. ¿O es que te crees que ya no funciono?

−Mañana −repetí.

−Me morí el otro día −añadió−, pero todavía no ha nacido la mamona que me quite el puesto.

Hice un vago ademán de despedida y creo que no se produjo ninguna otra contingencia callejera hasta que llegué al *Talismán*.

−No queríamos que lo supieras −dijo Marcela−, no te iba a gustar.

−Claro −dije yo−. Mejor hubiera sido seguir sin enterarme de toda esa mierda.

Marcela me apretó la rodilla con su mano poderosa y luego se quedó mirando la palidez de los nudillos, como si allí estuviese situado el foco de una irreparable animadversión. Había venido a casa a media mañana, sin ningún previo aviso, cosa que no había hecho nunca y que tampoco a mí me resultaba admisible que hiciera nadie. Ya llevaba algún tiempo sin verla y se conoce que aquella vez en que yo desaparecí sin avisarla y sin coincidir con Elvira después del encuentro en los jardines del palacio de Orleáns, sirvió un poco de acicate para que creyesen que me pasaba algo. No me pasaba nada entonces, sólo ahora es cuando realmente me siento ofuscado, quizá más bien defraudado, aunque también es verdad que las dos se tomaron su tiempo para conseguir que lo estuviera.

−¿Me das un café? −dijo Marcela.

−Té −repuse−, café no tengo.

−Yo lo preparo −dijo ella.

Y se fue para la cocina sin esperar que yo la orientase. Me asomé a la terraza y estuve observando la actividad matutina de la marea, que era impetuosa y estaba creciendo. Un carguero dejaba a babor la última boya del canal antes de virar propiamente hacia la boca del río, mientras yo iba repasando con decreciente incertidumbre todo lo que acababa de contarme Marcela a propósito de la muerte de Juan Orozco. Quizá me había inconscientemente reservado una duda, el indicio de una aprensión, desde el momento en que la hermana del botero me enseñó aquella foto de Elvira que había aparecido entre las pertenencias del muerto. Marcela no hizo sino activar algo que permanecía latente en mi conciencia, aunque los hechos no tuviesen nada que ver con mis vagas figuraciones. Según su versión, ella y Elvira se habían ido a dar un paseo en la barca de Juan Orozco y las dos anduvieron todo el tiempo haciéndose carantoñas y jugando de manera innoble a excitar al botero. Elvira incluso le dio esa foto suya con la malévola advertencia de que así la recordaría mejor. Juan Orozco, que ya había bebido por largo, estaba inusualmente encandilado y hasta se permitió hablar más de la cuenta. Cuando desembarcaron en Bajo de Guía ya era tarde y el botero se empeñó en sacar media damajuana de vino que tenía guardada en el tambucho para invitar a una última copa —que fueron muchas— antes de despedirse. Ellas se resistieron al principio, pero aceptaron finalmente y fueron a sentarse bajo una especie de sombrajo que había por aquella parte de la ya desierta playa. Y en esas estaban cuando apareció del modo más imprevisible, surgiendo como por ensalmo de las periferias de la sombra, el cojitranco Javier Dopingo. (Aquí se introduce en el relato un todavía irresuelto factor de confusión.) Dijo Marcela que ella y Elvira estaban aproximándose con notable velocidad a esa primera fase del estupor alcohólico en que nada es demasiado discordante y que no opusieron mucha resistencia a que se les uniese Javier Dopingo. Así que siguieron bebiendo los cuatro hasta que el cojitranco le propuso a Marcela dar una vuelta, cosa que hicieron probablemente casi a la misma hora en que andaba yo con Calígula en aquel bar de pescadores de por allí cerca. Marcela no recordaba muy bien en qué obnubilados o irresponsables enjuagues estuvieron metidas, ella resistiendo (se supone) los acosos repugnantes de Javier Dopingo y Elvira resbalando tal vez por aquella exaltada variante de la perfidia en que la emplazaría el manoseo de Juan Orozco. El caso fue que Marcela vio de pronto a Elvira corriendo por la franja de arena seca de la playa, perseguida de cerca por el botero. Y ahí terminó todo. Marcela corrió también detrás de Elvira y, ya juntas, siguieron corriendo desatinadamente hasta llegar a la Calzada, donde se sentaron en un banco y fueron recuperándose a duras penas de los despropósitos vividos.

Cuando volví a la sala ya había servido Marcela el té. Lo tomamos los dos muy despacio, procurando no mirarnos más que a hurtadillas. Llegaba hasta allí bastante amortiguado el ruido del tráfico callejero, tal vez una de las pocas ventajas del piso, pues aún seguía sin poder soportar el estruendo de esas motos abominables que yo maldecía sin tregua cada vez que atronaban los espacios circunvecinos, probablemente porque me recordaban otros ya lejanos y disparatados alborotos cerebrales. Y dije de pronto con un ordenancismo estúpido del que enseguida me arrepentí:

—Lo primero que teníais que haber hecho era decírselo a la policía.

—¿Cómo íbamos a decírselo? —replicó Marcela—. No nos enteramos de lo que había pasado hasta el día siguiente —juntó las manos y las insertó entre sus piernas—. Y además nosotras no tuvimos la culpa de nada.

—¿Estás segura? —encendí, contra mi costumbre, el tercer cigarrillo de la mañana.

–A Elvira la llamaron a declarar por lo de la foto, ya tú sabes –continuó Marcela–. Para qué iba a contar todo ese embrollo, no iba a servir de nada. ¿Quieres más té?

Quizá respondí que sí con la cabeza, o no respondí de ninguna forma. Estaba pensando, sin querer hacerlo, que no era el hecho en sí o la turbia, discutible implicación de Marcela y Elvira en aquel truculento episodio lo que más me enfurecía, sino la marginación a que me habían sometido durante tanto tiempo. Una marginación que, en última instancia, me conducía directamente a otra celosa evidencia: la de una nueva clase de rencor contra Javier Dopingo, quien acaso me había estado zahiriendo más de una vez a cuenta de tan sucias complicidades. ¿No tendría algo que ver con todo eso la súbita violencia con que acometí al cojitranco aquella ya medio olvidada noche en el *Talismán*?

–Todavía me da vergüenza –había dicho Marcela–, no sé qué nos pasó.

Pero ella, la perseguida por esa vergüenza, la acobardada por el propio tamaño de su cobardía, se llenó de coraje –o de angustia– y se fue al día siguiente a buscar a Javier Dopingo para saber sin más demoras lo que había pasado. Por lo que Marcela me contó, la entrevista tuvo que desarrollarse según las más acreditadas pautas de la fábula milesia: una atemorizada sollozante y un siniestro rufián enredados patéticamente en un sucio fárrago de amenazas y súplicas. Sólo la entereza y la voluntad acusadora de Marcela doblegaron a aquella sabandija, quien acabó reconstruyendo lo ocurrido con supuesta exactitud y sin airear mayores injurias, ya que evidentemente a él le convenía más que a nadie el silencio. Cuando Elvira y Marcela escaparon, el cojitranco vio cómo el botero, que corría sin vista, tropezaba y se iba de espaldas contra un ancla de cepo que se pudría por allí. (¿Presentí yo verdaderamente en aquella ocasión ese fúnebre choque o fue otra consecuencia más de los entreveros imaginativos que me indisponían entonces con la realidad?) El resto tal vez no sea irrefutable: Javier Dopingo acudió en ayuda de Juan Orozco, intentó arrastrarlo con ánimo de que se refrescase en la orilla, y enseguida se dio cuenta de que al botero ya lo había previamente enfriado la muerte. De modo que lo único que hizo fue dejarlo allí y poner tierra de por medio.

–Elvira no se atrevía a venir –había dicho Marcela–, pero teníamos que contártelo –se le marcaba en el entrecejo una arruga triste–. Hace tiempo estuvimos a punto de hacerlo, ¿te acuerdas?

No sabía si me acordaba, quizá me defendiera así también de otra idea desapacible: la de que, a partir de esa tardía confesión, iban en cierto modo a descomponerse nuestras relaciones, que tampoco empezaban a ser muy perseverantes. Pero ahora veía allí a Marcela como no la había visto nunca, cohibida y nuevamente atemorizada por lo ocurrido aquella aciaga noche, el resplandor añil que venía de la terraza acentuando la seguramente incierta conexión entre su cuerpo y el de mi madre. Pero algo empezaba a interceptar esa afinidad posible, no sé, un despecho, un resquemor, acaso también esa compleja forma de envidia que asalta a quienes han quedado desplazados de una desdicha que otras personas queridas han compartido.

–¿Quieres que me vaya? –musitó Marcela.

–Por favor –dije mientras pensaba que la indulgencia también puede ser una forma de egoísmo–. Dentro de un rato tengo que ir a la biblioteca.

–Desde que terminé la tesis no he vuelto por allí –dijo ella–. Hace un siglo.

Otro silencio, otra distancia difícil de transitar. La fijación del único ojo abierto de Juan Orozco, el velo de arena que medio lo cubría, el rastro ya no indescifrable de su cuerpo sobre la arena, esa expresión despavorida que quizá se le quedase congelada antes de contemplar por última vez aquel mundo del que nunca había salido y que –en cierta justiciera medida– era de su propiedad.

–Ahora estoy leyendo cosas de barcos –dije como para atajar todos esos recuerdos–, voy a asociarme con Apolonio, el calafate.

–¿Y los pájaros –dijo ella–, ya no te interesan?

–Sí –contesté–, regular.

–Mi madre ha soltado a los canarios –se echó torpemente para atrás un mechón de pelo–. Dijo que tenían el culo azul y que eso era señal de que querían irse.

–Seguro.

Marcela se quedó un momento cabizbaja, los codos apoyados en los muslos y la cara entre las manos. Pero se incorporó enseguida, como recordando de pronto algo que había estado a punto de olvidar.

–¿Sabes una cosa? –me preguntó un poco atolondradamente–. Mi padre estuvo muy enamorado de una tía tuya, una hermana de tu madre.

–¿De quién?

–De tu tía Marcela –me observó con una quebradiza atención–. ¿A que no lo sabías?

Yo recordaba muy vagamente a esa hermana de mi madre que no llegué a conocer y de la que casi nunca había oído hablar, al menos no de una forma que me hubiese incitado a saber algo más sobre ella. Pero esa borrosa coincidencia onomástica me deparó como el rescate de un trecho de mi memoria donde prevalecían algunos datos inconexos, algunas fugaces alusiones de mi madre y de don Ubaldo sobre aquella casi olvidada tía Marcela.

–No –murmuré entre intrigado y confundido–. Creo que se fue a México después de la guerra y que murió allí.

—Es de lo más curioso —dijo ella—. Me lo ha contado Fátima, esa señora impresentable que cantó el día de la fiesta en casa, ¿no te acuerdas?

—Sí.

—Por lo visto, mi padre estaba tan enamorado de ella que le puso su nombre a la primera hija que tuvo, o sea, a mí. Figúrate si se hubiese enterado mi madre, buena es —se quedó otro instante con los ojos perdidos en ningún sitio—. Me gusta esa historia.

Supongo que a mí también me gustaba. Pero algo, la nitidez retroactiva, la neta visión del cuerpo de mi madre identificado con el de Marcela, cobraba ahora una intensidad más azarosa, más susceptible de proporcionarme en este sentido otras peregrinas deducciones. Incluso pensé, en un imposible viraje imaginativo, que aquellos distantes amores entre mi desconocida tía Marcela y don Ubaldo, muy bien podían haber transmitido a sus más próximos allegados una especie de morbosa simiente de consanguinidad.

—¿Pasa algo? —me preguntó Marcela.

—Nada —repuse.

—En cierto modo tenemos algo de primos —dijo ella, tratando tal vez de encontrar alguna salida airosa a aquel atolladero y coincidiendo desprevenidamente con mis propias interferencias reflexivas.

—Algo así —dije.

Ella se levantó del sofá y recogió su capacho de rafia. Tenía la boca como crispada por una frágil mueca de contrita. Su cara fue de pronto la cara de una enferma.

—Ya te lo he confesado todo —dijo—. ¿Qué piensas hacer?

—Nada —volví a responderle—, ¿qué quieres que haga? —me quedé de espaldas a la luz—. Lo de tu padre y mi tía es un buen pretexto para olvidar ese otro montón de basura.

286

—Te sabes todas las respuestas.

—No creo.

—Ni siquiera me atrevo ya a hablarte de las premoniciones —esta vez sí me mantuvo una mirada por la que discurría alguna insinuante mordacidad—, es como si nunca te hubieras complicado la vida con toda esa historia.

—Con toda esa prehistoria —corregí tediosamente.

Marcela se fue hacia la puerta procurando disimular una aniñada indecisión que a mí ya sólo podía inclinarme a la clemencia.

—De modo que némine discrepante —dijo con deliberada afectación—, o sea, que todos conformes.

Nos despedimos como si canceláramos una deuda, besándonos incluso con cierta especie de ternura erótica. Debían de ser como las doce y cuarto, así que tampoco tenía ya tiempo, o muy poco, para ir a la biblioteca. Anduve un buen rato consultando unas reproducciones de gálibos de veleros antiguos y procurando superponer a la tétrica evocación de la muerte del botero esa otra incitante y casi alegórica revelación en torno a la tía Marcela. Intenté luego seguir leyendo unas historias de piratas, razonablemente amenas, de Daniel Defoe. Pero no tardé mucho en dejar el libro y abrir media botella de manzanilla, que me fui bebiendo con improcedente rapidez.

Era un caballo rucio y boquifresco, de largas crines onduladas, y entró en el patio con la jactancia impertérrita del que se considera merecedor de toda clase de pleitesías. Una bella estampa desde luego, pero más bien inadecuada en aquel escenario nocturno, pues no parecía ni medianamente aconsejable que un caballo, por muy espléndida que fuese su lámina, irrumpiera en el patio de ese amplio bodegón transformado en bar al que yo solía acudir de vez en cuando. El dueño, un joven adicto a los brebajes alcohólicos que permanecía detrás de la barra, no se mostró precisamente sorprendido, antes bien adoptó una postura de acusada complacencia, en tanto que la gente que había por allí se replegaba sin muchas premuras para dejar paso al caballo. Creo que fue entonces cuando perdí de vista al pintor Elías Benamarín, con quien acababa de tropezarme, y noté que una mano caliente se desplazaba por mi costado con una expresividad que no era propiamente la que podía atribuirse a aquellas apreturas. Me volví, pero no vi más que un cerco de caras sólo en parte reconocibles, sin que ninguna de ellas me permitiese sacar nada en claro. Así que me dediqué a buscar a Elías Benamarín, aunque tampoco me hubiese importado demasiado no volver a encontrarlo.

El caballo braceaba con un empaque competente y altanero, si bien parecía darse cuenta de que aquello no era ninguna exhibición ecuestre. Tenía en los ojos un brillo desorbitado y era como si mirase a la concurrencia desde una inocente perplejidad. El jinete lo condujo hasta los porches que cerraban uno de los flancos del patio y descabalgó con mucha afectación. Llevaba una gorrilla campera, unas botas de montar con los pantalones de pana embutidos por dentro y un chaleco de imitación de gamuza. Por lo que se deducía de su aspecto, no debía de ser el propietario del caballo, sino un mozo de cuadra que lo había sacado a pasear. Había algo en él, acaso su beocia manera de pavonearse de lo que no le pertenecía, que me produjo una cierta irritación. En eso estaba cavilando cuando reapareció Elías Benamarín, los brazos abiertos y ese aire de perpetuo extraviado que se avenía muy bien con su tendencia a pintar siempre el mismo paisaje quimérico.

–Van a darle de comer huevas aliñadas –dijo.

No entendí de qué me hablaba.

–Al caballo –añadió–. Lo tienen claro.

Se oyó un relincho al tiempo que se producía un nuevo movimiento de curiosidad por parte de los espectadores. El caballo estaba ahora arrodillado y una muchacha con la cara que tenían las muchachas en la época de entreguerras, descolorida, traslúcida y pecosa, se disponía a montarlo. Desde donde yo estaba, apenas conseguía distinguir la hermosa cabeza del caballo vagamente definida contra el fondo mate de los porches, su belfo espumoso, la oscilación dubitativa del cuello, esos ojos amedrentados que recogían el fulgor amarillo de los falsos candiles del patio. Y entonces, tras una ráfaga musical, salió de la radio el chillido gangoso de un locutor deportivo, una verborrea soez y espasmódica que no escuchaba nadie y que yo intenté acallar recordando palabras cuatrisílabas de consoladora eufonía: albérchigo, circumpodio, almoraduj, baldaquino, sargamunda, jacarandá, feldespato...

–¿Por dónde navegas? –me interrumpió Elías Benamarín.

–Esa radio –repuse–, no la puedo soportar, me voy.

–Sopórtala –dijo Elías con absoluta seriedad–. Siempre hay que soportar algo: el fútbol, la patria, el mojón americano, los orfeones, la matraca del monseñor, todo eso. Ah, y las calcomanías de Andy Warhol.

–Todo eso –me resigné.

Atravesó entonces el patio, corriendo y abriéndose paso a empujones, un hombre arrogante y de impoluta calvicie al que yo conocía medianamente. Llevaba en la cara la escabrosa iracundia del que se dispone a maldecir a un hijo. El jinete lo vio venir como si se tratara de una catástrofe y lo primero que hizo fue descabalgar malamente a la muchacha traslúcida, momento que aprovechó el caballo para caracolear con creciente nerviosismo. La voz del locutor energúmeno había sido reemplazada por una musiquilla que, aun siendo de lo más ratonera, me suministró un momentáneo alivio.

−¿Se puede saber qué coño estás haciendo aquí? −profirió el recién llegado.

−Nada, es que iba... −quiso alegar el presunto mozo de cuadra.

−Te vas ahora mismo a casa y me esperas allí −cortó el que sin duda era el dueño del caballo−. Camina, maldita sea.

−¿Ahora mismo? −inquirió el jinete, ensayando un descaro que ya no se acomodaba en absoluto a la situación.

−Quita −decidió el dueño, desplazando sin demasiada brusquedad al jinete−, voy a llevarlo yo. Y coges el portante y te pierdes de vista, ¿estamos?

El dueño acarició al caballo por debajo de las crines y le rascó el testuz, intentando amansarlo, lo que consiguió a medias. Luego apoyó su mejilla en el cuello del animal, cogió la brida casi a la altura del bocado y se fue muy despacio y sin mirar a nadie para la puerta, con lo que el local fue recuperando su más rutinario bullicio. Aunque el jinete tenía ya reducidas al mínimo sus anteriores fanfarrias, debió de sentirse tan notoriamente menospreciado que recurrió a un último remanente de villanía para contrarrestar su humillación. Se dirigió a la muchacha traslúcida diciéndole:

−Un hijoputa de feria −fingió sacudirse del chaleco la suciedad de esa injuria−, aquí hay muchos.

Elías Benamarín y yo nos habíamos acercado un poco y alcanzamos a oír lo que, en ausencia del destinatario, era más globalmente ofensivo. Aún flotaba en aquella densa mezcolanza de olores el vaho caliente del caballo. Elías Benamarín se adelantó de improviso y se situó ante el jinete.

–¿Me conoces? –le preguntó.

El jinete dio a entender con una mueca que lo más probable era que no.

–Soy artista pintor –dijo Elías.

–¿Y qué? –repuso el jinete, encogiéndose de hombros.

–Pinto caballos y caballistas –prosiguió Elías–, también pinto burros leprosos.

–¿Y qué? –repitió el jinete.

–Mi amigo quiere decir que le gustaría pintarte con la albarda puesta –agregué yo–. ¿Lo captas?

El jinete paseó la mirada por sus alrededores, como buscando algún testigo de lo que se disponía a hacer, pero sólo debió de encontrar disponible a la muchacha traslúcida, que estaba algo menos descolorida que antes. Finalmente optó por lo más inesperado, o lo más esperable, según: trazó un gesto despectivo con la mano, lanzó un escupitajo sobre el albero y lo restregó con la punta de la bota; cogió luego del brazo a la muchacha y se dirigió con ella pausadamente hacia la puerta de la calle. Nadie les prestó mayor atención.

–Menudo lagarto –murmuré.

–Ése ya no incordia, punto –dijo Elías Benamarín–. Todo en orden.

Todo estaba aparentemente en orden. Pero todo estaba remontando también un atajo que conducía a algún enigmático lugar de procedencia. Lo notaba por un aturdimiento, un raro centelleo de la memoria. Y eso, debido a alguna razón todavía incierta, no me hacía augurar nada bueno. Tenía la impresión de estar medio amodorrándome en un paraje esquivo donde podía reconocer ciertas marcas antiguas, esos secretos aprendidos en algún olvidado rincón de los sueños.

–Te voy a dejar –le dije a Elías Benamarín.

–Espera y nos tomamos otra copa –propuso él–, qué menos.

–No, de verdad, voy a irme –insistí–. No me encuentro en forma.

–Tenías que haber ido otra vez a que te viera la curandera de Jédula –dijo Elías–. ¿A que no volviste?

Evoqué con bastante precisión aquella visita y los recelos e incredulidades subsiguientes, incluso me acordé muy bien de las artimañas terapéuticas de esa curandera que decía llamarse Anita Latemplaria.

–No me hizo falta –dije evasivamente–. Se me pasó enseguida la mala racha.

–Me alegro –concluyó–. Cuídate.

Cuando salí a la calle me persiguieron durante un buen rato la música y el ajetreo de ese bar de hermosa traza y clima infecto al que siempre me proponía no volver. Todavía era pronto, algo menos de las doce, pero tampoco era ya hora de acercarme a casa de Apolonio, que es lo que habría preferido, sobre todo para seguir comentando con él, incluso en la exasperante compañía de Consuelo, nuestras cada vez más lisonjeras alianzas empresariales. Pero tendría que dejarlo para mejor ocasión. De modo que vagué un rato por la Calzada de la Infanta y llegué hasta las vías del antiguo tren del Puerto, unas vías ahora invadidas de herrumbres y malezas y acosadas por las nuevas edificaciones que empezaban a menudear por allí. Salía de la penumbra un cálido olor animal y en algún sitio percutía el eco triste de una guitarra. Me llegó a la memoria, incluso con una meridiana tenacidad, ese tren costero cuya desaparición vino a coincidir con aquellos ya remotos días de postración y zozobra en que empecé a soñar con el bosque en llamas; ese tren al que yo le había ido concediendo el rango de un fastuoso suministro de aventuras a partir de aquellas emocionantes escapadas con mi madre, cuando nos íbamos al Puerto sin ninguna finalidad preconcebida, sólo por el gusto de emplear la tarde de los jueves viajando juntos, con sus pródigos despilfarros de tiempo en los apeaderos de nombres suntuosos, la fragancia tentadora del mar y las huertas disipando ese otro olor marchito del plástico de los asientos, y la mano de mi madre mostrándome la redundancia solar de aquellos paisajes quizá un poco uniformemente dulcificados, pero que contenían toda la cultura que yo he sido capaz de almacenar desde que era niño, y otra vez la mano de mi madre apretando la mía, con esos destellos violáceos que se le encendían en los ojos cada vez que me miraba.

Atravesé las vías y llegué hasta la negrura del repecho de la playa. Me empezaba a punzar la cabeza, ese endémico dolor proveniente del fondo de las órbitas y diseminado hacia las sienes. Apenas había luna y el redondo mugido de la noche parecía venir de muy lejos, confundiéndose con la cadencia monocorde de la vaciante. Pensé en lo que muy bien podía ser el sedimento de alguna lectura: en esa concavidad estrellada del mundo durante un minuto más que la eternidad. Bajé la escalinata del parapeto y me acerqué hasta la arena mojada. Había mucho silencio y unas gasas incoloras parecían colgar de la penumbra. Se veían a la altura del canal unos módicos puntos de luz, seguramente de las barcas de los pescadores de Las Piletas que calaban los trasmallos o de los riacheros que volvían de la angula y el camarón. Por la orilla del Coto corrían los desiguales resplandores de unos faros, un doble reflejo pugnaz infringiendo el código nocturno de aquellas venerables demarcaciones. Oí unos pasos aproximándose, un crujido acuoso de la arena, pero no hice nada por tratar de averiguar quién podía ser, tampoco la cerrazón de la penumbra me hubiese dejado averiguarlo. Esperé un poco intimidado hasta que alguien me dio las buenas noches, pasó de largo y se volvió a renglón seguido. Yo también me volví y observé con los ojos del vigía incompetente a quien así se comportaba. Tardé unos segundos en acomodar esas facciones borrosas a las del cuñado de Juan Orozco.

–¿Qué hay? –saludé.

–No lo había conocido –contestó–. Por aquí de recogida.

–Mucho relente –dije con titubeante formulismo.

–Ahora salgo al calamar por las noches –dijo él–. Un rato, hasta que me da el hormiguillo.

Empezó a escucharse demasiado el burbujeo recóndito de la arena. Veía las sombras hacinándose como bultos sin perfiles entre los halos de la humedad y, más al fondo, la despiadada imagen del cadáver del botero retenida en alguna lontananza de la playa.

–¿Y cómo se porta la barca de Juan Orozco? –medité a media voz–. Recuerdo que andaba queriéndose jubilar.

–Ahí la tengo –tardó en decir–, mal averiguada, pero haciéndome el avío –se puso en cuclillas, y esa postura inapropiada me transmitió otra gratuita forma de prevención–. Ni siquiera me atrevo a darle un paseo a esa señorita, ¿cómo se llama?

–Elvira Trinidad.

–¿La conoce?

No se si asentí o me distraje mirando la intermitencia luminosa de las balizas del canal, unos estiletes rojos y verdes enfundados en la negrura. Y entretanto que calculaba la duración de esos destellos pensé que la simulación de una verdad procrea siempre otras distintas simulaciones de verdades: por ejemplo, esa carta imposible de Juan Orozco a la que se refirió un día Elvira y de la que había sido inusitado portador el cuñado del botero.

–Eso de los paseos a Elvira –pregunté–, ¿lo dejó escrito su cuñado?

–Ese no sabía escribir –repuso, incorporándose con laboriosa apatía–. Me dijo que se lo pusiera en un papel, pero eso nunca lo he visto yo muy claro.

Nada podía estar muy claro, y menos en aquellas discordantes encrucijadas de la noche, cada vez más invadidas por unos recuerdos que se atascaban con la llegada de otros. Así que me despedí repentinamente del cuñado del botero casi sin darle tiempo a que él se despidiera de mí, medio escapándome hacia el parapeto de la playa mientras la arena seca entorpecía mi apresuramiento y yo escudriñaba la oscuridad tratando de asegurarme de que nadie me seguía. No me seguía nadie, supongo. Continué luego por el paseo de Bajo de Guía hasta la esquina de Cerro Falón, me detuve un momento ante un remedo de chalé austriaco que siempre me había parecido fuera de tiempo y de lugar, y seguí hasta casa.

Cuando abrí la puerta del piso, apenas reparé en otra cosa que en mi desmedida urgencia por relatar todo lo que me acababa de ocurrir. No es que nada de eso fuera especialmente llamativo, tampoco me encontraba en ninguna buena disposición física, simplemente sentía la acérrima y más bien importuna obligación de contarlo con la mayor exactitud posible. Y eso es lo que acabo de hacer.

Desde que escribí las páginas anteriores hasta que redacto esta especie de epílogo, ha transcurrido el resto de la noche. Ya estaba clareando cuando comprobé que algún precedente conato de sueño se me había disipado del todo. Así que una vez concluido el recuento de todas esas anodinas peripecias vividas antes de llegar al piso, me dediqué a no aburrirme del todo leyendo un prolijo texto –más literario que científico– sobre la protohistoria de Argónida, mientras me tomaba esas dos últimas copas de oloroso que forman ya parte de mis privados rituales de la madrugada. No se me había aliviado el dolor de cabeza, ahora más agudo y espeso, y me cruzaban por la frente unos pinchazos relampagueantes, de manera que interrumpí esa nada satisfactoria lectura y salí a la terraza, a ver si me despejaba un poco.

Una brisa fluvial y balsámica subía con la marea desde las espesuras forestales de Doñana. La todavía remisa claridad diluía como en una aguada los contornos del paisaje, en cuya zona de poniente prevalecía un desfondado amasijo de sombras. Dos pesqueros rezagados salían del muelle de Bonanza y enfilaban el canal, tableteando mansamente bajo un cielo que empezaba a virar del malva al celeste, mientras sobrevolaban la boca del río unas bandadas de ánsares que parecían acudir a alguna asamblea premigratoria. Me demoré un buen rato en aquella contemplación placentera y ya iba a volver a la sala cuando oí un estrépito que, en ese sigiloso tramo del amanecer, resonó justamente como si se derrumbara todo el edificio. Esperé un instante, tal vez extrañado de que no se desencadenara ningún movimiento de pánico en la vecindad, alguna señal al menos de alarma o de expectación. Pero yo ya había adivinado desde un primer momento de qué se trataba.

Entré en la sala con el ambiguo sentimiento de estar internándome por un pasadizo amorfo y aborrecible cuya salida venía a enlazar sinuosamente con la entrada. Hay que tener una profunda noción del heroísmo para saber disimularlo, me dije sin saber muy bien por qué. Mi butaca predilecta está situada formando ángulo con el ventanal de la terraza y a un lado de la librería que ocupa buena parte de una pared lateral. Y allí volví a sentarme, no para seguir leyendo sino para esperar en un estado de absoluta placidez el desarrollo de los acontecimientos. Y fue justamente entonces cuando vi cómo la librería se venía abajo sin que esa caída estuviese acompañada de su correspondiente amontonamiento de ruidos. Tuve la entereza de calcular que había captado el estruendo con unos tres minutos de antelación al momento en que realmente se produjo, lo cual era más que suficiente para desentumecer todos mis anteriores letargos sensoriales. Pero supongo que no alcancé a comprobar nada de eso en aquel instante preciso, sino ahora, mientras lo recuerdo. El hecho es que, después de lo que no había sido más que un incauto paréntesis de normalidad, el cerco de tantas y tan abstrusas irregularidades acústicas como había padecido, acababa finalmente de estrecharse. Creo que siempre me ha estado rondando esa sospecha.

Ahora sí se escucharon exclamaciones, gemidos de puertas, pasos imprecisos, rumores desvelados y confusos. Veía los libros esparcidos por el suelo, rotos, descabalados, inertes, confundidos unos con otros en un revoltijo de páginas sueltas y tapas arrancadas: el general desmantelamiento de algo que había llegado a constituir la reserva autosuficiente de mi imaginación y el gustoso reglamento de mi intimidad. Brillaba en algún sitio el negro charolado de una cubierta y me asomé allí como quien se asoma a los ojos de un muerto. Vislumbré en un sucinto fogonazo la extensión del bosque que ardía obstinadamente en mis sueños, y entonces, de la manera más simple, descubrí lo que nunca se me había manifestado más que a través de indicios defectuosos: yo estuve de niño con mi madre, compartiendo por primera vez su jubilosa adhesión corporal, en ese bosque del sueño, y ese bosque era la misma pineda ahora calcinada a la que me llevó un día tío Leonardo y en la que se inició todo lo que ha venido ocupando porfiadamente mi memoria.

Quizá sean esos datos los únicos que se me ocurre transcribir ahora con cierta lucidez. Porque todo posee ya el valor de una experiencia cuyo fin de trayecto conecta testamentariamente con su punto de partida. Es como si esa incontestable evidencia de que el pinar de Alcaduz era el bosque del sueño ahora ya realmente consumido por las llamas, viniese a zanjar de una vez por todas tantas anteriores incertidumbres sobre mis vaticinios auditivos y mis íntimas alianzas filiales. Pienso, en cualquier caso, que sólo a partir de ahí puede alcanzar su exacto sentido la progresión fidedigna de esta historia. Esa sería también con toda probabilidad una solución de lo más remunerativa: algo así como el mecanismo de defensa que acabaría liberándome felizmente de cualquier estímulo para seguir escribiendo.

Sanlúcar de Barrameda-Madrid,
noviembre de 1989-abril de 1992

ÍNDICE

Preámbulo 9

Capítulo primero 21

Capítulo segundo 57

Capítulo tercero 89

Capítulo cuarto 131

Capítulo quinto 183

Capítulo sexto 231